派翠西亞‧康薇爾
Patricia Cornwell

派翠西亞‧康薇爾於1956年出生在美國佛羅里達州邁阿密。

她的職業生涯從主跑社會新聞的記者開始，1984年她在
維吉尼亞州的法醫部門謀得一份工作當一名檢驗紀錄員。
1984-86年間，康薇爾根據自身的法醫工作經驗寫下了3本小說，
然而出書過程並不順利。

後來她聽從建議，推翻原本以男偵探為主角的構想改以
女法醫為主軸。終於在1990年出版了她的第一本偵探小說
《屍體會說話》。這本書問世後一炮而紅，為她贏得1991年
愛倫坡獎最佳年度新人獎、克雷西獎、Anthony、Macavity獎，
以及法國的Prix du Roman d'Adventurei 獎。此後，康薇爾以
女法醫為背景陸續寫了9本書，這些作品不僅是暢銷排行榜上
的常客，也翻譯成多種語言，其中《From Potter's Field》還改拍
成電影。

康薇爾目前分別居住在維吉尼亞州里奇蒙和紐約兩地，
並且自組公司、設立個人網站（www.patriciacornwell.com）處理
她的創作事業。

Patricia
Cornwell

派翠西亞・康薇爾

作品年表

1990	Postmortem
1991	Body of Evidence
1992	All That Remains
1993	Cruel & Unusual
1994	The Body Farm
1995	From Potter's Field
1996	Cause of Death
1997	Unnatural Exposure
1998	Point of Origin
1999	Black Notice

起火點

Point of Origin

「我非常關心活著的人，所以才會想研究死者。」
——女法醫　史卡佩塔

派翠西亞．康薇爾
Patricia Cornwell
王瑞徽　譯

康薇爾作品系列 9

起火點

Point of Origin

作　　者	派翠西亞・康薇爾 Patricia Comwell
譯　　者	王瑞徽
發 行 人	蘇拾平
封面設計	李慧聆
出　　版	臉譜出版
發　　行	城邦文化事業股份有限公司 台北市信義路二段 213 號 11 樓 電話：(02)2396-5698 / 傳真：(02)2357-0954 郵政劃撥： 1896600-4 城邦文化事業股份有限公司 城邦網址： http://www.cite.com.tw
香港發行	城邦（香港）出版集團 白港北角英皇道310號雲華大廈4 / F，504室 電話： 25086231 / 傳真： 25789337
新馬發行	城邦（新、馬）出版集團 Cite(M) Sdn. Bhd.(458372 U) 11, Jalan 30D/146, Desa Tasik, Sungai Besi, 57000 Kuala Lumpur, Malaysia 電話： 603-9056 3833 / 傳真： 603-9056 2833 email ： citekl@cite.com.tw
初版一刷	2002 年 9 月 1 日 版權所有，翻印必究（Printed in Taiwan） ISBN　986-7896-27-0 **定價： 360 元** （本書如有缺頁、破損、倒裝，請寄回本社更換）

導讀

死亡的翻譯人

唐諾

目前，我個人在Discovery頻道上看過一支有關法醫和刑案的影片。因為豐碩的法醫知識和經驗而成為真實世界神探的李昌鈺博士也在片子裡露了一手，他示範了人體血液從無力滴落到沛然噴洒所造成的不同現場血跡狀態，並由此可重建致死的原因、方式和真確位置，這個絕技他拿來應用在一名警員車內殺妻卻謊稱車外車禍致死的駭人刑案。李昌鈺從噴洒在車前座、儀表板以及車窗上的血跡（該警員宣稱血跡是車禍之後，他把妻子抱入車內所造成的），證實死者當時係坐在駕駛座旁，血液噴洒的出處也全部來自同一個點，相當於死者頭部的高度，而且只有鈍器的用力重擊才足以造成如此大量且強勁的血液噴洒——和我們絕大多數的推理小說結局一樣：他漂漂亮亮的破案了。

該影片一開頭為我們鏘鏗留下這麼兩句話：每具屍體都有一個故事，它只存在法醫的檔案簿裡。

談到這個，我們得再提一下E.M.佛斯特，這位著名的英籍小說家以為，人的一生是從一個他已然忘記的經驗開始（出生），到一個他必須參予卻不能了解的經驗結束（死亡），我們只能在這兩個黑暗之間走動，而兩個有助於我們開啟生死之謎的東西，嬰兒和屍體，並不能告訴我們什麼，「只因為他們傳達經驗的器官和我們的接收器官無法配合。」

我們當然了解，佛斯特所說的生死之謎是大哉問的文學哲學思辯之事，但他「訊息」和「接收」兩造之間無法配合的俏皮話，卻為我們留下一個滿好玩的遊戲線索來：是不是其間失落了一個轉換的環節呢？是不是少了一個俗稱「翻譯」的東西呢？

在人類漫長的歷史裡，其實這個翻譯人的角色一直是有的。

至少，我們曉得的就有這麼兩個職位，其中較為古老的一種是靈媒。靈媒不僅較古老，翻譯的野心也較大，他試圖把佛斯特所言「結束那一端的黑暗」裡的一切譯成我們人間的語言，但也許正因為他宣稱的管轄範疇實在太遼闊了，太無所不能了，因此反而變得可疑，讓人愈來愈不敢相信他譯文的「信達雅」。

另一個歷史稍短的我們今天則稱之為法醫或驗屍官（但這也不完全是現代的產物，很久、很久之前我們中國人曾叫他「仵作」）。相形之下，這個翻譯人就謙卑踏實多了，原則上他不去瞻量真正的死後世界種種，他也不強做解人，他關心的只是死亡前的事，尤其是進入死亡那一瞬間的方式和原因，但他是信而有徵的，經得住驗證。

從文學、法醫到警務

派翠西亞．康薇爾所一手創造出來的凱．史卡佩塔便是這麼一位可堪我們信任的死亡翻譯人，維吉尼亞州的女性首席法醫，這組推理系列小說的靈魂人物。

凱．史卡佩塔的可信任，從結果論來看，充分表現在她從質到量的驚人成功上頭，舉例言之，一九九〇年她的登場之作《屍體會說話》，一口氣囊括了當年的Edgar、Creasy、Anthony、Macavity以及法國的Prix du Roman d'Adventurei等大獎；而又比方說六年之後的一九九六年三月一日，這個系列的六部著作同時高懸《今日美國》的前二十五名暢銷排行之內，分別是第一、第二、第八、第十四、第十五和第廿四。

事情會到這種地步，想來不會是偶然的，必有理由。

我個人的看法是，在這裡，康薇爾成功寫出了一個專業、強悍、實戰派而且禁得住科學挑剔的罪案工作者。身為一個實際上和一具一具屍體拚搏的法醫，而不是抽著板煙夸夸其談的安樂椅神探，這樣的小說基本上有著一翻兩瞪眼的透明性，因為她的揭示工作，不能仰仗語言的煙霧，乃至於「弄鬆」到用人生哲理、人性幽微或那些「扯哪裡去了」的語言自圓其說，檢驗她的不是高度唯心不確定的語言論述，而是冰冷無情、說一是一的一具顯微鏡，這種無所遁逃的特質，使得如此書寫的推理小說只有兩種極端的結果：一是再不聰明的讀者都能一眼瞧出的假充內行失敗之作，另一則是結實可信的真正耀眼之作。

可想而知，這樣的小說也就不是可躲在書房，光靠聰明想像來完成的。說來，康薇爾的真實生涯，好像便為著創造出凱·史卡佩塔而準備的，她原本是記者，而且前夫還是英國文學的教授，然而，她奇特的轉入維吉尼亞州的法醫部門工作，從最基層的停屍處檢驗紀錄人員幹到電腦分析人員，最後，在她寫作之路大開，成為專業小說作家之前，她又轉入了警務工作——就這樣，文學、法醫到警務，三點構成一個堅實的平面，缺一不可。

人的存在

屍體會說話？這是真的嗎？

我們回過頭來再一次問這個問題，是為了清理一下某種實證主義的廉價迷思，就像我們經常在生活中聽到，甚至偶然也方便引用脫口而出，數字會說話、資料會說話、事實會說話……云云。這裡，隱藏著某種虛假的客觀，說多了，甚至好像連人都可以不存在似的。

一具屍體，乃至於萬事萬物的存在，的確都不是當下那一刻的冰涼實體而已，它或彰或隱保留了自身在時間裡的記憶刻痕（最形而下比方說某次闌尾炎手術的疤痕或體內的某個器官病變受損），這都可以被轉換理解成某種訊息，可堪被人解讀出來，因此，我們遂俏皮的說，儘管它並不真正出聲，卻仍然像跟我們說著話一樣——這原本可以是積極的提醒，讓人們在實證的路上更積極更深化，主動去尋求並解讀事物隱藏的訊息，叫出它的記憶。

然而，問題在於：這是怎麼樣的訊息？向誰而發？由誰來傾聽？

從法醫的例子到佛斯特「訊息」到「接收」的說法，我們由此很容易看得出來，這個訊息說的並不是我們人間的普通語言，在通常的狀態之下我們是聽不懂的，我們得仰賴一個中介者，一個能解讀兩種不同語言的專業翻譯人。就像一具客觀實存的屍體擺在我們面前，我們大概只能駭怕的發現，它是死亡的，頂多稍稍猜得出它可能是暴烈或安然死亡而已，然而，在李昌鈺博士或我們的凱·史卡佩塔首席女法醫的操弄解讀之下，這具屍體卻可以像花朵在我們眼前綻開一般，神奇的讓我們看到它的死因、它的死亡細節和真正關鍵，看到我們並不參予的生前遭遇和記憶，以及其他。神奇但又可驗證，這樣的事最叫人心折。

這個中介者或翻譯者，必定得是人，一種專業的人——這個「專業」，指的不是他的職業，而是他的知識和經驗，並由此堆疊出來的洞見之力。從這裡我們知道，實證主義的進展，最終並非走向一種人的取消，相反的，它在最根深柢固之處，會接上能動的、思維的人。

所謂強悍

也因著這樣，我個人會更喜歡凱．史卡佩塔多一點，就像我也喜歡當前美國冷硬推理小說的兩位奇特私探，分別是蘇．格蕾芙頓筆下的肯西．梅爾紅和莎拉．帕瑞茲基的V. I. 華蕭斯基一樣，只因為她們都是女性。

這極可能是我的偏見，但我的想法是，在男女平權尚未完成的現在，女性的專業人員，尤其是存在著粗魯暴力的男性主體犯罪世界之中，不管做為私探或者法醫，她們都得承受較多的不利和風險，包括先天生物構造的脆弱和後天社會體制形塑的另一種脆弱，但意識到這樣的脆弱在小說的思維裡是好的，就像大導演費里尼所說，「害怕的感覺隱藏著一種精微的快樂。」我們會看到凱在面對屍體的溫柔和面對罪犯的心情跌宕起伏，正如我們會看到梅爾紅和華蕭斯基在放單面對並不得不緝捕男性罪犯時的狼狽和必然的害怕，這個確實存在的脆弱之感，引領著小說的思維走向一種精微的、豐饒的層次，而不是那種打不退、打不死、像坦克車一樣又強力、又沒腦袋的無趣英雄。

我個人多少覺得海明威筆下那種提著槍出門找尋個人戰鬥如找尋獵物的男性沙文英雄，以及當代波士頓冷硬大師羅勃．派克筆下的硬漢史賓塞看成是可笑的；對於海明威我寧可喜歡和他同期同名、深鬱細緻的福克納；至於勞勃．派克，他一向以雷蒙．錢德勒的繼承人自居，但老實說，他那位打拳練舉重、一雙鐵拳一支快槍幾乎打遍天下無敵手的史賓塞，較之於高貴、幽默、若有所思的元祖冷硬私探菲力普．馬羅，實在只是個賣肌肉的莽漢而已。

我稱凱．史卡佩塔是專業且「強悍」的女法醫，正如我們大家仍都同意梅爾紅和華蕭斯基仍隸屬於所謂「冷硬」私探一般，我相信，在這裡，強悍冷硬的意義是訴諸於一種專業的知識層面、一種強韌的心智層面和一種精緻的思維層面，在這些方面，並不存在著肉體的強弱和性別的差異，要比的，只是如何更專業，更強韌以及更精緻而已。

讓我們帶著這樣的心情，進入這位專業女法醫所為我們揭示的神奇死亡世界，聽她跟我們翻譯一個個死亡的有趣故事吧。

起火點

Point of Origin

各人的工程必然顯露；因為那日子要將他表明出來，有火發現；這火要試驗各人的工程怎樣。

——《新約聖經》哥林多前書第三章第十三節

五二三・六天
紐約沃德島
寇比女性監獄
雉雞之地

嗨，醫生：
滴答！滴答！
鋸斷的骨頭和火。
還跟那個FIB（譯註：撒謊之意）的騙子同居嗎？瞧瞧時鐘吧**大醫生**！
噴出黑暗之光，嚇壞一長列火火火車車車。
GKSFWFY想要照片。
來找我吧！在三樓。妳來和我們談判。
滴答**大醫生**！（露西會不會出聲？）
小露露上了電視。飛過窗戶。和我們一起來吧。
在被窩裡。直到天亮。又笑又唱。那首老歌。
露西露西露西和我們！

等著瞧吧。

嘉莉

1

班頓在我廚房裡脫去他的跑鞋。我向他跑過去，內心滿是驚恐、怨憎的情緒和可怖的記憶。嘉莉・葛里珊寄給我的那封信夾雜在大疊郵件和文件裡頭，一直擱在那裡直到剛才我想泡杯肉桂茶喝的時候才發現。這天是六月八日週日下午五點三十二分，我正在位於維吉尼亞州里奇蒙市的家裡。

「我就猜想她會寄到妳辦公室去。」班頓說。

他從容彎下身，脫掉白色耐吉運動襪。

「蘿絲一向不看標示有私人和機密字樣的信件。」我心悸的說。其實他早就知道了。

「也許她應該看，因為妳的仰慕者似乎不少。」他的嘲諷話語凌厲得像會割傷人的紙張。

我看著他蒼白光裸的腳踏在地板上，手肘撐著膝蓋，頭低垂著。汗水沿著他以這年齡來說算是相當健美的肩膀和手臂滴下，我的目光順著他的膝蓋、小腿到了還印著襪子織痕的細小腳踝。他用手指梳了下濕漉的灰髮，往後靠著椅背。

「老天，」他拿毛巾抹著臉和頸子說。「我實在不適合淌這種渾水，我太老了。」

他深吸一口氣，將逐漸高漲的怒意徐徐吐出。我送他當作聖誕禮物的百年靈不鏽鋼太空系列手錶擱在桌上。他把它拿起來戴上。

「該死，這些人簡直比癌症更可怕。拿給我瞧瞧。」他說。

這封信是用奇怪的紅色印刷字體書寫的，信紙頂端有個長尾羽鳥類的粗糙章印，底下是謎樣的拉丁字ergo，意思是「因此」，想不出有任何意義。我打開那張簡單的白色打字紙，捏著一角放在他面前的法國橡木古董早餐桌上。他沒有碰觸這張很可能成為證物的信紙，只是謹慎瀏覽著嘉莉所寫的字句，然後在腦中的暴力檔案庫搜尋著進行比對。

「郵戳是紐約，當然在紐約一直有關於她受審的新聞報導，」我說，加以合理化然後又予以否定。「就在兩週前有一篇精采的文章。因此任何人都可能從那裡得知嘉莉・葛里珊的名字，至於我的住址，早就是公開資料了。所以說這封信或許不是她寄來的，也許只是某個狂人。」

「也可能是她寄的。」他繼續讀信。

「她怎麼可能從法庭精神醫院裡寄出這樣一封信，卻沒被人察覺？」我說，恐懼由心底深處竄升。

「要知道，在聖伊莉莎白之家、貝勒育之家、米哈德森，或者寇比之家，」他頭也不抬的說，「嘉莉・葛里珊、約翰・辛克萊兄弟、馬克・大衛・查普曼這些人並不是罪犯，而是病患。他們在蹲感化院或者法庭精神療養中心的時候，照樣享有和我們相同的公民權益，可以上網開設變童狂留言版，透過電子郵件販賣連續殺人犯作案秘笈，還有寄侮辱信件給首席法醫。」

他越說越激動，憤憤的把信舉到我面前。

「嘉莉・葛里珊在嘲笑妳，首席法醫大人，FBI則是在嘲笑我。」他說。

「是FIB。」我含糊回了句。換個時空我或許會覺得這很好笑。

衛斯禮站了起來，把毛巾撂在肩頭。

「就假設是她吧。」我說。

「本來就是。」他篤定的說。

「好吧。那麼這封信的目的一定不只是嘲弄，班頓。」

「當然。她在提醒我們，她跟露西曾經是情人，這是媒體大眾還不知道的，」他說。「可以肯定的是，嘉莉・葛里珊還沒過足傷天害理的癮。」

我無法忍受聽到她的名字。令我氣惱的是，此時此刻她就在我屋子裡。就好像她就和我們一起坐在早餐桌邊，空氣中充滿她那邪惡腐臭的氣息。我回想她露出訕笑、目光灼灼的神情。不知在經過五年和一群精神失常人犯廝混的牢獄生活之後，她變成了什麼模樣。嘉莉並不瘋狂，她從來就談不上瘋狂，她是性格異常、病態型人格、沒有良知意識的暴力份子。

我望著窗外庭院隨風擺晃的日本楓樹，和那道幾乎遮不了鄰居視線的殘缺石牆。電話突兀的響起，我遲疑著要不要接聽。

「我是史卡佩塔醫生，」我對著話筒說，邊瞄著班頓。他還在研究那張紅字信箴。

「嗨，」彼德·馬里諾熟悉的聲音傳來。「是我。」

他是里奇蒙警局隊長，我和他熟得立即聽出了他是誰。我準備聽壞消息。

「怎麼了？」我說。

「昨晚華倫登的一座馬場發生大火，也許妳已經看了新聞報導，」他說。「馬廄起火，將近二十隻名貴馬匹連同房子全部燒光，燒得一點不剩。」

我不懂他的用意，「馬里諾，你打電話來告訴我火災做什麼？再說北維吉尼亞又不是你的轄區。」

「現在是了。」他說。

我等待他進一步說明，感覺廚房頓時狹窄得無法呼吸。

「ATF剛剛宣佈組成NRT。」他說。

「也就是我們。」我說。

「對啦，妳跟我，明天一早就去。」

每當發生教堂或大樓火災、爆炸案或者和「菸酒槍械管制局」（Bureau of Alcohol, Tobacco and Firearms，簡稱ATF）管轄業務有關的災難時，管制局便會成立「國家應變小組」（National Repsonse Team，簡稱NRT）。馬里諾和我並不屬於菸酒槍械管制局，不過在情況危急的時候也常被徵召。我曾經參與過紐約世貿中心、奧克拉荷馬市爆炸案和環球航空八〇〇班機墜機事件等災難處理工作，也曾經到瓦可協助辨識大衛教派的信徒屍體，以及鑑識被郵彈殺手毀容的受害者遺體。基於這些悲慘經驗，我知道菸酒槍械管制局只有在涉及死亡事件的時候才會召喚我。加上馬里諾，表示案情屬於凶殺性質。

「有多少死者？」我伸手拿電話留言夾板。

「問題不在死了多少人，醫生，而是死者是誰。那座農場的所有人是報業鉅子坎尼斯・史帕克，別無分號。看來他的命大概不保了。」

「噢，天啊，」我低聲自語，整個世界突然一片暗寂。「確定嗎？」

「至少是失蹤了。」

「可以告訴我為什麼現在才對我提這件事嗎？」

我沒來由地惱火，並且遷怒在他身上。因為維吉尼亞州的所有不明屍體都歸我管，我應該早在馬里諾通知我以前就接獲通報才對。我很氣我的北維吉尼亞辦公室同事沒有打電話到我家裡通知我。

「別責怪費爾法克斯郡的同事了，」馬里諾猜透了我的心事。「是佛奎爾郡要求管制局由這裡接手的，所以就這樣囉。」

我還是覺得不妥，只是情況如此，不能不照辦。

「我猜大概還沒發現屍體吧。」我說，迅速做著筆記。

「猜對了。這個好玩的任務就交給妳了。」

我停頓下來，筆擱在電話留言紙上。「馬里諾，這只是普通住宅的火災，就算有縱火嫌疑而且涉及名人，我不懂菸酒槍械管制局為何會對這案子感興趣。」

「威士忌、機關槍，加上昂貴馬匹交易，這可是大生意哩。」馬里諾回答。

「好極了。」我喃喃唸著。

「是啊，這肯定是場惡夢。消防隊長晚一點會打電話給妳。還有妳最好趕緊打包行李，直升機傍晚就會來接我們。時機不對，一向都這樣。我想妳可以和妳的寶貝假期吻別嘍。」

班頓和我計劃今晚開車到希爾頓海岬去海邊渡假一週。今年我們忙得少有機會獨處，而且關係鬧得有點僵。我掛斷電話，不知道該如何面對他。

「對不起，」我對他說。「我想你一定也猜到了，又有重大案件發生。」

我望著他，不知該說什麼。他繼續讀嘉莉的信，沒看我。

「我明天一早就得離開，過幾天我或許能去島上找你。」我說。

他沒聽進去，因為他不想聽這些。

「請你諒解。」我說。

他沒聽見似的，我知道他非常失望。

「妳最近在處理那些殘骸案件，」他看著信說。「愛爾蘭和本地的幾樁肢解案。信裡寫的『鋸斷骨頭』。也許她邊幻想著露西一邊自慰，每晚在被子裡達到好幾次高潮。誰知道呢。」

他的視線停在信紙上，似乎在自言自語。

「她是在告訴我們她們兩個依然有關係，嘉莉和露西，」他繼續說。「她利用我們是企圖讓自己脫離干係，表示那些犯罪案件發生的時候她並不在場，是其他人犯的案。多重人格，既不獨特也沒什麼創意的瘋子。我原本以為她很特別的。」

「她絕對有能力面對審判。」我回了句，又惱火起來。

「這我們都很清楚，」他拿起一瓶愛維養礦泉水來喝。「小露露這稱呼又是怎麼來的？」

我有些結巴，「是她進幼稚園以前我給她的暱稱，後來她漸漸的不喜歡人家這樣叫她，但我有時候還是會說溜嘴。」我停頓，回想著她那時候的模樣。「她大概把這暱稱告訴了嘉莉吧。」

「這並不奇怪，有一陣子露西和嘉莉的確很親密，」衛斯禮點出事實。「她是露西的初戀，我們也都知道人永遠不會忘了初戀情人，無論那個人有多爛。」

「大部分人不會找個瘋子當初戀情人。」我說，依然無法相信我的外甥女露西這麼做了。

「瘋子就在我們當中，凱，」他又開始說教。「搭飛機時坐在妳身邊的那個散發智慧和魅力的人，排隊時站在妳後面的人，跑到後台找妳的人，在網路上和妳搭訕的人。他們就像兄弟姊妹、同學、兒女、情人，看起來跟妳我沒兩樣。露西沒得選擇，她根本不是嘉莉•葛里珊的對手。」

後院的草坪長了太多苜蓿。今年春天冷得不太尋常，對玫瑰再適合不過了。花朵低垂著，在驟風中顫抖，淺色花瓣紛紛落地。曾經擔任調查局犯罪心理側寫小組組長，現在已退休的衛斯禮繼續他的分析。

「嘉莉想要高特的照片，犯罪現場照片、解剖照片。妳把照片給她，相對的她會告訴妳一些妳可能遺漏的案情細節和驗屍關鍵點，可能對下個月開庭時的檢察起訴有幫助。她在奚落妳，認為妳可能有所疏漏，而且多少和露西有關。」

他的老花眼鏡摺疊著放在他的餐盤巾旁邊，他拿起來戴上。

「嘉莉希望妳去看她，去寇比看她。」

他凝視著我，一張臉緊繃著。

「是她沒錯。」

他指著那張信紙。

「她在故弄玄虛。我知道，這是她的作風。」他極度疲憊的吐出這句。

「黑暗之光又是什麼意思？」我猛的站起，一顆心忐忑著。

「血。」他篤定的說。「妳刺中高特大腿的時候，切斷了他的腿部動脈，使得他流血致死，要不也會被列車輾死。鄧波爾・高特。」

他再度摘下眼睛，異常激動。

「只要嘉莉・葛里珊在，他就在，這對邪惡雙胞胎。」他補充說。

事實上他們並非雙胞胎，只是同樣染了頭髮，而且剃得短到緊貼著頭皮。我最後一次在紐約看見他們的時候他們瘦得像尚未發育，穿著充滿陽剛氣。他們共謀犯下凶殺案，我們在寶華利街逮住了她，他則死在地下鐵道裡，死在我手上。當時我根本無意見他、和他交談，或者跟他有任何接觸，因為我的職務並不包括了解罪犯心理，更別說為了法理正義而殺人了，但這是高特想要的。他安排了這結局，因為我殺了他就等於和他永遠連結在一起。我這輩子再也擺脫不了鄧波爾・高特，儘管他死了已有五年之久。我腦中依然殘留著他血跡斑斑的屍體碎片散落在亮閃的不鏽鋼鐵軌上，老鼠從陰暗角落竄出舔食他鮮血的畫面。

惡夢中，他冰冷的藍眼珠放射著分子般的虹彩，隆隆列車聲夾帶著足以遮蔽滿月的刺眼白光。在殺了他之後的幾年當中，我一直避免替火車罹難者驗屍。由於我主管維吉尼亞州的法醫人事，有權將案件指派給我的副手們去執行。實際上我也這麼做了。我無法用平常心去看待解剖刀的森冷刀鋒，因為他佈下陷阱，讓我用解剖刀刺殺他，而我也真的這麼做了。我經常在人群中看見酷似他的放浪男女，夜晚睡覺時我總是把槍放在身邊。

「班頓，你何不去洗個澡，然後我們來商量渡假的事，」我說，試圖驅散那些令人難堪的記憶。「單獨在海邊悠閒的看書、散步，你會喜歡的。你不是愛死了越野單車？也許擁有一點個人空間對你是件好事。」

「必須讓露西知道，」他也站了起來。「雖說嘉莉目前受到拘禁，可是她仍在製造更多麻煩把露西拖下水，嘉莉在這封信裡頭表明得非常清楚。」

他走出廚房。

「她還能製造什麼麻煩呢？」我說，淚水湧上喉嚨。

「把妳的外甥女拖上法庭，」他停下腳步說。「公諸媒體，登上《紐約時報》、《美聯社》，甚至《內幕傳真》、《今夜娛樂》（譯註：Hard Copy和Entertainment Tonight分別為美國著名小道新聞節目和影劇節目），甚至鬧得全球皆知。聯邦調查局探員和瘋狂連續殺人犯是同性戀情侶……」

「露西已經離開調查局，不再理會他們的偏見、謊言和急於維護調查局偉大聲譽的媚俗心態。」我濕了眼眶。「她已經一無所有，他們再也找不到方法可以打擊她了。」

「凱，這事不只跟調查局有關。」他說，疲憊已極的聲音。

「班頓，別說了……」我哽咽著說。

他倚在客廳通道門邊。客廳裡燃燒著爐火，因為這天氣溫低於華氏六十度。他不喜歡我用這種態度說話，不想深入自己靈魂的陰暗面。他不想提嘉莉可能會有的惡毒行為，當然一方面也因為他擔心我。因為我必須出庭為嘉莉·葛里珊的罪行作證，而我又是露西的阿姨。我作為證人的可信度勢必受到質疑，我的宣誓和名譽必然也隨之掃地。

「我們出去吃晚餐吧，」衛斯禮的語氣柔和許多。「妳想去哪裡?拉博蒂?還是到貝尼餐廳烤肉喝啤酒?」

「我去把湯解凍，」我抹著淚水，轉換口氣說。「我不怎麼餓，你呢?」

「過來。」他溫柔的說。

我窩進他懷裡。我們親吻時我發現他帶著鹹味，同時又一次驚訝於他身體的結實觸感。我把頭靠著他，他下巴的鬍渣摩挲著我的頭髮，顏色就像我暫時無緣見到的海灘一樣潔白。短時間內我們將無法在沙地上並肩漫步，或者在拉波拉和查理餐廳共進晚餐了。

「我最好去看看她到底有什麼要求。」我在他溫暖汗濕的頸窩裡說。

「想都別想。」

「高特的驗屍工作是在紐約進行的，我沒有照片。」

「嘉莉非常清楚法醫會如何處理高特的屍體。」

「既然這樣她為什麼還向我要?」我喃喃說著。

我倚著他，緊閉眼睛。他稍稍停頓，吻了下我的頭頂，然後輕撫我的頭髮。

「妳也知道為什麼，」他說。「她想操縱全局，把妳耍得團團轉，她最擅長這種事。她要妳替她取得照片，好看見高特面目全非的模樣，如此一來她便可以擺脫和他的關係。目前她正懷著鬼胎，妳要是回應她的需求，那就太不智了。」

「她所說的GKSWF——是什麼？電腦帳號之類的嗎？」

「我也不知道。」

「還有雉雞之地？」

「不懂。」

我們經常在這棟裡外完全由我自己設計的房子裡待著。班頓除了參與國內外重大犯罪案件的側寫工作以外，其餘時間幾乎都給了我。我知道他聽不慣我老是把我、我的掛在嘴上，儘管他也明白我們並未結婚，沒有任何一樣東西是我們共同擁有的。我已經過了人生的中點，不可能在法律上讓任何人，包括我的情人和家人在內，共享我的財物。或許這樣很自私，或許我就是個自私的人。

「明天妳走了我怎麼辦？」衛斯禮終於肯面對這話題。

「開車到希爾頓海岬然後去購物，」我回答說。「記得買足夠的黑布希和蘇格蘭威士忌。要買比平常更多的量，還有防曬係數三十五和五十的防曬乳液，還有南卡羅來納的大核桃、蕃茄和維答利亞甜洋蔥。」

淚水再度湧上我的眼眶，我清了清喉嚨。

「我會盡快搭飛機去跟你會合，不過我不確定華倫登的案子多久會結束。以前也發生過這種情況，我們都經歷過了，不是你沒空就是我無法配合。」

「我想問題出在，我們的生活實在不像樣。」他在我耳邊說。

「這也是我們自找的。」我回說，同時有股難以抗拒的衝動想要睡覺。

「也許吧。」

他低頭吻我，雙手溜到他最偏愛的位置。

「我們可以先上床再喝湯。」

「這次審判肯定有不妙的事發生。」我說。希望我的身體能對他起反應，可是很難。

「為了她的案子，我們全部都得回到紐約，調查局、妳、露西。沒錯，我相信五年來她一直在想著這件事，而且竭盡所能的企圖製造大麻煩。」

我離開他的懷抱，嘉莉那張尖銳憔悴的臉孔突然從我腦中的某個死角浮現。我記得那晚，在調查局位於匡提科的國家學院那座射擊練習場附近，外貌出眾的她和露西在野餐桌邊抽菸。我至今仍可以聽見她們嬌俏的相互細聲挑逗，看見她們纏綿的親吻，兩手在髮際穿梭。我記得我渾身不自在，迅速悄悄溜走，避免讓她們察覺我看見了那一幕。從此嘉莉開始進行毀掉我外甥女一生的計劃，如今這齣光怪陸離的戲已到了尾聲。

「班頓，」我說。「我必須開始整理行李了。」

「相信我，妳的行李沒問題。」

他急切的脫去我的一層層衣服，皮膚除外。他時常在我和他不同調的時候需要我。

「我無法向你保證什麼，」我細聲說。「我無法告訴你一切都會順利沒事，因為事實並非如此。那些律師和媒體不會放過露西和我的。我們會被糟蹋得體無完膚，而嘉莉則會獲判無罪。就這樣！」

我將他的臉捧在掌心。

「真相和公理，美國式正義。」我做著結論。

「別說了。」

他靜止不動，定睛凝視著我。

「別又挑起事端，」他說。「妳以前不會這麼憤世嫉俗的。」

「我不是憤世嫉俗，而挑起事端的人也不是我，」我說，莫名的氣憤起來。「我沒有找上一個十一歲的小男孩，切掉他大片肌膚，然後把他赤裸裸丟在垃圾收集箱旁，頭部還嵌著顆子彈。接著又殺了一個治安官和一名獄警。接著是他的雙胞胎妹妹珍恩。記起來了嗎，班頓？還記得聖誕節前夕的中央公園嗎？雪地裡滿佈著腳印，噴水池被她冰凍的鮮血給染紅了！」

「我當然記得。當時我也在場，所有細節我和妳一樣清楚。」

「不對，你沒有。」

我一把抱起我的衣服，憤憤走開。

「你沒有把手伸進他們殘破的軀體裡，碰觸、測量他們的傷口，」我說。「你沒聽見他們死後所說的話。你沒看見那些家屬的臉孔，他們擠在我那狹小寒酸的辦公室裡，只等我宣佈令人心碎的壞消息。你沒看見我所看見的那些，你沒有，班頓‧衛斯禮。你看見的是乾乾淨淨的檔案夾、光滑的照片跟冷冷的犯罪現場。你的時間大都花在那些凶手身上，而不是被他們剝奪了生命的人身上。也許你也睡得比我安穩吧，也許你還會做夢，因為你不怕做惡夢。」

他不發一語離開我的屋子。我說得有點過火，這些話既不公道又刻薄，而且也並非事實。衛斯禮從沒安穩睡過，經常翻來覆去的發出囈語，被子被冷汗浸透。他很少做夢，或者他已經學會忘掉夢的內容。我用鹽和胡椒罐壓住嘉莉那封信的四角，把它的摺痕攤平，她那些嘲弄和令人不安的字句成了不可隨意碰觸侵犯的證物。

用寧海德林反應劑或者盧瑪探照儀也許可以找出她留在這張廉價白紙上的指紋，信的書寫模式和以前她寄給我的信件比對，我們便可以證明她在即將接受紐約高等法院審判的關鍵時刻寫了這封充滿惡意的信件。陪審團將會明白，她在經過五年用人民納稅錢支付的精神治療之後並沒有絲毫改變。她全然沉迷於自己的作為，沒有一點悔意。

我知道班頓還在附近，因為我沒聽見他那輛BMW離去的聲音。不久後，發現他站在樹蔭下，眺望著詹姆士河的寬廣岩岸。河水酷寒，冰凍大地和卷雲的色彩在陰沉的天空下顯得晦澀不明。

「我回到屋裡以後會馬上出發到南卡羅來納。我會把公寓整理乾淨，然後去替妳買蘇格蘭威士忌，」他說，沒有回頭看我。「還有黑布希愛爾蘭威士忌。」

「你可以明天再走，」我害怕靠近他。他的一頭銀髮被偏斜的天光映得發白，一陣風將它攪得蓬亂。「我明天一早出發，你可以跟我一起走。」

他沒說話，抬頭望著一隻白頭鷲，我走出屋子以後牠就一直跟著我。班頓穿著件紅色運動夾克，可是那件潮濕的慢跑短褲還是讓他冷得發抖，兩手緊抱在胸前。他的喉頭隨著吞嚥動作起伏著，痛苦從他內心某個只有我有權窺探的隱密角落放射開來。像這種時候我總不懂他為何一直守著我。

「別奢望我一成不變，班頓。」我柔聲說，這話自從我和他相愛以來說過不下百萬次。

他依然沒答腔。河水有氣無力的滾向下游，發出單調的傾瀉聲響，不情願的朝著暴猛的水壩挨近。

「我能得多少就要多少，」我解釋說。「我比大多數人需索得更多。別對我期望太高，班頓。」

那隻白頭鷲在高聳的樹頂盤旋。班頓終於開口，委屈似的。

「我也比一般人需索得更多，」他說。「因為妳也是這樣。」

「沒錯，這是相對的。」

我走向他，從他背後伸出手臂，隔著層光滑的紅色尼龍夾克環抱住他的腰。

「這點妳再清楚不過了。」他說。

我緊摟著他，用下巴磨蹭他的背脊。

「妳的鄰居在看我們，」他說。「他站在落地窗後面。妳知道妳這個高級社區裡有個偷窺狂嗎？」

他拿兩手蓋住我的手，不為什麼的逐一扳弄我的手指。

「話說回來，要是我住這裡，一定也會窺探妳。」他帶著笑意補充了句。

「你本來就住這裡。」

「不對，我只是在這裡過夜。」

「來談談明天早上的事吧。按慣例，他們大約會在五點鐘到眼科醫療中心接我，」我對他說。「所以我四點鐘就得起床……」我嘆了口氣，心想我的生活是否就這麼繼續下去。「你得留下來過夜。」

「我才不要四點鐘起床。」他說。

2

清晨在大地初染上藍色曙光的朦朧時刻降臨。我四點鐘起床，衛斯禮也起床了，決定和我一起出門。我們匆匆親吻，幾乎沒正眼對看一下就趕著上車，因為匆促道別總是比難分難捨容易得多。只是當我沿著西卡瑞街開往修格諾橋的當中，一股莫名的沉重感蔓延開來，讓我突然難過不安起來。

根據以往的慘痛經驗，我這週不太可能見到衛斯禮了，當然也別想好好休息、看書，或者睡大覺。火災現場的處理向來棘手，光是牽涉到一個重要人物陳屍在他華盛頓特區的豪華臥房裡的情節便足已帶來政治困擾和無止盡的公文往返。死者知名度越高，我必須面對的媒體壓力也就越大。

眼科醫療中心仍然一片昏暗。這地方並非醫學研究機構，也不是基於尊崇某個姓Eye的贊助者而命名的。我每年總要到這裡來幾次，調整眼鏡度數或檢查視力。每回在這裡停車總有種奇怪的感覺，因為這附近的空地就是我經常搭直升機飛往災難現場的地點。熟悉的聲音從遠方穿越大片黑暗樹林而來，我打開車門。我彷彿看見焦黑的骨頭和牙齒散落在瓦礫灰燼當中，彷彿看見史帕克的鮮亮套裝和堅定的臉孔，一股濃霧般的寒意令我心頭一震。

直升機蝌蚪狀的翦影從殘缺的月亮下方飛越。我拿起防水背袋和那只刮痕累累、裝滿各種法醫檢驗器材和照相機等必需品的銀色哈利柏頓鋁箱。修格諾路上有兩輛汽車和一輛小貨車突然減速。這些晨曦中的駕駛人好奇望著那架低空飛行、即將降落的直升機，他們甚至轉入停車場，下了車呆瞪著直升機螺旋槳緩緩攪動著電線、水坑、泥巴和飛捲的沙塵。

「一定是史帕克來了。」一個開著輛順風汽車在風沙中趕到的老人說。

「也許是運送捐贈器官的。」小貨車駕駛人迅速瞥了我一眼說。

他們的對話有如枯葉飄散空中。同時那輛黑色貝爾長程直升機精準的在定點優雅迴旋而後緩緩降落。它的駕駛人，我的外甥女露西在一片被降落燈照得青白的草浪中巧妙穩住了機身。我拎起行李走了過去。它的樹脂玻璃窗顏色深得無法看透飛機內部，我拉開後機門，一眼便認出伸出壯碩手臂來接行李的人。我登上直升機。這時越來越多車輛減速下來觀望這奇景，樹林頂端的天空染上絲絲金色曙光。

「我正在想你到底在那裡。」我關上機門然後提高音量大喊，試圖蓋過螺旋槳的噪音。

「機場，」彼德・馬里諾回答。我在他身邊坐下。「那裡比較近。」

「才沒有。」我說。

「至少那裡有咖啡跟洗手間。」他說。我知道他不是有意照著順序說出。「看來班頓得一個人出發去旅行了。」他又補了句。

露西將油門桿拉滿，螺旋槳轉速加快起來。

「告訴妳吧，我有種感覺，」直升機亮燈起飛時他語氣乖張的說，「這回肯定有大麻煩。」

馬里諾的專長是死亡調查，雖說他極度怕死。他不喜歡飛行，尤其害怕搭乘沒有空服員或機翼的飛機。他膝蓋上的《里奇蒙時報快訊》被捏成一團，他也不肯俯瞰疾速後退的地面，以及像巨人般從遠方地平線緩緩聳立起來的城市。

報紙的頭條正是關於那場火災的報導，包括一張濃煙密佈的火災現場空拍照片。我仔細閱讀，但沒什麼新發現，因為這則頭條主要圍繞著坎尼斯・史帕克未經證實的死亡以及他在華倫登的名聲財富打轉。我從來不知道他擁有這麼一大群馬匹，其中甚至有匹名叫「風」的馬參加過肯塔基德比馬賽，身價不菲值一百萬美元。不過我並不驚訝。史帕克一直是個投資冒險家，自負且極具野心。我把報紙放在對面座椅上，瞥見馬里諾的安全帶鬆脫了，在地上拖著沾染灰塵。

「萬一就在你沒繫安全帶的時候，我們突然遇上猛烈亂流，怎麼辦？」我在輪機引擎噪音中大喊。

「就打翻咖啡囉。」他把腰間的槍枝挪正，他的卡其褲褲管緊繃得活像就快爆裂的香腸。

「雖說妳處理過那麼多屍體，或許還不明白一點，那就是萬一這隻大鳥真的往下掉，醫生，光靠安全帶是沒用的，就連安全氣囊都救不了妳，如果我們有這東西的話。」

事實上，他討厭腰部受到任何束縛，而且褲頭都溜到了腰部以下，我時常讚嘆他的臀部竟然能夠將褲子撐起來。他從油膩的紙袋抓出兩塊哈帝漢堡的比司吉，發出一陣窸窣聲響。他的襯衫口袋裡鼓鼓的一包菸，臉色依然是典型的高血壓症狀，紅通通的。當初我從邁阿密老家搬來維吉尼亞的時候，他還是刑事組的警探，天生惹人厭的彆扭脾氣。我還記得我們最初在停屍間裡的幾次談話，他尊稱我為史卡佩塔女士，對我的同事大呼小叫的，高興拿什麼證物就直接帶走。他曾經把我還沒貼標籤的子彈拿走而惹惱了我，還戴著沾血的手術手套抽菸，拿那些一度也是活生生的人類屍體開玩笑。

我望著窗外天空滑過的雲朵，感覺時光飛逝的無奈。我不敢相信馬里諾已將近五十五歲，十一年來我們幾乎每天就這麼在拌嘴爭執中度過。

「要吃嗎？」他舉著一塊用蠟紙包著的比司吉說。

「我連看都不想看。」我不知感激的說。

彼德・馬里諾非常清楚他糟糕的飲食習性有多麼令我擔心，他這麼做只是想引起我的注意。他在塑膠杯裡多加了些糖，拿他多肉的手臂當緩衝墊，隨著氣流起伏小心攪拌著咖啡。

「咖啡呢？」他問我。「快滿出來了。」

「不了，謝謝。來討論一下工作進度如何？」我切入正題，緊張感驟然升高。「除了昨晚那些，還有新的消息嗎？」

「還有幾個地方在悶燒，主要是幾間馬廄。」他說。「馬匹數目遠比我們預料的多，被燒死的起碼有二十幾匹，包括幾匹純種馬、混種馬和兩匹附有血統族譜的小馬。妳一定也聽說了參加過德比馬賽的那匹馬吧。光是這匹馬的保險金就難以估計了。有個自稱是證人的傢伙說，那些馬慘叫的聲音就跟人一樣。」

「什麼證人？」這還是我第一次聽到。

「呃，有一大堆閒人被叫去問訊，說他們看見這個那個的。有個老傢伙每次一有重大事件發生他就會跑來搶鏡頭。其實哪需要目擊證人，誰不知道那些馬會又叫又跳的想要衝出馬廄呢。」他的口氣轉為強硬。「我們非逮住縱火的傢伙不可。我倒要看看，換成他的屁股燒起來會有什麼反應。」

「我們還不知道有這麼個縱火犯，至少還不確定，」我提醒他說。「根本沒人說是縱火案件。當然我們這趟並不是受邀去騎馬渡假的。」

他轉頭望著窗外。

「我最恨案子扯上動物了，」他灑了點咖啡在膝蓋上。「可惡。」他瞪我一眼，好像我有罪似的。「動物，還有小孩。一想到這些我就想吐。」

他似乎不太關心那個或許已經在大火中喪生的名人。不過根據我對他的了解，他在情感上一向是避重就輕的，一點都不像他所刻意表現出來的那樣憎恨人類。我回想他剛才描述的，腦中浮現那些純種馬和幼馬的驚恐眼神。

我無法想像那些嘶叫聲，還有慌亂馬蹄踩碎木板的情景。火苗有如岩漿漫流過華倫登農場的房舍、馬廄、威士忌酒庫和槍械收藏室，火焰所及之處只殘留光禿的石牆。

我看著馬里諾背後的駕駛座。露西正透過無線電和同屬菸酒槍械管制局的副駕駛談話，兩人指著地平線下一架奇諾克雙螺旋翼運輸直升機和一架遙遠得只見銀色玻璃閃光的飛機。氣溫隨著漸次明亮的陽光升高。我有點無法專心，因為我望著我的外甥女，忍不住再度傷感起來。

她辭去了聯邦調查局的工作，因為情勢逼得她不得不如此。她離開了自己創造的人工智慧電腦系統、設計的機器人，以及為了心愛的調查局而學會駕駛的直升機。露西捨離她的所愛，再也不是我所能了解的了。我一直避免和她談論嘉莉的事。

我靜靜靠著椅背，開始翻閱華倫登案的相關資料。多年前我便學會了如何將注意力投注於某一點，無論當時我的思緒或者心情有多混亂。我感覺馬里諾又在瞪著我看。他摸索著襯衫口袋裡那盒香菸，為了確認他的惡習仍在似的。螺旋槳啪啪發出巨響。他拉開窗戶，彈著菸盒想抖出一根來。

「不要，」我翻著文件說。「想都別想。」

「這裡又沒有禁菸標誌。」他把一根萬寶路塞進嘴裡。

「掛禁菸牌有什麼用，反正你根本看不見。」我看著手上的資料，對於消防隊長昨天提及的某一點感到困惑。

「基於謀利而蓄意縱火？」我說著抬頭看他。「是在暗示農場所有人坎尼斯・史帕克可能是意外死於他所製造的火災？這說法有什麼根據？」

「這名字還真像縱火犯哩（譯註：史帕克，原文Spark，火花之意），」馬里諾說，「肯定是他幹的沒錯。」他說著猛吸了口氣。「如果真是這樣，也是他應得的。妳知道的，妳可以把混混帶離街上，卻不能把街道帶離開那些混混。」

「史帕克可不是在黑街長大的，」我說，「順便一提，他得過羅德學者獎。」

「羅德是什麼鬼？」馬里諾繼續說，「我還記得這渾蛋利用他的報社大肆批評警方。所有人都知道他在做古柯鹼跟女人的生意，可是我們找不到證據，因為沒人敢站出來協助我們。」

「沒錯，沒人能夠證明，」我說。「而你也不能只根據一個人的名字或者他的辦報方針就認定他是縱火犯。」

「那麼妳該去和專家談談，有些渾蛋的名字真的就跟他們犯的罪相互呼應呢，」馬里諾吸著菸，又倒了些咖啡。「驗屍官高爾（Gore），連續殺人犯史勞特（Slaughter），變童狂柴爾茲（Childs），把受害人埋在墓地的巴利先生（Bury）。還有蓋洛和弗萊茲法官（Gallowm，Frye）。加上菲德列・甘柏（Gamble），他在自己的餐廳裡設牌局的時候被人圍毆。費格醫生

（Faggart）謀殺了五名男性同性戀者，把他們的眼球挖了出來。還記得克利斯普（Crisp）吧？」他對我說。「被閃電擊中，衣服碎片灑了教堂停車場一地，腰帶環釦還被磁化了。」

我不想一大早就聽這些。我從背後抓了一副耳機，將馬里諾的聲音隔絕，順便聽聽駕駛座有什麼動靜。

「我絕不要在教堂旁邊被雷擊中，讓所有人議論紛紛。」馬里諾說個不停。

他又加了些咖啡，好像他的攝護腺和泌尿系統已經沒問題了似的。

「這些年來我一直在做筆記，從沒告訴任何人，就連妳都不知道，醫生。妳從來不記這些東西的，妳總是過了就忘了。」他啜了口咖啡。「我覺得我都可以出書了，類似商店櫃檯排列的那種袖珍書。」

我戴上耳機，望著窗外的鄉村田野。休耕的農田逐漸變成有著大穀倉、舖著長長柏油道路的農場。圍籬內草地上的無數黑點是母牛和小牛群，一輛聯合收割打穀機緩緩駛過留下一堆堆麥草，揚起陣陣塵屑。

我俯瞰著地面的景致漸漸轉換成華倫登地區。這裡的犯罪率極低，數百畝土地上分布的建築包括了民宿、網球場、游泳池和漂亮的馬廄。飛機低空掠過許多私人停機坪和鴨雁悠游其中的湖泊。馬里諾張嘴呆瞪著。

飛機駕駛等候著和地面的國家應變小組取得連絡。不久露西的聲音傳來，她變換無線電頻率然後開始傳送訊息。

「編號九一九DA直升機呼叫艾可一號。婷安，聽見了嗎？」

「收到，DA九號。」小組組長婷安・麥高文回應。

「我們位在南方十哩處，正載送人員飛往內陸，」露西說。「預計到達時間，八點整。」

「羅傑，這裡的冬天似乎不會更暖和了。」

露西將頻率轉到麥納薩斯市自動天氣觀測系統，我聽著一長串西耶拉時報所提供的當日最新風速、能見度、天空狀況、氣溫、露點，以及飛行高度設定等等資訊。從我離家之後氣溫已經降了攝氏五度。我想像班頓正朝向暖暖的陽光和海水而去。

「那裡正在下雨。」露西的副駕駛透過麥克風對她說。

「那兒的位置在西邊二十哩以外，吹西風，」露西回答。「七月下雨是常有的事。」

「又有一架奇諾克直升機朝這方向接近，在水平線以下。」

「提醒一下他們吧。」露西說著再度變換無線電頻率。「DA九一九號直升機呼叫華倫登上空的奇諾克直升機，你們上升中嗎？我們在你們的三點鐘方位，北方兩哩的位置，高度一千呎。」

「看見了，DA，」那架以印地安部族名稱命名的軍用雙主旋翼直升機回應。「沒問題。」

露西按了兩下通話鍵。她冷靜低沉的聲音透過電波傳入陌生人的天線，聽起來有些生疏。我繼續旁聽，不久便忍不住插嘴。

「風速跟氣溫呢？」我盯著露西的後腦杓問。

「風速二十節，往西將會達到二十五節，」她的聲音在我耳機裡迴響。「你們坐在後面還好吧？」

「我們很好。」我說，又想起嘉莉那封惡作劇的信來。

露西身穿菸酒槍械管制局的藍色制服，一副西碧太陽眼鏡遮住她的眼睛。她留長了頭髮，優雅蜷曲著垂在肩上，讓我聯想起潤澤、帶有異國風味的紅桉木，和我的淡金色短髮全然不同。我想像她操控著反扭力操縱和儀表板讓直升機平穩飛行的模樣。

她就像以前學會許多其他事物一樣學會了飛行。她達到私人和商用飛機的最低飛行時數，接著取得正式飛行指導員資格，只因為她樂於向眾人展示自己的才華。

不需要聽耳機也知道，我們已經到達旅途終點。飛機飛越一片樹林，裡頭像林肯積木似的散落著許多剛砍下的樹木，細狹曲折的泥道和小徑一路延伸。在低矮山丘的另一邊，殘酷的火災遺留的煙霧形成高聳的灰色樑柱。坎尼斯・史帕克的農場已化為一座令人驚心的黑窟，仍在悶燒的焦黑屠宰場。

屠殺過後的火留下了燃燒軌跡。我俯瞰著那些壯觀的石造宅邸、馬廄和穀倉的殘骸和焚燒殆盡的大片土地。許多消防車闖越了這片私人產業四周的白籬笆，在大片修剪整齊的草坪上留下雜亂的輾痕。數哩外的遠方是更廣闊的牧草原和一條窄小公路，後方是維吉尼亞變電所，更遠處是大片房舍。

八點鐘不到，我們進入史帕克這座位在維吉尼亞的農場，直升機停在和火災現場有相當距離的地方，以免螺旋槳的噪音驚擾了他們。馬里諾一下飛機便直接過去。我留在那裡，等候駕駛員們關閉主旋翼和所有操縱開關。

「謝謝你送我們過來。」我對特別探員吉姆‧墨瑞說。他是露西這次飛行的副駕駛。

「是她負責駕駛的。」

他打開行李艙門。

「你們去忙吧，這裡我來照料。」他對我的外甥女說。

「妳似乎越來越順手了。」我和露西一起走向農場時我對她說。

「我只是盡力而為，」她說。「來，我幫妳提行李。」

她拿過我的鋁箱，在她強壯的手中那只箱子似乎變得輕盈。我們並肩走著，身穿同樣的制服，儘管我沒有配戴槍枝和無線電對講機。我們腳上的金屬補強長靴已經舊得龜裂且泛著灰色。我們走近一個灰色帳篷，鞋底開始沾上黑泥，這裡就是我們未來幾天的指揮站了。帳篷旁邊停著輛龐大的白色皮耳斯指揮車，備有緊急照明，車身印著「財政部」徽誌，以及菸酒槍械管制局的單位名稱縮寫「ATF」和「爆裂物調查組」的淡藍色字體。

露西走在我前面，一頂深藍色帽子遮蔭著她的臉龐。她已經被調到費城，不久就要搬離華盛頓特區。想到這裡，我突然覺得自己好老、好疲倦。她長大了，而且達成了我在她這年齡時同樣的成就。我不希望她離開我太遠，可是我沒讓她知道。

「情況不妙，」她開口說。「地基雖然和地面等高，可是這屋子只有一扇門，因此消防水在裡頭積成一個小水池。我們已經讓卡車送幫浦過來了。」

「水池有多深？」

我想像數千加崙的水從消防水帶噴出，將無數危險的瓦礫殘屑沖進那灘黝黑冰冷的濃湯裡。

「這得看妳站在什麼地方。如果我是妳，就不會接這案子。」她的語氣讓我覺得自己很沒用。

「妳會接的。」我難過的說。

露西總是毫不隱藏她對於和我一起工作的觀感。她並非粗率，只是經常在她同事面前表現得好像不認識我似的。我記得早些年，每次我到維吉尼亞大學去探望她，她總是刻意不讓她的同學們看見我們在一起。我知道她並非以我為恥，而是把我看成她生命中的巨大陰影，也因此這些年來我非常努力的避免去影響她。

「妳行李整理完了嗎？」我故作輕鬆的問她。

「拜託別提醒我搬家的事。」她說。

「是妳自己想去的。」

「當然，這是個大好機會。」

「的確，我也很為妳高興，」我說。「珍奈好嗎？我知道妳們一定很不好受……」

「又不是分隔南北半球。」露西回了句。

我知道並非如此，她心裡也清楚。珍奈是調查局探員，她們兩人早在匡提科受訓時期就是戀人了。如今她們分屬兩個聯邦執法單位，不久就要分隔兩地，現況很可能再也不允許兩人維持以往的關係。

「妳覺得我們今天有時間私下談談嗎？」我們繞過許多水窪時我說。

「當然。等我們結束這裡的工作，可以一起喝杯啤酒，如果這樹林裡找得到酒吧的話。」她回答。一陣強風吹來。

「無論多晚都沒關係。」我補充說。

「到了，」露西低嘆一聲，我們抵達帳篷。「喂，弟兄們，」她大喊。「好玩的在哪裡？」

「這裡就是啊。」

「醫生，妳最近也接受到府出診啦？」

「才不，她是來當露西保母的。」

除了馬里諾和我，國家應變小組還召集了另外九男和兩女，包括組長麥高文。所有人穿著一式的深藍色工作服，和靴子一樣又舊又塌，而且還是綴補過的。探員們圍繞著指揮車敞開的後門忙進忙出。卡車閃亮的鋁質車廂隔成許多層架和待命座椅，外部隔間則堆放著一捲捲警方封鎖黃布條、畚箕、鶴嘴鋤、照明燈、撢子、白鐵剪和圓鋸機等。

這部流動指揮車還配備了電腦、照相影印機和傳真機、水壓起重機、抽水機、鐵鎚和用來破壞現場救出生還者的切割機。事實上，我想不出這輛卡車還缺什麼，廚師或洗手間吧。

有些探員已經開始在裝滿肥皂水的塑膠桶裡消毒他們的靴子、耙子和鏟子了。這工作是無止盡的，而在寒冷的天氣裡，手腳又很難保持乾爽暖和。連排氣管都得清除乾淨，避免殘留汽油。所有工具也都用電力或液壓方式操作而不用石油，以免有任何環節將來在法庭上受到質疑和審問。

麥高文坐在帳篷內一張桌子前，靴子拉鍊拉開，膝蓋上放著筆記夾板。

「好啦，」她對她的組員們說，「我們的火場指揮站已經部署得差不多了，你們大概很想念咖啡和甜甜圈吧，」她特別針對我們這些新加入的人補了句。「不過請各位注意。目前我們只知道這場火災是從前天，也就是七日晚上八點鐘開始燃燒的。」

麥高文大約和我同齡，屬於費城調查分局。我望著這位露西的新長官，心中隱隱作痛。

「或者該說，這是屋內火警偵測器啟動的時間，」麥高文繼續說，「消防車趕到的時候，整間房子都已起火，消防人員實在沒辦法靠近，只能在周圍噴灑水柱。至少他們嘗試過這麼做了。我們估計地下室積了大約三萬加崙的水，預計得花六個鐘頭才能抽乾。這是假設四個幫浦同時運轉，且完全沒有阻塞情形發生的話。順便一提，屋內電源斷了，本地的消防局會幫忙在裡面架設照明設備。」

「回應時間是多久？」馬里諾問她。

「十七分鐘，」她回答。「他們必須臨時找人手，這裡的消防人員全都是義消。」

有人咕噥了一聲。

「別太苛責他們了。他們動員了附近所有油罐車運水過來，所以他們沒有問題，」麥高文訓斥她的組員。「這屋子起火的速度就像紙張著火一樣，加上風太大，沒辦法噴灑泡沫。其實我認為就算噴灑了也沒有幫助，」她說著起身，向指揮車走過去。「問題在於這場火燒得又快又猛。目前我們只能這麼說了。」

她打開一道紅門，開始取出鏟子和耙子來遞給大夥。

「沒有任何線索足以顯示起火點的位置和起火原因，」她繼續說，「不過我們相信農場所有人，報界大亨坎尼斯•史帕克待在屋內，沒能逃出來，這也正是我們必須找醫生過來的原因。」

麥高文正眼望著我，銳利的眼神似乎看透一切。

「為什麼我們會認為他當時在屋裡呢？」我問。

「理由之一是，他似乎失蹤了，而且屋子後面有一輛焚毀的賓士。我們還沒有查對車牌，但推測應該是他的車，」一個火災調查員回答說。「還有替他的馬釘鐵蹄的鐵蹄匠在火災前兩天才來過，也就是週四，五日那天，那時候史帕克在家，而且似乎沒打算出門的樣子。」

「他出門的時候都是由誰替他照顧馬匹的？」我問。

「我們還不知道。」麥高文說。

「我想知道那位鐵蹄匠的名字和電話。」我說。

「沒問題。柯特？」她對一個屬下說。

「好的，我看看。」他翻開一本活頁筆記本，年輕的手掌由於長期勞苦而顯得異常粗壯。

麥高文從另一個隔間抓下幾頂淺藍色頭盔丟給大夥，一邊分派任務。

「露西、羅比、法蘭克、珍妮佛，你們跟我一起進去。比爾，你負責地面聯絡；麥可，你協助比爾，因為這是比爾第一次加入應變小組。」

「算你幸運。」

「噢，處女任務。」

「饒了我吧，各位，」名叫比爾的探員說，「今天是我太太四十歲生日，她再也不會理我了。」

「洛絲蒂負責坐鎮指揮車，」麥高文繼續說，「馬里諾和醫生在這裡待命。」

「史帕克曾經接獲威脅信之類的嗎？」馬里諾問。他的工作讓他必須考慮謀殺的可能性。

「關於這點你跟我們同樣清楚。」名叫羅比的火災調查員說。

「有個據稱是證人的，是怎麼回事？」我問。

「我們接到一通電話，」他解釋說。「一個男性，不肯透露姓名，而且是外地電話，無法查出是誰，不確定他說的是否屬實。」

「可是他說他聽見馬匹垂死的哀嚎。」我追問。

「是啊，說那些馬的慘叫聲很像人類。」

「難道他沒有說明他所在的位置為何能聽見那些聲音？」我開始惱火。

「他說他遠遠看見火災，於是開車過來一探究竟，觀看了大約十五分鐘，後來聽見消防車抵達，就開著他的道奇離開了。」

「這我倒不知道，而且十分不解，」馬里諾不滿的說，「他所說的時間和火警回應時間相當一致。我們也知道那些縱火狂很喜歡在犯罪現場逗留，欣賞自己的傑作。知道他的膚色嗎？」

「我跟他只談了三十秒鐘不到，」羅比回答說，「我聽不出他有特殊口音，語氣很溫和，很冷靜。」

大夥用沉默表達了失望，因為無從知道這人是誰，或是否真有其人。麥高文繼續逐一分派工作。

「我們親愛的強尼‧寇斯提羅，從菲力來的特派探員，將負責對媒體和本地要人，例如和華倫登市長之間的聯繫工作。市長已經打過電話來表達關切了，因為他不希望他的城市壞了形象。」

她從夾板上抬頭，掃視我們的臉。

「有個安全審查員正趕過來，」她又說。「還有派比也會來協助我們。」

幾個探員吹起口哨來表達對搜救犬派比的欣賞。

「所幸派比不擅長搜尋酒類，」麥高文戴上頭盔說。「因為地窖裡收藏了起碼有一千加崙的波本酒。」

「就這樣？」馬里諾問。「史帕克有沒有製造或者販賣私酒？我是說，他收藏的量未免也太多了吧。」

「史帕克先生是位收藏家，酷愛各種珍奇事物，」麥高文談起史帕克的語氣好像他已經死了。「波本、香菸、自動槍械、昂貴馬匹。我們不清楚他有沒有犯法，所以才需要各位專家，而不是那些聯邦笨伯。」

「真不想告訴妳，不過那些傢伙已經在附近探頭探腦，等著找機會插手了。」

「真是好人。」

「也許可以請他們來指導我們。」

「他們在哪裡？」麥高文問。

「就在一哩外的路上，開著輛薩伯邦。總共有三個人，穿著聯邦調查局的拉風外套。他們已經在向媒體放話了。」

「該死，別又招來一大堆攝影機。」

眾人之間衝著聯邦笨伯起了陣叫鬧訕笑。這是菸酒槍械管制局給聯邦調查局取的渾號。這兩個聯邦執法單位水火不容早已不是新聞了，因為調查局經常將不屬於他們的功勞竊為己有。

「說到痛處，」這時另一個探員開口，「老闆，巴傑汽車旅館不接受運通卡。還有我們的靴子都快見底了，難道要我們用自己的信用卡去買嗎？」

「還有，那裡的客房服務只到七點。」

「反正很難吃。」

「可以換一家嗎？」

「我來想辦法，」麥高文允諾說。

「難怪大家都愛死妳了。」

一輛鮮紅色消防車隆隆開上沒舖柏油的路面，顛簸著駛過泥濘和碎石，前來火災現場協助抽水。兩名身穿防火衣和長統橡皮靴的消防人員跳下車，迅速和麥高文交談了幾句，便拉開連接在過濾機上直徑一點七五吋的水帶。他們把水帶扛在肩上，一路拖進房子的石窖裡，分四處放進水池裡。然後他們回到消防車上，將沉重的普洛瑟移動式抽水機抬到地面，把延長電線接到發電機上。不久引擎聲大作，草地上的水管由於吸滿污水而鼓漲起來。

我穿戴上帆布防火手套和防火外套，調整頭盔的鬆緊，然後開始清洗我的舊紅翼牌靴子，把它們浸在肥皂水桶裡，徹底洗滌髒污的皮革鞋舌和鞋帶。我沒想到要在戰鬥服底下穿著絲質內衣，因為現在是六月，這實在是失算。此時強風從北方吹來，濕氣使得我的皮膚表面溫度不斷降低。我討厭身體受寒，討厭雙手戴著厚厚的手套，僵硬得不聽使喚。我正試圖將手指吹熱，並且把厚重的防火外套緊裹到下巴，麥高文朝我走了過來。

「今天一定很難熬，」她打了個寒顫說。「今年夏天是怎麼了？」

「婷安，我的假期因為妳而泡湯了，妳毀了我的私生活。」我存心讓她不好過。

「至少妳還有假期跟私生活。」麥高文也開始清理她的靴子。

婷安其實是她名字縮寫TN的混合發音，聽說是個怪異的南方名字，婷娜諾拉之類的。從我接觸國家應變小組以來，大家就一直稱呼她叫婷安，我也就這麼叫她了。她是個精幹的女人，已經離婚，體格結實窈窕，頎長的骨架和灰眼珠散發著威嚴。必要時她也可以很凶悍，我見識過她怒火沖天的模樣，但也有溫柔的時候。她的專長是縱火案，據說她能夠只憑聆聽火災現場的描述便能直覺判斷出起火原因。

我戴上兩雙乳膠手套。一旁的麥高文遠眺著地平線，久久凝望著那棟只剩花崗岩外牆的焦黑建築物。我循著她的視線望向那些焚毀的馬廄，彷彿聽見一片嚎叫和馬蹄驚慌踩踏畜欄的聲音，喉嚨猛的緊縮。我見過遭到活埋的人垂死前死命耙抓的雙手，還有和凶手纏鬥的受害者傷痕累累的遺體。我知道生命掙扎著存活是什麼模樣，完全無法忍受這些影像不斷的在我腦中重播。

「這些該死的記者。」麥高文抬頭發現一架低空盤旋的小型直升機。

那是一架白色史威茲直升機，沒有任何標誌，也看不到架設著攝影機。麥高文向前一步，大膽的指出五哩內的所有媒體。

「那邊那輛廂型車，」她對我說，「電台記者，本地調頻扣應節目，一個名叫潔絲貝的名藝人主持的，專聊些晨間新聞和她那體障兒子的故事，還有她那隻三條腿名叫史波特的愛狗；那邊是另一家電台；還有那輛福特Escort汽車，是一家媽的不入流的報社，大概是從華盛頓特區來的八卦小報吧；然後就是那個郵報記者。」她指著一輛本田汽車。「瞧瞧她，就是那個深褐色頭髮的長腿女人。妳能想像有人居然穿裙子到這種地方來？說不定以為我們的男性探員會向她透露什麼。他們才不會，他們跟那些聯邦笨伯不一樣。」

她退到後面，到指揮車內抓起一把乳膠手套。我把手伸進戰鬥服的口袋裡取暖。我已經習慣了麥高文對於那些捏造不實新聞、言論偏頗媒體的批評言語，因此只是靜靜聽著。

「這還只是起頭呢，」她說。「這些媒體寄生蟲不久會爬滿這地方，因為我知道至少已經有一個了。用腳趾頭想也知道這地方燒得有多嚴重，還有那些可憐的馬肯定會被燒死。」

「妳的心情似乎相當愉快。」我淡淡的說。

「我一點都談不上愉快。」

她一腳把指揮車後門踹上，這時一輛舊旅行車開了過來。搜救犬派比是一隻漂亮的黑色拉布拉多犬，頸間配戴著菸酒槍械管制局徽章，舒服的蜷縮在暖和的前座，只等我們召喚牠。

「我能幫什麼忙？」我問她。「還是只能在這裡乾等？」

她垂下頭。「如果我是妳，我會陪著派比或者窩在車子裡，比較溫暖。」

麥高文曾經和我共事過，她知道若是情勢需要我潛水、穿越火場，或者引爆瓦礫堆，我是絕不會遲疑的。她知道只要我握得動鑷子就不會閒坐著，因此她的話讓我起了反感，覺得她似乎在嘲弄我。我轉身想和她理論，發現她站得筆直，像打獵的獵犬般盯住目標，視線鎖住地平線上的某一點，臉上浮現狐疑的表情。

「我的老天。」她喃喃自語。

我隨著她的視線望向前方，發現大約在東方一百碼的地方有隻黑色小馬，就在煙霧繚繞的馬廄火窟後方。從我們的位置看過去，那頭美麗的動物看來就像一尊黑檀木雕刻。牠似乎察覺我們在看牠，身上的肌肉微微抽動，尾巴輕擺。

「馬廄，」麥高文驚愕的說，「牠是怎麼逃出來的？」

她拿出無線電對講機。

「婷安呼叫珍妮佛。」她說。

「請說。」

「快看馬廄那裡。看見了嗎？」

「收到。發現一個四條腿的目標物。」

「盡速通知本地警局。我們必須弄清楚牠究竟是從火場逃出來，或是從別的地方跑來的。」

「好的。」

麥高文走開去，肩上扛著鏟子。我看著她走向那灘發臭的水池，選了原本可能是寬敞前門的位置，冷水淹上她的膝蓋。遠處那隻孤單的黑馬像火焰般的晃動著。我踩著濕透的靴子艱難舉步，手指逐漸僵硬起來。遲早我都會需要洗手間的，通常是一棵樹、小土墩、一小塊空地，總之是一哩內沒有男人蹤跡的地方。

起初我沒有進入那房子的石造外牆，只是在周邊漫步。火災後遍佈殘石碎瓦的殘存建築物當然是極度危險的地方。雖說這些兩層樓高的外牆看起來相當穩固，不過要是有起重機來將它清除乾淨，會讓我覺得安心許多。我繼續在涼冽的風中搜尋，一顆心直往下沉，因為實在不知該從哪裡著手。提著鋁箱的手臂開始疼痛。光是想到得拖著耙子經過淹水的瓦礫堆，我的背就開始發疼。我知道麥高文在等著看我還能撐多久。

透過破損的門窗裂縫，我看見牆內的漆黑洞穴裡有數以千計的小木桶金屬箍圈片段在污水中飄浮。我想像白色橡木桶起火燃燒，裡頭的波本酒爆裂開來，冒著火焰流出門外，湧向坎尼斯所有珍貴馬匹所在的馬廄。我通過許多水窪，邊挑選看起來足以負荷我體重的堅固物體攀爬著。一旁的調查員開始進行起火點和起火原因的調查工作。

到處散落著鐵釘，我用露西送的一把巴克曼工具拔掉我左腳靴底的一個釘子。我穿過方整的石造門框，站在那裡觀花幾分鐘觀察四周。我不像許多調查員那樣，在犯罪現場走一步拍一張照片，我學會了先用眼睛耐心觀察。當我靜靜掃瞄著週遭環境，心中暗暗吃驚。

一般而言，屋子的前門應該是視野最遼闊的位置。從如今已經不存在的樓上，應該可以遠眺樹林、起伏的山丘，以及屋主所繁殖飼養、買賣交易的大群馬匹的一切動靜。根據調查，起火的當時，也就是六月七日的晚上，坎尼斯・史帕克很可能在家中。我記得當晚的天氣十分清爽暖和，有微風和滿月。

我環顧著原本是一座宅邸的空殼，望著那些焦黑的沙發座椅、金屬、玻璃和燒熔的電視機和各種電器。另外還有數百本未完全燒毀的書籍，以及畫作、椅墊和家具。所有家當從上面樓層墜落到地下室。我想像火警警鈴響起的當時，史帕克也許正在視野極佳的客廳裡，或在廚房裡。然而我越是思索他可能在的位置，越是不解他為什麼不逃走。除非他當時受制於酒精或毒品而無法動彈，不然就是努力想要滅火，直到火焰將他吞噬。

露西和其他探員在火窟的另一端，正打開一個因高熱和水而急速鏽蝕的配電箱。

「祝好運，」麥高文走向他們說，「起火點應該不在這裡。」

她繼續說話，邊把一塊焦黑的燙衣板丟到一邊去，接著是連著電線的熨斗。她用力踢開擋路的酒桶箍圈，似乎是對引起這團混亂的肇因氣憤極了。

「你們注意到那些窗戶沒？」她說。「碎裂的玻璃全部掉在同一邊，很像是有人闖進來對吧？」

「不盡然，」露西瞇起眼睛細瞧著說。「玻璃內面受到熱力衝擊，溫度升高得比外面來得快速，導致玻璃兩邊壓力不平均而碎裂，這跟遭到闖入的機械性碎裂是不一樣的。」

她撿起一片破裂的玻璃遞給上司麥高文。

「煙霧從屋子冒出，」露西繼續說，「大氣壓力進入，壓力平衡原理。這並不表示有人破窗而入。」

「妳該得B^{+}。」麥高文對她說。

「不，該得A^{+}。」

幾個探員大笑起來。

「我贊同露西的看法，」一名探員說，「到目前為止，我看不出有遭人闖入的跡象。」

他們的組長繼續將這災難現場當成了訓練火災調查員的教室。

「記得我們討論過從磚牆冒出來的煙霧嗎？」她指著屋頂外廓的石板部分，有著像是用鐵刷磨過的痕跡。「或者是被水侵蝕的？」

「不對，那上面的灰泥有部分掉落了，是煙霧造成的。」

「沒錯，是煙霧從縫隙滲透過去造成的。」麥高文淡然說。「火苗會製造自己的通道，在牆壁四周比較低的地方，例如那裡、這裡和這裡，」她手指著說。「這幾個地方的石板已經燒光，沒有燃燒不完全現象或者殘餘煙屑。我們還找到了些熔化的玻璃和銅製水管。」

「火從低處開始燒起，從一樓開始，」露西說。「也就是起居間。」

「看來是這樣沒錯。」

「火焰竄升到十呎的高度，直達二樓和屋頂。」

「消耗的可燃物量相當可觀。」

「有助燃劑吧，忘了追蹤這裡頭的燃油分布型態了。」

「別忽略任何步驟，」麥高文對組員說。「不過我們還不確定是否使用了助燃劑，因為我們還不知道二樓有些什麼可燃物。」

他們邊討論邊涉水而過，空間裡迴盪著淅瀝水聲和抽水幫浦的巨響。這時我的耙子突然敲中彈簧座，我好奇的蹲下來用雙手拔除那上面的石塊和燒焦的木屑，我們永遠不能排除火災受害者死在床上的可能性。我仰頭望著原本是二樓的方位，繼續進行挖掘，沒發現有人的痕跡，只有大堆曾經是坎尼斯•史帕克珍貴的家產現成了浸水發酸的垃圾。雖說他的財物有些尚未被水淹沒，還在成堆悶燒，不過大部分我耙出來的都是濕冷且充滿焚燒波本酒惡臭的東西。

搜尋工作持續整個上午。我從一堆穢物移到另一堆，用我所知的最佳方式搜查。我用雙手摸索、探觸，當發現令我起疑的物體時，就脫去厚重的防火手套，用只戴著乳膠手套的手指進一步觸摸。麥高文的組員也已分散開來，各自埋頭搜索著。接近中午時，她再度涉水過來找我。

「還撐得住嗎？」她問。

「還沒倒下。」

「就一個業餘警探來說妳算不錯的了。」她微笑著說。

「妳發現火燒得有多平均了嗎？」她用烏黑的手套指尖指著說。「高溫悶燒，屋子的各個角落溫度都一致。火焰溫度非常高，一下子就燒光上面兩層樓和裡頭的大部分東西。這可不是電弧現象，不是捲髮器忘了關閉電源，或者某種油類意外點燃造成的。這場火災是經過精心策劃的。」

「多謝妳的恭維。」

多年來我發現，和火災鬥智的人一談起來總是把它當活生生、擁有意志和人格的對象。麥高文開始在我身旁忙起來，無法輕易甩開的雜物就堆放在手推車裡。我把一塊看來像是手關節骨擦乾淨，結果發現只是石頭。她用耙子的木頭把手往我們頭頂的天空一指。

「頂樓是最後塌陷的樓層，」她說。「換句話說，屋頂和二樓的所有東西應該會堆在最上面，也就是我們此刻正在過濾的這些東西。」她拿耙子戳著一段原本用來支撐屋頂的扭曲鐵條。「果然，」她說。「難怪到處都是這些隔熱材料和石板。」

工作持續著，這當中沒有人喊停超過十五分鐘。本地消防隊為我們帶來咖啡、汽水和三明治，還架設了石英燈，讓我們在這黑窟中工作時能夠看清楚。四周各有一部普洛瑟抽水機將污水吸進管子，排放到花崗岩牆壁外面。抽掉數千加崙的水之後，感覺還是毫無進展似的。幾個鐘頭過去，水池的水位終於開始降低。

到了下午兩點半，我再也憋不住了，於是走出牆外。我放眼尋找隱密的地點，發現冒著煙的馬廄附近那棵大樅樹底下有一堆樹枝。我的手腳冷得發麻，但厚厚防火裝備底下的皮膚卻冒著熱汗。我蹲下來，邊緊張兮兮留意著是否有人往我這裡瞧。然後我硬著頭皮走過那排焚毀的馬房，死亡的氣息鑽進我的鼻孔，充滿我顱骨內的所有空隙。

只見馬匹屍體淒慘的交疊著，四條腿打拳擊似的伸出，燒焦的皮肉由於腫脹和縮皺現象而皸裂開來。許多雌馬、種馬和去勢馬匹燒得只剩骨堆，黑炭般的屍骸仍在冒煙。但願牠們在火焰延燒上身之前便已因一氧化碳中毒而昏迷了過去。

我數了數，有九具屍體，包括兩隻足歲的馬和一匹幼馬。我越過草坪走回宅邸火場，身上籠罩著馬鬃和馬屍焚燒的濃烈惡臭。地平線上那隻唯一倖存的小馬凝視著我，挺直站著，卻那麼孤單落寞。

麥高文仍然在耙抓、清除著一堆堆烏黑的垃圾。我看得出她累了，這讓我不禁有些得意。時候已經不早，天色漸漸昏暗，風勢逐漸強勁。

「那匹小馬還在那裡。」我對她說。

「要是牠會說話就好了。」她挺起腰桿，按摩著脊椎。

「牠逃脫必定有原因，」我說。「絕不會是自己跑走的。我希望有人可以負責照顧牠。」

「已經在設法處理了。」

「能不能在附近找個鄰居幫忙？」我不肯罷休，因為那匹小馬讓我很在意。

她深長望了我一眼，然後指著上方。

「主臥房和浴室就在那上面，」她說著從污水裡挖出一塊破損的白色方形大理石。「銅質配件，大理石地板，按摩浴缸。順便一提，天窗在火災發生的時候是打開的。妳伸手往妳左邊水深六吋的地方摸摸看，那裡剛好就是浴缸。」

抽水機持續將積水吸出排放到草地上，水位不斷降低。一旁的探員們忙著將幾乎已燒得烏黑的古董橡木地板移開。這工作持續著，為起火點在二樓主臥房一帶的推測增加了新證據。我們在這裡發現衣櫃的銅質把手、桃花心木家具和數百個外套衣架。我們往主臥房衣櫃的香柏木、男鞋和衣服殘屑裡不斷挖掘。

到了五點鐘，水位又降低一呎，露出一片看來有如垃圾掩埋場的雜亂平面，堆滿燒焦的日用品和沙發殘骸。麥高文和我繼續在主浴室附近耙挖，找出許多處方藥劑藥瓶、洗髮精和乳液。就在這時我終於發現可能是焚毀屍體的蹤跡。我謹慎的拂去一塊破碎玻璃上的煙屑。

「有了。」我說，聲音幾乎被滴水聲和隆隆抽水噪音給淹蓋。

麥高文將手電筒掃向我的方向，隨即愣住。

「啊，老天！」她驚駭的大叫。

一對混濁死寂的眼珠透過水淋淋的碎裂玻璃板瞪著我們。

「窗玻璃，或者淋浴間的玻璃門倒塌壓在屍體上，因此沒完全燒毀。」我說。

我移開更多玻璃碎片，立刻察覺這人不是坎尼斯·史帕克。麥高文望著這具古怪的屍體，一時說不出話來。這人臉孔的上半部已被碎裂的厚玻璃板壓平，眼珠已流失原來的顏色，變成呆滯的灰藍色，從焦黑的眉骨底下斜睨著我們。金色長髮已經剝落，詭異的漂浮在污水當中。沒有鼻子、嘴巴，顱骨和牙齒也已燒得不剩半點肌膚組織。

頸子只剩一半連著，屍骸上滿滿的玻璃碎片，燒得熔化在焦屍上的深色布料衣服可能是短衫或襯衫，布紋依然清晰可辨。臀部和骨盆同樣由於玻璃的保護而殘存了下來。受害者穿著牛仔褲，兩腿只剩骨頭，腳掌則由於隔著皮革靴子而沒被焚毀。沒有小手臂和手掌，連骨頭都找不到。

「這是怎麼回事?史帕克不是一個人住?」

「我也不清楚。」我說著把污水盡量撥開。

「看得出是男是女嗎？」麥高文湊過來藉著手電筒細瞧。

「這點我必須更仔細的檢查才能在法庭上作證。不過，我想是女性沒錯。」我說。

我仰頭望著空曠的天空，想像著可能是這女人死亡地點的浴室原來所在的位置。我從袋子裡取出照相機，冷水拍打著我的雙腳。搜救犬派比和訓練師這時出現在門口，露西和其他探員也收到了我們發現屍體的無線電通報而趕了過來。我想著史帕克，覺得這一切實在令人不解。

只能說，發生火災的當晚有個女人在他屋內，恐怕他的屍骸也埋藏在這附近。

一群探員圍攏過來，其中一位帶了屍袋給我。我把它攤開，又拍了幾張照片。燒焦的肌肉黏附在玻璃上，必須加以分離，但是這工作必須在解剖室進行。我指示他們將屍體附近的所有渣滓也一併帶走。

「我需要你們幫忙，」我對他們說。「請你們去找一塊床墊板和一些布過來，還有打電話找本地的葬儀社來運送屍體。我們需要一輛廂型車。小心別被玻璃割傷了，她就被割傷得很嚴重。就照原樣，讓她臉部朝上，免得她的身體承受太多重量而傷了皮膚。很好。把屍袋再打開點，盡量打開。」

「放不進去的。」

「也許我們應該把四周的碎玻璃敲掉一些，」麥高文提議說。「誰有鐵鎚？」

「不，不要，必須保持完整才行。」我下令說。這時候現場歸我指揮。「把布塊蓋在上面，連周圍的尖銳部分都包好，以免割傷了手。大家都戴了手套沒？」

「戴了。」

「有空的人，請你們繼續搜尋，這附近很可能還有一具屍體。」

我神經緊繃，焦急等著兩名探員找來一塊床墊板和用來覆蓋屍體的藍色塑膠布。

「好，」我說。「我們來把她抬起來。數三下開始。」

四個人一陣踉蹌，水花激盪著。我們緊抓尖銳得足以割裂皮革的黏滑玻璃，邊吃力的保持腳下的平穩。

「開始了，」我說。「一，二，三，抬！」

我們將屍體抬上了板子。我用塑膠布盡可能把它密密覆蓋，並將皮帶紮緊。我們一步步涉水移動，水已經不會淹進靴子裡了。我們將這不尋常的貨物抬往原本是房門的位置，凝重的氣氛讓人再也聽不見抽水機和發電機的轟然巨響。我聞到烤焦屍體、腐爛布料的氣味，以及坎尼斯・史帕克家中各種食物、家具等物品發散的刺鼻惡臭。我幾乎要窒息，由於寒冷和壓力而渾身僵麻。天色迅速暗下，我們總算離開了污水池。

我們把屍體放在草地上。組員們回去繼續探挖，我則留在那裡看守著。我掀開布塊，仔細觀察了這個不成人形的可憐人，然後從工作箱裡取出手電筒和放大鏡。她的鼻樑上黏著熔解的玻璃片，頭髮上纏繞著灰塵和粉紅色的物體。我就著光線細看沒被燒焦的幾處皮膚，心想這會不會是我的幻覺。因為我在左太陽穴的焦黑部位發現有出血現象，和眼睛大約只有一吋距離。

露西突然出現在我身邊，同時魏斯葬儀社晶亮的深藍色廂型車在一旁停下。

「有什麼發現嗎？」露西問。

「還不確定，不過這裡似乎有出血現象，加上皮膚乾裂。」

「妳是說，因為火燒而乾裂？」

「是的。肌肉由於燒烤而擴張，使得表皮裂開來。」

「跟用烤箱烤雞肉的情形是一樣的。」

「沒錯，」我說。

不熟悉火的特性的人很容易把皮膚、肌肉和骨頭的燒炙傷口誤以為是暴力所導致的傷痕。露西在我旁邊蹲下，仔細觀察。

「那邊有什麼斬獲嗎？」我問她。「希望別又發現其他的屍體才好。」

「目前還沒有，」她說。「天快黑了，我們只能保留現場，等明天早上再繼續。」

我抬頭看見一個身穿細紋套裝的男人出了葬儀社廂型車然後戴上乳膠手套。他從車後門用力拖出一只擔架，喀啦喀啦把金屬腳架展開來。

「妳今晚就要開始忙了嗎，醫生？」他問。我感覺曾經在哪裡見過他。

「你得直接把她送到里奇蒙去，我明早就開始。」我說。

「我上回見妳是發生毛瑟槍擊案的時候。讓他們爭風吃醋的那個女孩現在還在這一帶招搖惹事呢。」

「是嗎。」我印象有些模糊，因為槍擊案太多了，愛惹事的人又不計其數。「謝謝你趕來幫忙。」我對他說。

我們抓起沉重的塑膠屍袋四角，將屍體抬到擔架上，推進車子裡。他砰的關上車後門。

「希望那裡面的人不是坎尼斯‧史帕克。」他說。

「還無法辨識身分。」我告訴他。

他嘆了口氣然後鑽進駕駛座。

「讓我告訴妳吧，」他說著發動引擎。「不管別人怎麼說，我認為他是個好人。」

我目送他駕車離去，感覺露西在盯著我瞧。她碰一下我的手臂。

「妳累壞了，」她說。「妳何不在這裡過夜，明天一早我就送妳回里奇蒙。我們一有發現就通知妳，妳沒有理由留在這裡。」

眼前有艱難的工作等著我，當務之急就是得立刻趕回里奇蒙去。不過，老實說，我不太想回到我那空盪的家。此刻班頓應該已經到了希爾頓海岬，而露西又在華倫登。時間又這麼晚了，不方便打電話去打擾朋友，再說我也已經累得不想客套了。每每就在這種時刻，讓我有股無從紓解的失落感。

「婷安替我們找了比較舒適的地方，我房間裡有多餘的床，凱阿姨。」露西微笑補充了句，邊從口袋掏出汽車鑰匙。

「這會兒我又變成凱阿姨了。」

「因為沒人在旁邊嘛。」

「我好想吃點東西。」我說。

3

我們開車到博維爾路的漢堡王買了特大號漢堡和薯條。天色已暗，且極冷。對面的車燈刺痛我的眼睛，再多止痛藥都趕不走我太陽穴的炙痛和心悸。我們租來的黑色福特LTD汽車疾駛過華倫登。露西帶了幾張CD，此刻正大聲播放著其中一張。

「這是誰的歌？」我半抗議的問。

「吉姆布里克曼。」她笑著說。

「還不錯，」我在笛子鼓聲中叫喊。「很有本土味。不過可不可以關小聲點？」

她沒調低聲量，反而開得更大聲。

「大衛·艾肯斯東，〈心靈之風〉就是他唱的。妳應該開放一點，凱阿姨。現在這首叫做〈命運〉。」

露西風一樣飆車，我的心緒開始浮動。

「妳越來越古靈精怪了。」我說著聯想起黑夜裡的狼和營火。

「他的歌都是關於人跟人之間的聯繫、尋找自己的路和正面武力，」她說。音樂熱絡起來，並且加進了吉他。「妳不覺得很貼切？」

她的解說方式讓我忍不住大笑，露西似乎能夠洞察一切。老實說，這音樂相當舒服，我感覺心情平靜明朗多了。

「妳認為這案子是怎麼回事，凱阿姨？」露西突然打破寂靜。「我是說，妳內心真正的看法。」

「現在還很難說，」我用談公事似的語氣說。「我們還不能推斷有任何人或者女性曾經待在他的屋子裡。」

「婷安已經在考慮縱火的可能性，我也是，」她若無其事的說。「奇怪的是，有幾個地方我們認為派比應該有反應的，可是牠似乎聞不出什麼。」

「像是主臥房或者一樓？」我說。

「對啊。可憐的派比累得跟狗一樣，吃也吃不飽。」

那隻拉布拉多犬從小就接受食物獎勵訓練，學著偵查煤油、汽油、打火機油、油彩稀釋液、各種溶劑和燈油等石油烴類化合物。基本上這些油類都有可能被縱火者拿來使用，只要一根火柴就夠了。倘若火場用了助燃劑，這些液體會在火焰燃燒的時候漂浮在表面。這類液體會被布料、床褥或地毯吸收，滲入家具布和底板縫隙裡。它是不溶於水的，不容易清洗乾淨。因此，既然派比沒發現任何引起牠興趣的氣味，很可能現場根本沒用到助燃劑。

「要緊的是盡快確定屋內究竟有多少東西，以便開始計算可燃物量，」露西說。音樂回到小提琴和弦樂協奏，鼓聲變得哀傷。「然後才可能查出這場火災究竟是什麼引起，以及怎麼引起的。」

「屍體上發現有熔化的鋁和玻璃，大腿和小手臂等沒被玻璃門板遮護到的部位也都有嚴重燒傷，」我說。「這樣看來，火焰燒向受害者的時候，她應該是躺著的，也許是躺在浴缸裡。」

「像這樣的大火，竟然會從舖著大理石地板的浴室開始燒起，有點不可思議。」我的外甥女說。

「電線走火呢？有沒有這可能？」我問。我們即將投宿的那家汽車旅館的紅黃燈招牌在公路前方一哩外的地方亮起。

「那棟屋子的電力系統相當完善。當火燒向電線，絕緣體因熱分解，接地線便互相連結起來。電路中斷，電線產生電弧，斷路器開啟，」她說。「無論是不是有人蓄意縱火，我認為都應該是這情況。很難說。還有許多疑點必須弄清楚，當然化驗室也會協助釐清。但不管火災是什麼引起的，它進行得非常快速，這點從地板的許多地方就可以看出來。在嚴重燒焦和沒有火燒痕跡的木板之間有很明顯的界線，這表示火燒得非常猛烈而且迅速。」

我記起屍體附近的地板，情況就像她所說的。表層焦黑起泡得厲害，顯然不是緩慢悶燒的結果。

「一樓的地板？」我問，對於這案子的疑惑逐漸加深。

「可能是。此外，消防車在火警偵測器響起以後十七分鐘內趕到，卻發現火勢已不可收拾，這點也足以證明這場火燒得很猛。」她稍稍思索，又接著說，「至於浴室，還有她左眼肌肉組織疑似出血的現象又是怎麼回事？也許她當時正在洗澡或淋浴，吸入過多一氧化碳昏倒，因此撞傷了頭部？」

「她死的時候衣著相當整齊，」我提醒她。「還穿著靴子。要是妳在洗澡或淋浴的時候發現起火，會有時間穿上那麼多衣服嗎？」

露西將音響開得更大聲，還加強了貝斯。鼓聲中夾雜著鈴鐺脆響，讓我沒來由的想起薰香和沒藥樹脂。我好想和班頓躺在陽光下睡覺，好想在清晨沿著海灘漫步，讓海水捲上我的腳。我憶起最後一次看見坎尼斯·史帕克的情景，想像著他的屍體被發現時會是什麼模樣。

「這首叫做〈獵狼〉，」露西說。她將車子開進薛爾食品店。「說不定那就是我們的目標，呃？一頭大壞狼？」

「不對，」她停下車時我說。「我覺得我們要找的是火龍。」

她穿上耐吉運動外套，試圖將配戴的槍枝和戰鬥衣遮住。

「當作妳沒看到，」她說著打開車門。「婷安要是知道準會把我踹到月球去。」

「妳被馬里諾帶壞了，」我說。馬里諾向來不遵守規則，所有人都知道他經常開著他那輛沒標誌的警車買啤酒回家。

露西進了商店。我很懷疑她腳上的髒靴子、佈滿口袋的藍色舊長褲和一身強烈的火燒味瞞得了誰。我在車裡頭等著，昏昏欲睡。CD換了另一首鍵盤樂加上牛鈴的曲子。露西回來時拎著半打海尼根啤酒。我們繼續上路，我的思緒隨著笛聲和敲擊樂飄遊。突然一些意象闖進我腦海，讓我震驚得全身僵直。我看見粉白森冷的牙齒和有如煮熟雞蛋的灰藍色眼珠，頭髮像污穢的玉米穗絲那樣漂浮在黑水中，碎裂熔化的玻璃呈細緻的網狀分布在殘骸四周。

「妳還好吧？」露西轉頭看我，憂慮的問。

「我大概睡著了，」我說。「沒事。」

強森汽車旅館就在前方公路迴轉的地方。一棟架著紅白色錫棚的石屋，前門的紅黃燈招牌強調它是二十四小時無休且備有空調。「房間已滿」的牌子沒亮，對那些需要找地方歇息的人不啻是好消息。我們出了車子，走向大廳外一塊印著「哈囉」字樣的歡迎踏墊。露西按了門鈴，一隻大黑貓跑了出來，隨後一個圓胖的女人不知從哪裡冒出，開了門讓我們進入。

「我們預訂了一間雙人房。」露西說。

「明天上午十一點退房，」那女人繞到櫃檯後面說，「我可以給妳們八五折優惠。」

「我們是菸酒槍械管制局的人。」露西說。

「小姐，我早就知道了。有位女士先前來過，帳算在她身上。」

門口上方有塊告示，寫著不接受支票但歡迎使用萬事達卡和威士卡。我想起麥高文有多麼神通廣大。

「妳們需要兩把鑰匙嗎？」她問我們，邊打開抽屜。

「是的，麻煩妳。」

「拿去吧，小姐，房裡有兩張舒服的床。要是妳們退房的時候我不在，把鑰匙留在櫃檯上就可以。」

「很高興妳這麼放心。」露西玩笑的說。

「當然，每扇門都上了兩道鎖。」

「客房服務最晚到幾點？」露西繼續逗弄她。

「直到前面那台可樂販賣機罷工為止。」女人眨了下眼睛說。

她至少有六十歲，頭髮染成紅色，雙下巴，矮胖的身軀在棕色布袋褲和黃色運動衫底下緊繃著。她顯然十分偏愛黑白乳牛，層架、桌上，甚至牆上，裝飾著許多乳牛雕刻和陶瓷品。奇怪的是一只小魚缸擠滿蝌蚪和小魚群。我忍不住問她。

「自家養的？」

她靦腆笑著說。「我在後面的池塘裡抓的。不久前有一條蝌蚪還長成了青蛙，卻淹死了，我不知道青蛙不能養在水裡面。」

「我要用一下付費電話，」露西說著打開紗門。「對了，馬里諾呢？」

「大概跟其他警員去吃飯了。」我說。

她帶著漢堡王紙袋出去，我猜她可能是去打電話給珍奈，等她回來我們的特大漢堡恐怕早已冷了。我倚著櫃檯，瞥見裡頭凌亂的桌子上擱著一份本地報紙，頭條寫著：報業鉅子農場付之一炬。這位女服務生的桌上還貼著許多關於協助緝拿謀殺案通緝犯破案獎金的通告，還有許多強暴犯、竊盜犯和殺人犯的合成畫像，當中夾著張法院傳票。事實上，佛奎爾郡是個典型的治安良好地區，居民幾乎沒什麼警覺性。

「希望妳晚上不需要一個人待在這裡。」我對女服務生說。我總忍不住要提醒別人注意安全，不管他是否在意。

「有醃黃瓜陪我。」她充滿感情的提起她的胖黑貓。

「很可愛的名字。」

「如果妳把空的醃黃瓜罐頭放在那裡，不久牠就會跑過去，把爪子伸進裡面，從小就這樣。」

醃黃瓜坐在一個房間門口，我猜那大概是這位女服務生的休息室吧。那隻貓拿牠金幣般的眼瞳盯著我瞧，毛茸茸的尾巴輕擺。牠有些無聊似的望著牠的飼主應著門鈴聲走去打開大門，讓一個身穿短背心、手拿著故障燈泡的男人進來。

「又壞了，海倫。」他把證物交給她說。

她到儲藏室裡找了一盒燈泡出來。我在一旁從容等候露西講完電話，因為我也想打電話。我看一下手錶，班頓應該早就到達希爾頓海岬了。

「燈泡拿去，大吉姆。」她用新燈泡換回舊的。「是六十瓦的對吧？」她眯起眼睛看。

「呃，你這次會待久一點嗎？」她的語氣像是希望他能久待。

「希望可以。」

「唉，」她說。「這麼說情況不太妙囉。」

「什麼時候好過了？」他說，搖著頭走出旅館。

「又跟他老婆吵架了，」海倫對我說，也搖了搖頭。「因為他以前也來過這裡，這也是他們會爭吵的原因之一。從來不知道有那麼多人在互相欺騙。在我們這裡投宿的客人大半都是從公路三哩外的地方來的。」

「可是他們瞞不了妳。」我說。

「當然囉。不過只要人家沒鬧事，我也管不了啊。」

「妳這裡距離失火的農場不遠，」我說。

她的態度越加熱絡。「那天晚上我在值班。妳可以看見火焰衝向天空，好像火山爆發。」

她的兩條手臂大幅擺動著。「所有客人全部跑出去看，都聽見了慘叫聲。可憐的馬兒，我難過了好久。」

「妳跟坎尼斯‧史帕克有來往嗎？」我衝口而出。

「沒見過他本人。」

「住在他家裡那個女人呢？」我問。「妳聽過有這回事嗎？」

「只聽別人說過。」海倫望著門口，像擔心有人進來似的。

「說些什麼？」我試探的說。

「這個嘛，要知道，史帕克先生算是個紳士，」海倫說。「倒不是說這一帶的人都能接受他的作風，但他到底是個大人物，他喜歡年輕漂亮的女人。」

她思索了一下，對我使了個眼色。窗外飛蛾竄動著。

「有些人一看見他帶著新女友出現就光火，」她說，「妳也知道，不管怎樣，這裡畢竟是保守的舊南區啊。」

「這一帶有誰對他特別惱火的嗎？」我問。

「嗯，傑克森兄弟。他們老是在惹麻煩，」她說，依然望著門口。「他們就是看有色人種不順眼。只要他跟年輕貌美的白人交往就沒事，而他呢也打算一直這麼做……這些都是聽來的。就這樣了。」

我想起三K黨和燃燒的十字架，還有眼神冷酷、配著槍枝的白人優越主義者。我曾經見過仇恨的面貌，我的雙手大半輩子都浸在仇恨的屠宰場裡。我和海倫道了晚安，感覺胸口有些鬱悶。我努力不妄加猜測種族偏見和這場火災的關係，也許受害者原本應該是史帕克，而不是那個屍體正被運往里奇蒙的無辜女子。當然也可能作案者的目標只是史帕克的大片地產，根本沒料到有人在屋裡。

我走出旅館時看見剛剛那個穿著短背心的男人在打付費電話。他兩眼無神的握著新燈泡，聲音緊繃低沉。我走過他身邊時他突然動了肝火。

「媽的，露意絲！妳就不能少說兩句？」他對著話筒大吼。我決定晚一點再打電話給班頓。

我走到十五號房間打開門鎖，坐在搖椅上的露西假裝沒等我，低頭忙著在活頁紙上做筆記和計算數字。速食店紙袋還放在一邊，我知道她一定餓了。我拿出漢堡和薯條，在一張桌上舖好餐巾紙和晚餐。

「都涼了。」我只說了句。

「妳應該早就習慣了。」她的聲音很疏遠。

「妳要不要先洗澡？」我禮貌的問。

「妳先洗吧。」她埋頭在數字裡，緊蹙著眉心。

就這價格而言我們的房間真是出奇的乾淨，棕色系裝潢，一台增你智電視機大約和露西同樣年紀。房裡擺著中國燈籠和流蘇吊燈、瓷偶、靜物油畫和印花桌巾，印度厚絨毛地毯，森林風景圖案的壁紙，家具是看不出木材紋理的富美家耐火板和塗有厚厚清漆的材質。

我看了下浴室，是宛如五〇年代遺留至今的粉紅和白色單色磁磚，水槽上放著發泡膠漱口杯和小塊麗莎美容香皂。不過最讓我感動的是窗台上那朵塑膠紅玫瑰花，顯然有人費盡了心思，試圖用最少的代價讓陌生旅人感受最大的溫馨。我懷疑有多少客人會留意這些，也許在四十年前那個講求禮儀的時代，人們會比較在意對生活細節的講究和關照吧。

我放下馬桶蓋，坐在上面脫掉我的髒靴子，和身上的鈕釦、鉤子一陣奮戰，將髒衣服全褪到地板上。接著我開始淋浴，直到身體暖和起來，驅除了火燒和死亡氣味為止。我穿著件維吉尼亞醫學院舊T恤走出浴室，看見露西正忙著敲電腦鍵盤。我拉開一罐啤酒。

「什麼事？」我往沙發上一坐，問她。

「只是隨便逛逛。反正也沒事做，」她說。「不過這場大火真的很詭異，凱阿姨，似乎並不是汽油引起的。」

我沒說話。

「加上有人葬身火窟，死在主臥房的浴室裡。是這樣沒錯吧？在晚上八點的時候。怎麼會有這種事？」

我也不知道。

「我不懂，難道就在她刷牙的時候突然起了火？」

露西瞪著我瞧。

「然後呢？」她說。「她就杵在那裡等死？」

她頓了頓，扭動著酸痛的肩膀。

「告訴我怎麼回事，醫生，妳是專家。」

「我無法回答妳，露西。」我說。

「各位女士先生，你們瞧瞧，世界聞名的專家凱•史卡佩塔醫生也有無解的時候。」她真令我惱火。「十九匹馬，」她繼續說。「是誰在照顧牠們？史帕克又沒有自己的馬伕。為什麼有一匹逃走？那匹黑色小種馬……」

「妳怎麼知道牠是公的？」我說。這時有人敲門。「誰？」我隔著房門問。

「喂，我啦。」馬里諾粗聲粗氣的大喊。

我開門讓他進來。從他的表情可以看出他有新消息要宣佈。

「坎尼斯•史帕克還平安活著。」他說。

「他在哪裡？」我困惑的問。

「他出國了，聽到消息以後立刻飛了回來。目前人在碧佛丹，對火災的事沒有一點頭緒，也不清楚那名受害者是誰。」馬里諾說。

「他為什麼會在碧佛丹？」我問，心裡估計著飛到這個位在漢諾瓦郡的偏遠城鎮需要多少時間。

「他的教練住在那裡。」

「他的教練？」

「馬的教練。不是他個人的教練，像是舉重什麼的。」

「原來如此。」

「明天一早我就要趕過去，九點鐘左右，」他對我說。「妳可以回里奇蒙，或者跟我一起去。」

「有一具屍體等著我確認身分，我必須和他談談，問他究竟了解多少，我想我必須跟你一道去，」我接著問露西，「妳希望繼續擔任英勇的直升機駕駛送我們過去，還是妳有辦法弄到車子？」

「別想要我再搭直升機，」馬里諾應了句。「還有不需要我提醒妳，上次妳跟史帕克談話的結果是不歡而散吧？」

「我不記得了，」我說。我真的忘了，因為我惹火史帕克不知多少次了，都是為了他要我把某些案子的細節透露給媒體之類的事情。

「我可不敢保證史帕克也跟妳一樣，醫生。妳不請我喝啤酒啊？」

「怪了，你居然沒有自己帶酒過來。」露西說著繼續敲她的鍵盤。

他走向冰箱去拿了罐啤酒。

「如果妳問我的意見，」他說。「我會說，情況並沒有改變。」

「什麼情況？」露西沒抬頭。

「史帕克是這案子的幕後黑手。」

他把打開的啤酒擱在咖啡桌上，在冰箱前發愣，手擱在門把上。

「事發當時他正好在國外，未免太巧了，」他說著伸了伸懶腰。「他一定是找人替他下手，花錢收買，」他從襯衫口袋裡的菸盒抖出一根菸來，往嘴裡一塞。「這兔崽子一向就只在乎這些。錢，跟他的屌。」

「拜託，馬里諾。」我抱怨著說。

我要他閉嘴，要他離開，可是他佯裝不懂。

「最糟的是，撇開別的不說，我們面對的極可能是一件謀殺案，」他說著打開房門。「意思是妳們跑到這裡來根本是白忙一場，就像黏在蒼蠅板上的蒼蠅。該死，一下子把妳們兩個絆住了。」

他拿出打火機，香菸隨著他的嘴形蠕動。

「我現在真不想理這案子。妳們知道這傢伙口袋裡收買了多少人嗎？」馬里諾說個沒完。「法官、郡警長、消防局長……」

「馬里諾，」我打斷他，因為他的話沒有任何幫助。「你扯得太遠了，你根本就扯到火星去了。」

他用還沒點燃的香菸指著我。「等著瞧吧，」他跨出房門時說，「凡是跟這傢伙有關的，妳不到處碰壁才怪。」

「我早就習慣了。」我說。

「這次可不一樣。」

他砰的關上房門。

「喂，別把門栓撞壞了。」露西在他背後大叫。

「妳打算整晚玩電腦嗎？」我問她。

「才不。」

「時候不早了，我們還有事情得談談。」我說，嘉莉・葛里珊的影子浮上腦際。

「要是我說我不想談呢？」露西不像在說笑。

「無所謂，」我回答。「反正非談不可。」

「凱阿姨，如果妳是想談婷安還有在菲力發生的事……」

「什麼？」我困惑的說。「怎麼會扯上婷安的？」

「我看得出來妳不喜歡她。」

「真是荒謬。」

「妳被我看透了。」她又說。

「我和婷安又沒有過節，再說她跟我們要談的事也根本毫不相干。」

我的外甥女沉默下來，開始動手脫掉靴子。

「露西，我收到一封嘉莉的信。」

我遲遲不見她回應。

「很奇怪的一封短信，帶有威脅恫嚇意味，是從紐約寇比法庭精神療養中心寄來的。」

我停下，看著露西把一隻靴子褪到長毛地毯上。

「這封信的用意是在告訴我們，她將會在受審期間製造大堆麻煩，」我解釋說，「當然這不是什麼令人訝異的事。不過，我……」我望著她拉掉濕襪子、揉著蒼白的腳掌，結巴的說，「我只是覺得，我們應該要有心理準備。」

露西自顧解開腰帶，拉開長褲拉鍊，像是沒聽見我說的。她從頭頂脫去髒污的襯衫，扔到地上，只剩運動胸罩和棉內褲，然後走向浴室。她的身體結實美麗，我坐在那裡看呆了，直到聽見沖水聲。

感覺就像我從沒留意過她那飽滿有如獵弓的嘴唇、胸脯、手臂和腿的線條似的，也許是因為我一直拒絕正視她的性傾向，不肯去了解她的生活方式。有那麼一瞬間，我想像她是嘉莉的親密情人。這念頭讓我頓時感到羞愧、迷惘。有個女人被我的外甥女吸引，這是千真萬確的事實。

露西在浴室裡待了很久，我知道她是有意的。為了我們即將討論的話題，她正在苦思。我懷疑她在生悶氣。我原本預期她會一股腦向我發洩怒氣，然而片刻後當她走出浴室，卻顯得十分冷靜。她穿著費城消防局T恤——讓我看了情緒更加低落——身上飄著檸檬香。

「我知道這不關我的事。」我說，望著她T恤前襟的標誌。

「婷安給我的。」她回答說。

「喔。」

「妳說得沒錯，凱阿姨，這不關妳的事。」

「我只是在想，妳為什麼老是學不乖……」我開始光火。

「學乖？」

她擠出一個顯然是蓄意惹惱他人的幼稚表情。

「關於和工作夥伴上床這件事。」

我的情緒再也無法壓抑的爆發開來。我這麼說非常不公平，只憑微小的證據就妄下斷論，但我實在替露西擔心。

「只是有人送我一件T恤，突然就變成我到處跟人家睡了？唔，推理得真好，史卡佩塔醫生，」露西也惱火了。「還有妳沒有資格指責別人跟工作夥伴上床，也不瞧瞧妳現在跟誰住在一起，嗯？」

要不是她衣著單薄，我相信她早就衝出去了。她背對著我，站著凝視窗帘緊閉的窗戶，氣呼呼的抹去眼淚。我則試圖利用這僅存的一點時間，事情變得如此實在不是我的初衷。

「我們都累了，」我輕聲說。「這一整天也夠嗆的了。這下嘉莉可如意了，她果真讓我們互相敵對起來。」

我的外甥女一動不動，只伸手擦著淚水，背部像一面牆似的朝向我。

「我一點都沒有暗示妳跟婷安上床的意思，」我繼續說。「我只是在警告妳小心受傷害、墜入深淵……因為這種事是可以預料的。」

她轉身望著我，眼裡含著挑釁。

「妳是什麼意思，這種事是可以預料的？」她執意的問。「她是同性戀者？我從來沒聽她提過。」

「珍奈現在一定很不好受，」我說。「人心畢竟是肉做的。」

她坐在床尾，似乎是不聽我說出答案絕不罷休。

「意思是？」她問。

「沒什麼意思。我不是心胸偏狹的人，婷安是男是女對我來說並不重要，我對她的性傾向也並不清楚。不過，萬一妳們互相吸引呢？任何人都可能被妳或者她吸引的，不是嗎？妳們兩個都這麼美麗、霸氣、聰明而且勇敢。我只是想提醒妳，她是妳的上司啊，露西。」

我的語氣變得強硬，心怦怦的跳。

「然後呢？」我說。「妳是否要再從這個調查分局調到另外一個，直到妳的事業完蛋為止？不管妳愛不愛聽，這就是我的觀點，也是我最不想提起的。」

我的外甥女靜靜望著我，眼裡再度泛著淚光。這次她沒有擦拭，淚水滾落她的臉頰，沾濕了婷安・麥高文送她的T恤前襟。

「妳愛過女人嗎？」她問我。

「我愛妳。」

「妳知道我的意思。」

「沒跟女人談過戀愛，」我說，「應該是沒有。」

「有點含糊。」

「我沒有敷衍的意思。」

「妳可以嗎？」

「可以怎麼?」

「愛女人?」她追問。

「我不知道。我開始覺得我懂的太少了,」我盡可能的誠實。「也許是因為我大腦的這個部分關閉了。」

「這跟妳的大腦無關。」

我不知該說什麼。

「提醒妳,我和兩個男人上床過,」她說。「所以我知道兩者的差別。」

「露西,妳不需要向我透露這些細節。」

「我的私生活應該不只是案情吧。」

「就快是了,」我回到正題上。「妳認為嘉莉接著會有什麼行動?」

露西又開了罐啤酒,回頭看我仍然剩下許多。

「寄信給媒體?」我代她回答。「在法庭上說謊?把妳和她之間所有說過、做過,甚至夢想的一切全部吐露出來?」

「我怎麼知道?」露西沒好氣的說。「她有整整五年的空閒去思考計劃,而我們這些人卻忙得跟什麼似的。」

「她會公佈些什麼驚人的事情呢?」我不得不問。

露西站了起來，開始踱步。

「妳曾經信任過她，」我往下說。「妳們一度是知心朋友，而那時候她是高特的同夥。妳是他們的觸角，露西，直搗我們每個人的要害。」

「我真的好累，不想談這些。」她說。

可是她非談不可，我很堅持。我起身關掉頭頂燈，因為我發現，在柔和陰暗的氣氛當中談心比較容易。然後我把我和她床上的枕頭堆好並且拉開床罩。起初她沒接受我的邀請，只是神經質的不斷來回踱步。我在一旁看著。最後她不情願的坐在床上，窩進被子裡。

「我們先來談談和妳的名譽無關的，」我語氣平和的說。「我們來聊聊有關紐約這次審判的事。」

「我很清楚。」

我抬起手示意她專心聽我說，因為我有冗長的初辯要陳述。

「鄧波爾‧高特在維吉尼亞殺害了至少五個人，」我開始說。「而嘉莉和其中至少一個案子有涉，因為我們在錄影帶裡發現她在一個男人腦門上開了一槍。這些妳應該還記得吧。」

她沉默不語。

「我們觀看那卷殘酷的錄影帶時妳也在場。」我說。

「我記得。」

露西的聲音透著憤慨。

「我們看了不下千百遍。」她說。

「妳看見她殺人，」我說。「這個曾經是妳情人的女人，那時候妳才十九歲，純真無邪，正在ERF工作，負責設計『該隱』。」

看她退縮進自己的世界裡，我的獨白變得越加艱難。ERF是調查局的工程研究部門（Engineering Research Facility），研發了簡稱「該隱」（CAIN）的人工智慧犯罪偵查網路系統（Criminal Artificial Intelligence Network），而露西正是創造設計這套電腦系統的要角。如今她已被排拒在外，就連聽見這名稱都無法忍受。

「妳的情人冷血的設下圈套陷害妳，接著妳又眼睜睜看著她殺人，妳根本不是她的對手。」我說。

「妳為什麼要說這些？」露西把臉埋進膝蓋，聲音含糊的說。

「檢驗真相。」

「我不需要。」

「我認為妳需要。至於嘉莉和高特都知道的那些關於我私人的事情，就不必提了。總之，紐約是他的舞台，他在那裡殺害了他的親生妹妹珍恩，還有至少一名警員。種種證據都顯示他不是單獨犯案，後來他們甚至在珍恩・高特的私人物品當中發現嘉莉的指紋。嘉莉在寶華利街被捕的時候，她的長褲上沾了珍恩的血。據我們了解，珍恩被槍殺也是她扣的扳機。」

「也許吧，」露西說。「這我早就知道了。」

「還有艾迪．希斯。還記得他在7-11超商買的糖果棒和湯罐頭嗎？購物袋就棄置在他飽受凌虐的身體旁邊？嘉莉的指紋就是在那時候發現的。」

「不可能！」露西震驚的說。

「還不只這些。」

「妳為什麼不早告訴我？原來她一直跟著他一起犯案，或許還幫助他逃獄？」

「我們毫不懷疑，他們倆早在妳認識她以前就是雌雄大盜了，露西。在妳十七歲還未經歷初吻的時候她就已經開始犯案了。」

「妳又知道我那時候還沒初吻經驗了。」露西面無表情的說。

一陣靜默。

接著露西開口，聲音顫抖著，「這麼說妳認為她花了兩年密謀和我認識，並且成為……然後進行她的……」

「誘拐行動，」我打斷她。「我不知道她事前是不是花了那麼長的時間去計劃。老實說，我也不在乎。」我的怒氣上升。「我們費盡心思想把她引渡到維吉尼亞受審，可是沒能如願。這回紐約的審判她可逃不掉了。」

我手中的啤酒罐早已沒了氣泡。我閉上眼睛，死亡的場景閃過我腦海。我看見艾迪•希斯靠在垃圾收集箱旁，雨水沖淡他傷口流出的鮮血。還有被高特——或者和嘉莉聯手——殺害的那位治安官和獄警。我曾經碰觸他們的遺體，將他們的痛楚轉化成圖表、驗屍報告和齒列記錄。我忍無可忍，我要嘉莉為她對這些人、對我外甥女和我所做的一切付出代價。

「她是惡魔，」我的聲音由於哀傷和憤怒而顫抖。「我會盡我所能讓她受到懲罰。」

「妳為什麼對我說這些？」露西氣憤的大喊。「難道妳認為我不希望她得到懲罰？」

「是否該由我來按下電椅開關或者替她注射毒針？」

「我相信妳一定也這麼希望。」

「別讓妳們之前的關係影響了妳的判斷，露西。」

「老天。」

「這對妳來說是嚴酷的煎熬。要是妳失去客觀，就會讓嘉莉有機可乘。」

「老天，」露西說。「我不想再聽了。」

「妳想知道她要什麼嗎？」我不肯罷休。「我來告訴妳吧，操控全局，這是她最擅長的。然後呢，她會以精神失常的理由獲判無罪，被法官送回寇比療養中心去。接著她的病情會戲劇性的有了起色，寇比的醫生們於是認定她沒瘋。雙重危害，法律規定一罪不得二審。就這樣，她又自由了。」

「要是她故技重施，」露西冷冷的說。「我非找到她，然後轟掉她的腦袋不可。」

「這算哪門子的回答？」

我望著她靠在枕頭堆上的側影。她的身體僵直，內在的憤恨使得她呼吸急促。

「別人其實不在乎妳曾經跟誰上床或者現在跟誰上床，除非妳自己在意，」我平靜的對她說，「事實上，我認為陪審團應該能夠理解當時的狀況。那時候妳畢竟還年輕，她比較成熟，漂亮又聰明，加上她身為上司的優勢，對妳體貼又照顧。」

「就跟婷安一樣。」露西說。我看不出她是否在開玩笑。

「婷安沒有精神錯亂。」我說。

4

次晨，我在租車上睡著，醒來時看見窗外一片宛如來自南北戰爭時期的玉米田、貯糧塔和廣闊的樹林。開車的是馬里諾。我們經過大片連綿著倒鉤鐵線和電話線的空曠土地，和許多豎立著漆成花圃和山姆大叔圖樣信箱的庭院，還有池塘、小溪、綠茵如毯的農場和野草蔓生的牧場。特別吸引我注意的是那些小房舍，籬笆歪斜，曬衣繩上刷洗得發白的衣服在微風中懶懶飄舞。

我摀住嘴巴打哈欠，並且別過頭去，因為我總覺得，露出疲態或無聊模樣是懦弱的表現。幾分鐘後我們右轉開上七一五號公路，也就是碧佛丹路。我們開始看見牛群。許多老舊穀倉灰沉沉的，這裡的人似乎從沒想過要把廢棄的卡車給拖走。貓頭鷹農場主人的住宅是一棟白色大磚屋，四周是圍籬和無邊無際的草原。門牌上寫著這房子建築於一七三〇年，裡頭有游泳池和似乎有能力接收外太空訊息的衛星天線。

我們尚未下車，貝蒂・佛絲特已經出門來迎接。她年約五十多歲，容貌威嚴凌厲，皮膚由於日曬而皺紋深刻，灰白長髮紮成圓髻，然而她的步履輕盈健朗得像年輕人，和我握手時手勁極強，淡褐色的眼眸隱含著痛楚。

「我是貝蒂，」她說。「妳一定就是史卡佩塔醫生了，你應該是馬里諾隊長。」

她也和他握了手，動作敏捷且充滿自信。貝蒂・佛絲特穿著牛仔褲和無袖粗棉上衣，棕色靴子磨損得厲害，鞋跟沾滿泥土。在她的親切態度下藏著別的情感，對我們的到訪略顯意外，不知該如何應對似的。

「坎尼斯在騎馬場那裡，」她說。「他一直在等你們，而且我要告訴你們，他難過得不得了。他非常愛那些馬，每一匹都愛，當然他也很遺憾竟然有人葬生火窟。」

「妳跟他的關係到底是？」我們沿著泥路走向馬廄的途中，馬里諾問她。

「我替他繁殖訓練馬匹已經很多年了，」她說。「從他搬到華倫登以後就開始了。他的摩根馬（譯註：Morgan，供拉馬車和乘騎用，原產於美國）是全州最優良的，還有夸特馬（譯註：Quarter Horse，美國育成的一種強壯的改良馬，用於四分之一哩比賽）和純種馬。」

「他經常帶他的馬來這裡？」我問。

「有時候會。有時候他會向我買一歲小種馬，讓牠們留在這裡受訓兩年，然後才帶回他的馬廄。他也會繁殖賽馬，到了可以接受訓練的參賽年齡就賣出。我也會到他的馬場去，大概兩、三週去一次。他的馬場可說是由我負責管理的。」

「他沒有馬伕？」我問。

「最後一個馬伕在幾個月前辭職了。從那時候起大部分工作史帕克都自己來。基於安全考量，他可能不會再僱用馬伕了。」

「我想多知道些關於這位馬伕的事。」馬里諾說著開始做筆記。

「一個迷人但是壞心腸的老傢伙。」她說。

「可能有一匹馬從火場逃了出來。」我對她說。

她沒有反應。這時我們走近一間紅色大穀倉，圍籬上立著根「當心惡犬」的警告牌。

「是一匹小馬，黑色的。」我說。

「是雌馬或雄馬？」她問。

「不知道，我分辨不出來。」

「頭上有星形紋嗎？」她指的是馬額頭上的白色帶狀條紋。

「太遠了看不清楚。」我說。

「坎尼斯有一匹名叫風頌的小馬，」佛絲特說。「牠的母親名叫風，曾經參加過德比馬賽，跑了最後一名，可是光是能夠參賽就夠厲害的了。加上牠的父親參加過好幾場大型賭注馬賽，因此風頌算是史帕克馬廄裡最珍貴的一匹馬吧。」

「很可能風頌跑了出來，」我說。「還活著。」

「希望牠不會落得在外面四處流浪。」

「就算是，也不會流浪得太久。我們已經報警了。」

馬里諾對這匹幸運生還的馬似乎不怎麼感興趣。我們進入室內馬場，迎面而來一陣雜沓馬蹄聲和自由遊蕩的矮腳雞的叫聲。馬里諾立刻咳嗽起來並且瞇著眼睛，因為空氣中瀰漫著被一匹慢跑中的栗棕色摩根母馬踢起的紅色粉塵。有人騎著馬匹經過，惹得馬廄裡的馬群一陣騷動。儘管我認得出跨在英國馬鞍上的人是坎尼斯•史帕克，卻從未見過他像這樣一身粗棉襯衫和靴子、滿身塵土的模樣。他的騎術相當精湛，經過我面前時沒有露出遇見熟人或者寬心的表情，可見他並不歡迎我們來。

「這裡有地方可以談話嗎？」我問佛絲特。

「外面有幾張椅子，」她指著說。「妳也可以用我的辦公室。」

史帕克加速朝我們騎過來，幾隻矮腳母雞拎著羽毛裙匆匆閃避。

「妳知道他在華倫登有個女伴的事嗎？」我們回頭走出馬廄時我問。「妳到那裡照顧馬匹的時候可曾看見有女人出入？」

「沒有。」佛絲特說。

我們拉了幾張塑膠椅，背對著馬場，面對著樹林坐下。

「天曉得，坎尼斯有過不少女朋友，而我也並不是全都知道，」佛絲特轉過身來望著馬場中央。「除了妳提起過的風頌之外，坎尼斯現在騎的那匹馬是他僅有的了，牠名叫黑奧波兒。我們都暱稱牠叫波兒。」

馬里諾和我沒說什麼，回頭看見史帕克跳下馬背，把韁繩交給佛絲特的一名馬伕。

「幹得好，波兒。」史帕克輕拍著牠的漂亮頭頸說。

「這匹馬沒跟其他馬匹一起待在農場，有什麼特別因素沒有？」我問佛絲特。

「年齡不夠大。這匹雄馬只有三歲，還需要訓練，所以才留在這裡，算牠幸運。」

有那麼一瞬，她臉上蒙上一絲憂傷，但是她迅速別過頭去，輕咳一下然後站了起來。看見史帕克跨出馬場，邊整理著腰帶和牛仔褲走了過來，她默默走開。我和馬里諾起身，禮貌的和他握手。他解下脖子上的黃色印花領巾來抹著臉，那件褪色的鱷魚牌襯衫已被汗水浸透。

「請坐。」他優雅的說，像在接受我們的謁見似的。

我們重新坐下。他也拉了張椅子面對我們坐下，眼睛四周的皮膚緊繃，眼神堅定但浮著血絲。

「讓我告訴你們此刻我心裡真正的想法，」他說。「這場火災絕對不是意外。」

「所以我們才到這兒來調查的，先生。」馬里諾說，顯得比平時禮貌許多。

「我認為動機是種族歧視，」史帕克咬著牙說，聲音充滿憤懣。「而且這些人——無論他們是誰——存心謀殺我的愛馬，摧毀我所鍾愛的一切。」

「如果動機是種族歧視，」馬里諾說。「為什麼他們選在你離開農場的時候下手？」

「很多不幸比死亡更痛苦，也許他們要我活著受折磨，答案應該由你們去挖掘。」

「我們正在努力。」馬里諾說。

「別想把帳算到我頭上。」

他用一根指頭指著我們說。

「你們這些人在想什麼我清楚得很，」他繼續說。「哈，是我為了錢放火燒掉自己的農場和馬匹，你們給我聽好——」

他把身體挨近我們。

「我告訴你們，不是我。我絕對沒有，絕不可能，也永遠不會這麼做。這件事跟我沒有半點關係，我是受害人，能活著已經算走運了。」

「我們來談談另一位受害人，」我冷靜的說。「目前只知道是個白種女人，金色長髮。那個晚上還有誰可能待在你那棟屋子裡呢？」

「我的屋裡根本不該有人！」他大叫。

「我們推測這位女士可能是在主臥房裡罹難的，」我說。「也許是在浴室裡。」

「不管她是誰，她一定是闖空門的，」他說。「說不定火災就是她引起的，只是最後沒能逃出來。」

「我們沒發現有人破門而入的跡象，先生，」馬里諾說。「而且要是你的防盜器那晚是開著的，它也並沒有啟動。只有火警偵測器啟動了。」

「我不懂，」史帕克不像在說謊。「我離開的時候明明設定了防盜警報器的。」

「你準備前往哪裡？」馬里諾試探的問。

「倫敦，我剛到那裡就接到通知了。我甚至沒離開希斯洛機場，就直接搭了下一班飛機趕回來，」他說。「我在華盛頓特區下飛機，再開車回到這裡。」

他茫然望著泥地。

「開什麼車？」馬里諾問。

「我那輛查拉基吉普車啊，我把它寄放在杜勒斯機場的長期停車場。」

「有收據嗎？」

「有。」

「那停在你屋外的那輛賓士呢？」馬里諾接著問。

史帕克眉頭一皺。「什麼賓士？我沒有賓士車，我向來只買國產車的。」

我記得這是他時常掛在嘴邊的一項個人原則。

「你屋子後面有一輛賓士，也燒了，暫時還查不出什麼來，」馬里諾說。「不過那輛車不像是租來的，是輛轎車，形狀方正，可能是比較早期的車型。」

史帕克只是猛搖頭。

「這麼看來，可能是那名受害者的車子，」馬里諾推測著說。「會不會是有人突然跑去探訪你？這人有你屋子的鑰匙，也知道你防盜警報器的密碼？」

「老天，」史帕克苦思起來。「喬許有鑰匙。他是我的馬伕，單純得跟白紙一樣，他因為健康不佳辭職了。我沒有把門鎖換掉。」

「請你告訴我們他在哪裡。」馬里諾說。

「他絕不可能……」史帕克正要開口，突然猶豫起來，臉上浮現彷彿狐疑的神情。「我的天，」他喃喃唸著，重重嘆了口氣。「我的老天。」

他望著我。

「妳說那個女人是金髮？」他問。

「沒錯。」我說。

「妳能描述一下她的外貌嗎？」他益發驚慌起來。

「身材修長，應該是白皮膚。身穿牛仔褲、類似襯衫的上衣和靴子。繫鞋帶的靴子，不是長統靴。」

「個子多高？」他焦急的問。

「不知道。必須檢驗過才能確定。」

「戴了首飾嗎？」

「她的雙手不見了。」

他又嘆了口氣，聲音顫抖的說，「她的頭髮是不是很長，幾乎到達腰部，而且是非常淡的金色？」

「目前看來是這樣沒錯。」我回答。

「我的確認識過一個女人，」他清了清喉嚨，開始敘述。「我的天……我在萊茲維爾海灘有間房子，曾經跟她在那裡約會。她是大學生，唸得有一搭沒一搭的。我們的關係沒能維持太久，大概六個月吧。她的確到過我的農場好幾次，我最後一次見到她也是在那裡。我結束了這段關係，因為我沒辦法再走下去。」

「她開賓士嗎？」馬里諾問。

史帕克搖頭，把臉埋進掌心試圖振作。

「她有一輛福斯汽車，淡藍色，」他勉強回答。「她沒什麼錢，分手的時候我給了她一筆錢，一千元現金，我要她回學校去把書唸完，她叫做克萊兒•羅禮。我想有可能是她拿走了我的備份鑰匙卻沒告訴我，也許我輸入警報器密碼的時候她也看見了。」

「你已經一年多沒跟克萊兒•羅禮聯絡了？」我問。

「連句話都沒交談過，」他回答，「那已經成為過去了，只是愚蠢的戀情。我在萊茲維爾海灘看見她在沖浪，就上前去和她攀談。我必須承認，我從沒見過像她那麼漂亮的女人。有一陣子我簡直失了魂，後來才又找回理智。我們之間有太多錯綜複雜的問題，克萊兒需要有人照顧她，可是我辦不到。」

「請你務必把所有關於她的事情盡可能告訴我們，」我委婉的對他說。「關於她是哪裡人、她的家庭，任何有助於確認她身分的資料。當然我也會和學校聯絡。」

「我必須告訴妳一個悲慘的事實，史卡佩塔醫生，」他對我說。「老實說，我對她可說是一無所知。我們的關係只建立在性上頭，我呢，盡量幫助她脫離經濟困境，解決她的各種困難。我真的關心她，」他停頓了下，又說，「但是談不上認真，至少我的態度是如此。我的意思是，我從沒考慮過婚姻的事。」

其實他不需要進一步解釋。史帕克握有權勢，也一向懂得加以善用，樂得享用每個送上門的女人。只是此刻我不想評斷他的行為。

「很抱歉，」他說著站了起來。「我只能告訴妳，她應該算是個沒能冒出頭的藝人。她嚮往當演員，卻一天到晚在海灘沖浪閒逛。和她交往一陣子以後，我開始發現她有點不對勁。她極度缺乏鬥志，有時候我會覺得她相當乖僻，甚至有些呆滯。」

「她有酗酒習慣嗎？」我問。

「她不常喝酒，熱量太高了。」

「毒品呢？」

「這方面我也開始有點懷疑，只是這並非我所能掌握的範圍。我真的不清楚。」

「請你告訴我她名字的正確寫法。」我說。

「在你離開前，」馬里諾突然開口。我知道他在扮黑臉，「你確定這不是謀殺兼自殺事件？她毀了你所有的一切，再畏罪自殺？你確定她絕沒有理由這麼做，史帕克先生？」

「到了這地步，我什麼都拿不準了。」史帕克在敞開的穀倉大門前停步，回答說。

馬里諾也站了起來。

「還有這只是例行公事，沒有冒犯的意思——」馬里諾說，「希望你能提供你倫敦之行的所有相關單據，還有杜勒斯機場的停車收據。另外菸酒槍械管制局可能也會著手調查你地窖裡的波本酒和自動槍械。」

「我收藏了些二次大戰時期的槍枝，全部都有合法執照，」他耐著性子說，「至於波本酒，是我五年前向肯塔基一家倒閉的釀酒廠買來的。他們不該把酒賣給我，我也不該買。但事情就是這樣。」

「我想管制局感興趣的不單單是你那些波本，」馬里諾說，「如果你身邊留有任何收據之類的，麻煩你現在就交給我。」

「接下來你是不是想搜我的身呢，隊長？」史帕克怒眼瞪著他說。

馬里諾毫不客氣的回瞪。幾隻矮腳母雞像跳街舞那樣踢著腳步經過。

「去找我的律師吧，」史帕克說。「我會樂於配合的。」

「馬里諾，」我忍不住插嘴。「請你給我一點時間單獨和史帕克先生談談。」

馬里諾有些詫異且氣惱。他二話不說，大步走進穀倉裡，背後跟著幾隻母雞。史帕克和我面對面站著。他是個外貌出眾的男子，身材頎長結實，一頭濃密的灰髮，琥珀色眼珠，流露貴族氣息的五官，傑佛遜式的挺直鼻樑，黝黑的皮膚光滑得有如年紀只有他一半大的年輕人。他緊握騎鞭的模樣透露了他內心的激憤。坎尼斯・史帕克有能力使用暴力，但從來不曾屈服於暴力。據我所知是如此。

「說吧，妳有什麼想法？」他懷疑的問我。

「我只是想確認一下，你對我們過去的不和睦已經……」

他搖著頭，不讓我把話說完。

「過去的就算了。」他斷然說。

「不，坎尼斯，不能算了。有一點很重要，就是你必須了解，我對你不抱任何偏見，」我說。「過去的事和眼前這樁案子沒有任何關聯。」

在他積極介入他的報紙編輯政策的那幾年裡，他曾經指控我是種族歧視者，因為我發表了一些黑人謀殺黑人的數據資料。我向大眾揭露有多少謀殺案件是跟毒品和娼妓有關的，甚至只是單純的基於黑人對黑人的仇恨。

他的記者引用了我文章裡的片段，並且扭曲了我的原意。就在當天晚上，史帕克在他位於市中心那間氣派的辦公室召見我。我永遠記得我進到那間裝飾著鮮花和移民時期家具燈具的桃花心木房間，他命令我——好像他真有這權力似的——對非裔美國公民多表現一點體恤，並且公開撤回我那些自以為是的專業評估文章。此刻我望著他全身冒汗、靴子沾著泥糞的模樣，感覺他似乎不再是那個傲慢的男人。他雙手顫抖，英挺的體態彷彿就要崩解。

「妳如果有什麼發現，會告訴我吧？」他淚水盈眶的問，高昂著頭。

「看情況吧。」我含糊的允諾。

「我只想知道那是否真的是她，還有她有沒有受罪。」他說。

「大部分死於火災的人都不至於受苦，大都在火燒上身前就因吸入過多一氧化碳而昏迷了，通常死得相當平靜且感覺不到痛苦。」

「噢，感謝老天。」

他仰頭望著天空。

「感謝老天。」他喃喃自語著。

5

當天晚上我回到里奇蒙，不怎麼帶勁的準備了晚餐。有三通班頓的電話留言，我一通都沒有回。我感覺很怪，有種世界末日似的哀傷，卻又同時沒來由的感到亢奮，跑到庭院裡拔草，剪裝飾廚房用的玫瑰，一直工作到天黑，我選了含苞的粉紅和黃色玫瑰。我在暮色中出門去散步，這時真希望我有隻狗。我久久幻想著養狗的事，癡想著該養哪一種狗，想著這是否有可能成真。

我很想養一隻無法繼續參加比賽、被人救出賽狗場的退休靈緹。當然了，我的生活不太可能允許我養寵物。我正想得出神，一個鄰居帶著隻小白狗走出他的石屋。

「晚安，史卡佩塔醫生。」鄰居神情嚴肅的招呼。「這次妳會在城裡待多久呢？」

「我也不知道。」我說，仍在幻想我的靈缇。

「我聽說火災的事了。」

這位鄰居是個退休外科醫生。他搖了搖頭。

「可憐的坎尼斯。」

「原來你也認識他。」我說。

「是啊。」

「很遺憾。你養的是什麼狗？」

「牠是隻素食狗，聰明得不得了。」我的鄰居說。

他繼續走著，掏出一支煙斗來點燃，無疑的，他的妻子不准他在屋裡吸菸。我走過鄰居們的房子。這些住宅大同小異，不是磚造就是灰泥建造，而且都不算老舊，似乎和那條緩緩流經社區後方的寬廣河流彼此呼應著。這條河兩百年來始終以同樣的速度流過岩岸。里奇蒙這城市幾乎不曾改變過。

我來到上回衛斯禮和我賭氣以後散心的地點。我在那棵樹下站了會兒，不久天色已昏暗得看不清空中的老鷹或河裡的岩石了。我站在那裡，呆望著鄰居窗口的燈光，思索著坎尼斯•史帕克究竟是受害者或者加害者，一時之間連動都懶得動。突然我背後的街道傳來腳步聲，我猛一回頭，嚇得抓緊連在鑰匙串上的紅辣椒防身噴霧器。

馬里諾龐大的身軀跳出，他的聲音繼之響起。

「醫生，妳不該這時候跑出來亂逛。」他說。

我驚訝得忘了指責他不該干涉我的行動。

「你怎麼知道我在這裡？」我問他。

「妳的鄰居告訴我的。」

我無所謂。

「馬里諾，你就不能讓我清靜一下嗎？」我不帶火氣的說，因為我知道他是為了我好。

「暫時沒辦法，」他說。「我有壞消息要告訴妳，我想妳最好先坐下來。」

我第一個念頭是露西出事了。我頓時渾身癱軟，搖晃著攀住他的肩膀，思緒瞬間崩裂成千萬殘片，我時常覺得總有一天會有人來通知我她的死訊。我無法言語或思考，心遠遠飛離，墜入越來越深黝的可怖漩渦之中。馬里諾趕緊抓住我的手臂。

「老天，」他大叫。「我先扶妳進車子坐下再說吧。」

「不要，」我說。我立刻就要知道。「露西怎麼了？」

他猶豫起來，似乎有些困惑。

「露西可能還不知道，除非她看了新聞。」他說。

「知道什麼？」我的全身血液激盪不止。

「嘉莉・葛里珊從寇比療養中心逃出來了，」他說。「今天下午的事。他們一直到了集合女牢友去晚餐的時候才發現。」

我們朝他的車子走去，他的恐懼轉成了憤怒。

「而妳呢，竟然跑到這種黑漆漆的地方來，身上只帶著鑰匙圈，」他繼續說，「該死，真他媽的太不應該了。以後不准再這樣了，聽見沒？我們不知道那個臭娘們的下落。可是有件事我很確定，只要她脫逃在外，妳就不可能平安無事。」

「這世界上沒有誰是絕對安全的。」我爬上他的車，喃喃說著，同時想起班頓正單獨在海邊。

嘉莉・葛里珊對他的怨恨不下於對我，至少我是這麼認為。班頓描繪出她的犯罪檔案，擔任這場追捕競賽的四分衛，最後導致她的被捕以及鄧波爾・高特的死亡。班頓設法讓嘉莉無法侵入調查局的所有電腦系統且效果顯著。

「她有沒有可能知道班頓在哪裡？」馬里諾開車送我回家的途中，我問他。「他正單獨住在島上的渡假中心。說不定沒配戴槍枝就跑到沙灘上散步，根本沒想到或許有人正在監視他……」

「是啊，就跟我認識的某人一樣。」馬里諾打斷我說。

「說得好。」

「班頓應該已經知道了，不過我還是會打電話告訴他，」馬里諾說，「我想嘉莉・葛里珊不會知道妳在希爾頓海岬有個渡假小屋。露西把妳所有的小秘密告訴她的時候妳還沒買那間渡假小屋。」

「這麼說太不公道了，」我說。這時他將車子開進我屋子前的車道然後煞車。「露西不是有意的，她從來沒想過要背叛我或者傷害我。」

我拉起車門把手。

「到了這地步，她有心或無意都已經不重要了。」

他將煙霧吐出窗外。

「嘉莉怎麼逃出來的？」我問。「寇比療養中心位在島上，位置那麼偏遠。」

「沒人曉得。大約三小時前，她原本該和那些可愛的女牢友一起晚餐的，就在那時候警衛發現她不見了，突然沒了人影。一哩外的地方有一座舊人行橋，跨越伊士河到對岸的哈林區。」

他把菸蒂丟在我的車道上。

「他們所能想到的唯一逃脫路徑就是從那個方向離開小島。到處部署了警力，也派了直升機搜索，以防萬一她還窩藏在島上。但我認為這不太可能。我想她計劃這次脫逃已經有一段日子，時間算得很準。她不久就會跟我們聯繫的，妳看著好了。」

我忐忑的走進屋子，仔細檢查每一扇門並且設定了防盜鈴，接著我做了件我很少做且令我不安的事情。我從書桌抽屜取出我的九釐米葛洛克手槍，然後將樓上樓下所有櫃子全部上鎖。我兩手緊握著手槍進入每個房間，心臟狂跳著。如今嘉莉・葛里珊儼然變成一個擁有超能力的怪物。我開始幻想她侵入我的保全系統，在我毫無防衛的時候突然從暗處衝出來。

我的兩層樓石屋似乎是安全了。我拿著杯勃根地紅酒進了臥房，穿上睡袍，撥了電話給衛斯禮，心一陣涼颼，因為他沒來接聽。將近午夜時我又打了一次，依然沒有回應。

「老天。」我在房間裡自言自語。

房裡燈光柔和，拉出化妝台和古董桌子的陰影，都是些老舊暗沉的橡木製家具，因為我喜歡上頭的縫隙和時間流逝的痕跡。氣流鑽進百葉窗，拂動淡玫瑰色的窗帘，一動一靜都只令我莫名的感到疏離。時間不斷流逝，我的心逐漸被恐懼所奴役。我努力壓抑和嘉莉・葛里珊有關的種種意象。真希望班頓能來電話，我告訴自己他沒事。現在我只想好好睡一覺，因此我開始讀薛莫斯・奚尼的詩，不久在《誘餌》的詩句之間沉沉入睡。凌晨兩點二十分電話響起，我的書滑落地上。

「史卡佩塔。」我對著話筒大喊，心臟怦動不止，這是每回我在睡夢中被驚醒必有的現象。

「凱，是我，」班頓的聲音。「抱歉這麼晚打擾妳，可是我猜妳可能在找我。我的電話答錄機不知怎麼故障了，真是的。我出去吃晚餐，然後在海邊散步了兩小時，想事情。我想妳已經接到消息了。」

「是的。」我重又警覺起來。

「妳沒事吧。」他說。他太了解我了。

「今天晚上我幾乎把整間房子翻了兩翻然後才上床睡覺。我把槍帶在身邊，檢查了所有櫃子和窗帘後面。」

「我就知道妳會這麼做。」

「這很像你知道自己就快接到炸彈郵件的感覺。」

「不，不是這樣的，凱。我們並不確定真會有人找上門來，也不確定是什麼時候或者用什麼方式。要是知道就好了。這正是她的把戲，故意讓我們猜測。」

「班頓，你也知道她對你的觀感，我不喜歡你一個人待在那裡。」

「妳要我回家去嗎？」

我想了想，沒有答案。

「我這就去開車，」他又說。「如果這真是妳要的。」

我告訴他坎尼斯•史帕克住宅起火，並發現屍體的事，話題始終繞著這案子打轉，還有我和這位報業大亨在貓頭鷹農場會面的經過。我解說著原委，他只是專注聆聽。

「總之，」我下著結論。「這案子既古怪又複雜，要做的事情太多了，可是你沒有必要犧牲寶貴的假期。馬里諾說得對，我們沒有理由懷疑嘉莉•葛里珊知道我們在希爾頓海岬有間渡假小屋，也許你待在那裡還比較安全呢，班頓。」

「我倒希望她來找我，」他的聲音緊繃起來。「我會用我的席格索爾手槍迎接她，也好把這整件事情作個了結。」

我知道他是當真想要殺了她。果真如此，這將是她所製造的最大災禍。訴諸暴力不是班頓的作風，他也一向不允許他所緝捕的惡人陰影籠罩自己的良知和心靈。我聽了他的話，跟著有了罪惡感。

「你察覺這件事的嚴重性了嗎？」我難過的說，「我們坐在這裡談論著要給她一槍、送她上電椅，或者替她注射一針毒劑。她果真把我們操控於股掌之間了，班頓。因為我得承認，我希望她死的心勝過一切。」

「我想我還是回去的好。」他又說。

不久後我們掛了電話，我一夜無眠。天亮前的幾個小時就這麼虛度，腦裡湧進千萬段焦躁恐怖的夢魘。我夢見自己正趕赴一場重要約會，困在雪地裡，又無法打電話。在天色濛亮的時刻，我夢見自己無法解決驗屍工作上的問題，感覺一生就這麼完了。突然我開車來到一個淒慘的車禍現場，那輛車裡頭滿是屍體，人卻動彈不得，無法上前幫忙。我翻來覆去，不停整理著枕頭被子，直到天空轉成灰藍，星光逐一熄滅，才起床去煮咖啡。

我開車前往辦公室，開了收音機聽有關華倫登大火發現屍體的即時新聞。報導中充滿瘋狂煽情的臆測，指出受害者就是那位媒體鉅子。我忍不住想，史帕克若是聽了大概會覺得有趣吧。我很好奇他為何沒有發表澄清聲明，讓社會知道他還活著。想到這裡，關於他的許多疑點又讓我墜入沉思。

傑克・費爾丁醫生的紅色野馬跑車停在我們位在傑克森街的新大樓後面。這棟大樓左右分別是整修過的傑克森監獄和維吉尼亞州立大學醫學院校園，我的新辦公室則位在佔地三十四畝的新興資訊中心——生物科技園區的核心位置。

我們的辦公室兩個月前才從舊址遷移到這裡，至今我仍在適應那些摩登的玻璃、石磚和亮得足以映照整個社區的窗戶頂端的楣樑。新的工作空間十分明亮，有著容易清洗的棕色環氧樹脂地板和牆壁。這裡還有大堆東西等著開箱、整理分類。雖說我終於擁有新穎的解剖室，內心卻感到前所未有的惶恐。我把車停在面對傑克森街的大樓入口車庫，陽光斜射進我的眼睛，我拿鑰匙打開後門走了進去。

走廊乾淨得纖塵不染，飄散著工業用除臭劑的氣味，牆角還散置著許多電線盒、開關板和油漆罐。費爾丁已經打開比一般人家客廳更寬敞的不鏽鋼冷凍室的門鎖和通向驗屍室的門。我把鑰匙塞回皮夾裡，走向更衣室，脫下套裝掛上。我穿上實驗室袍，直將釦子扣到領口，再把高跟鞋換成形狀古怪的黑色銳跑運動鞋，我一向叫它做解剖鞋。這雙鞋又舊又髒，且肯定有生物危害之虞，卻支撐著我不再年輕的雙腿和腳部，因此從未離開過停屍間。

新的驗屍室比原來的要大上許多，也設計得比較方便使用。不鏽鋼驗屍台不再固定在地板上，不使用時可以挪開。五張新的移動式工作台可以直接由冷凍櫃裡推出來，再固定在解剖水槽邊的牆面，水槽也設計成無論慣用左右手的醫生都可使用。這些新工作台附有輪式托盤，因此我們不再需要費勁的抬開或者移動屍體。此外還有無障礙抽吸器和眼睛沖洗站，以及和建築物的通風系統相連接的特殊排氣雙導管。

總之，州政府幾乎提供了我所需要的一切設備，讓維吉尼亞法醫系統能夠順利迎向新世紀。然而實際上情況並未改變，至少沒有變好。我們接到的槍擊刀械死亡案件逐年增多，而且越來越多人拿細瑣的法律訴訟來對付我們，法庭上的正義難以伸張，因為律師說謊，陪審團也不再對真實的證據感興趣。

我打開冷凍室沉重的金屬門，冷空氣撲面而來。我經過許多屍袋、沾血的塑膠布罩和僵直伸出的腳。雙手用棕色紙袋包裹表示死狀淒慘，小屍袋則讓我想起一樁嬰兒猝死案和一個在家中水池溺斃的幼兒。火災受害者的屍體仍然原封不動的包裹在碎玻璃和泥渣裡。我把屍架推到熒白的螢光燈底下，然後我又換了鞋子，走到一樓另一端遠離屍體的辦公室和會議室所在的區域。

將近八點半，實習醫生和職員在辦公廳裡端著咖啡到處走動。我走向費爾丁敞開的辦公室門口，一路和同事們淡淡的互道早安。我敲敲門走了進去，看見他正在講電話，並匆匆在紙條上記下留言。

「又有了？」他把話筒夾在下巴和肩膀之間，嘶啞著嗓子問，邊用手指耙抓著一頭亂髮。

「地址呢？那位警官的名字是？」

他只顧低頭寫著，沒看我。

「你有本地電話嗎？」

他迅速抄下號碼，並且再確認一次。

「知道是什麼死因嗎？好的，在什麼路口？你會在巡邏車裡吧？好吧，你先去。」

費爾丁掛了電話，一大早便露出一臉苦惱。

「什麼案子？」我問。看來這天有得忙了。

「可能是機械性窒息。黑人女性，有酗酒和濫用藥物的記錄。她倒臥在床邊，頭靠著牆壁，頭部嚴重扭曲，全身赤裸。我覺得我最好去看一下是否有異狀。」

「肯定得有人去查看一下。」我贊同的說。

他明白我的意思。

「如果妳同意，我們可以派李文去。」

「好主意，因為我必須盡快處理那名火災死者，需要你的協助，」我說。「尤其在剛開始的階段。」

「沒問題。」

費爾丁推開椅子，挺直強健的身軀站起。他穿著卡其褲，白襯衫袖子捲起，腳上是銳跑步鞋，結實的腰桿圍著條舊織紋皮帶。即使年過四十，他對健身依然毫不鬆懈，體格健美一如我剛接掌法醫辦公室而後僱用他的那時候，要是他對自己的所有案件也都如此用心就好了。不過他一直對我十分尊重而且忠誠，儘管他有點溫吞匠氣，但很少任意揣測或犯錯。對我來說，他是個規矩、值得信賴，而且可愛的同事，除了他我不會考慮別人來擔任我的副手。

我們一起進了會議室，我在那張光滑的長形會議桌的主席位坐下。會議室裡唯一的裝飾只是些肌肉組織和器官的圖表、模型，以及解剖骨骼，此外就是牆上掛著的那些從舊辦公室移來的前幾任男性首席法醫的舊照片。這天早上我的三名代理首席法醫和幾名助理法醫、實習醫生、毒物檢驗師和行政主管全部出席，並且提出報告。有個維吉尼亞醫學院的學生來這裡研習選修課程，還有一位正在美國各法醫辦公室進行巡迴訪問的倫敦法醫病理學者在此觀摩連續殺人案件和槍擊傷口的相關知識。

「早安，」我說。「我們先看看目前有些什麼案子，然後就開始討論我們的火災案件和相關情節。」

費爾丁開始說明那樁疑似機械性窒息的案件，接著負責市中心區，也就是我們辦公室所在地區案件的主管鍾斯迅速報告了其他案件。有個白人男性先往他女友頭部連開五槍，然後轟掉自己迷惘的腦袋；還有一樁嬰兒猝死溺斃案，和一名年輕男性疑似開著馬自達敞篷跑車時邊換襯衫領帶，撞上了樹幹身亡。

「哇，」一名叫桑佛的醫學院學生說。「你們怎麼判斷出來的呢？」

「因為他的短背心脫了一半，襯衫和領帶堆放在駕駛座旁的位子，」鍾斯解釋著說，「他可能是剛下班，趕著到酒吧去和朋友見面。以前我們也有過類似案例——邊開車邊換衣服、刮鬍子或化妝等等的。」

「這類案子會讓人很想在死亡證明書的死亡方式小空欄裡填上愚蠢兩個字。」費爾丁說。

「各位也許都已經聽說，嘉莉‧葛里珊從寇比療養中心逃了出來，」接著我說。「雖說這件事不會對我們辦公室直接造成衝擊，我們還是應該提高警覺。」

我盡可能表現得若無其事。

「我們得準備應付媒體。」我說。

「已經有記者打電話來問了，」鍾斯透過老花眼鏡斜睨著我說。「從昨晚到現在為止，答錄系統已經接到了五通電話。」

「都是關於嘉莉‧葛里珊的？」我問。

「是的，醫生，」他說。「還有另外四通，是打聽華倫登大火案的。」

「注意，」我說。「在這關頭絕不能對外透露消息，無論是有關寇比療養中心或者華倫登大火的事。今天費爾丁和我幾乎一整天都會在樓下忙，除非是重大事件，其他一概不受理。這案子非常急迫。」

我環顧一圈會議桌，各個表情嚴肅，但充滿好奇。

「目前我還無法確定這案子屬於意外、自殺或者謀殺，那具焦屍的身分也還未確認。提姆，」我對毒物檢測師說，「緊急進行酒精和一氧化碳濃度測試。這位女士也許有服藥習慣，因此我也需要你做安眠藥、安非他命、甲基安非他命、巴比妥酸鹽和大麻等毒物篩檢，越快越好。」

他點了點頭，記了下來。我花了許多時間讀鍾斯替我做的剪報，然後回到走廊那端的停屍間。我在女性更衣室脫下上衣和裙子，到置物櫃拿出一條發射器腰帶和麥克風，這是雷尼為我量身製做的。腰帶裹住我的上腹部，外頭穿上藍色長袖實驗袍，以免麥克風鍵直接和沾血的雙手接觸。最後我把無線麥克風夾在領口，然後再度穿上我的解剖鞋和鞋套，戴上口罩和頭套。

費爾丁和我同時進入驗屍室。

「先照X光。」我說。

我們推著不鏽鋼工作台通過走廊，來到X光室，從布罩四角抬起屍體和大堆殘屑，移到活動式數位影像掃描系統的旋轉臂下方。這是一組電腦控制X光螢幕掃描機。我檢查了各項設定程序，接好繁複的電纜，然後拿鑰匙開啟工作站電源，控制板上亮起時間顯示和光弧段。我將一支錄影帶放進卡匣內，踩下腳踏板，開啟影像顯示器。

「防輻射背心。」我對費爾丁說。

我遞給他一件水藍色金屬襯裏背心。我也穿上一件，在背後繫上綁帶時感覺像裝滿砂似的沉重。

「可以開始了。」我摁下按鈕說。

藉著移動旋轉臂，我們可以從不同角度觀察這具焦屍全身，和醫院X光照射不同的是，我們所檢查的病患已沒有呼吸、心跳或吞嚥現象。螢幕上所顯示死亡器官和骨骼的靜態影像是黑白的，沒有任何撓曲或變形。我們繼續挪動旋轉臂，發現幾個不透光區域，我懷疑可能是混雜在泥渣裡的金屬物質。我們留意著螢幕上的影像，邊用戴著手套的雙手挖掘搜索，直到我的手指觸及兩個堅硬物體。其中一個大約五角硬幣的一半大小，另一個比較小，而且是方形的。我把它們拿到水槽邊沖洗。

「會不會是銀質腰帶環釦？」我說著把它裝進防水紙盒裡，貼上標籤，並且用麥克筆寫上編號。

另一個就簡單多了。我很快便確定這是一只腕錶。錶帶已經燒毀，水晶錶蓋也已碎裂。不過令我驚訝的是它的錶面，在徹底沖洗之後，結果發現是風格詭奇抽象的亮橘色款式。

「看來應該是男錶。」費爾丁說。

「女人也戴這種錶的，」我說。「我自己就戴，看得比較清楚。」

「也許是運動錶？」

「有可能。」

我們推移旋轉臂，繼續觀察X光管發出的輻射深入屍體和四周的焦黑殘屑裡所顯示的影像。我掃描到右臀部下方時停了下來。因為這裡有個戒指形狀的物體，可是當我伸手去抓，卻什麼都沒有。由於屍體是仰躺著的，大部分腰背部位都探觸不到，包括衣服在內。我用雙手伸進臀部底下，手指摸索著牛仔褲後口袋，挖出半截紅蘿蔔和一只乍看之下像是不鏽鋼材質的樸素婚戒。再細看，是白金。

「似乎也是男人戴的戒指，」費爾丁說。「除非她的手指很粗大。」

他拿過我手中的戒指仔細觀察。接著我發現更多怪異跡象，逐漸揭露這女人死前所做的一些事情。粗棉布料上黏附著一些粗糙的深色動物毛髮，儘管還無法確定，但我相當有把握那是馬毛。

「上面沒有刻字。」他說著將戒指用一只證物袋密封起來。

「沒錯。」我說，好奇心驟然高漲。

「不懂她為什麼把它放在褲袋裡，而不戴上。」

「問得好。」

「也許她正要做什麼，不得不暫時取下戒指，」他繼續推測。「妳知道，有些人洗手的時候習慣先把配戴的東西下來。」

「說不定是在餵馬。」

我用鑷子夾起幾根毛髮。

「也許餵的就是跑掉的那匹黑色小馬？」我說。

「好吧，」他不以為然的說。「然後呢？就說她正在照顧那匹小馬，餵牠吃紅蘿蔔，忘了把牠帶回馬廄去？不久以後房子起火，包括馬房和裡頭的所有馬匹全部燒得精光，只有那匹小馬逃脫了？」

他在工作台那端注視著我。

「她想自殺？」他繼續揣測。「只是不忍心殃及那匹小馬？牠叫什麼名字來著？風頌？」

然而這些疑問目前還得不到解答。我們繼續進行個人生理特徵和病理的X光照射，以便建立永久性的案件記錄。不過根據螢幕上顯示的，我們只發現牛仔褲裡有幾個保險套和子宮避孕器，顯示她的性生活相當活躍。

另外我們還找到一條拉鍊和一團棒球大小的焦黑物體，結果發現是一只鋼環，上頭連著數個小圈眼和一個串著三把銅鑰匙的蛇形銀環。除了和指紋一樣人人有異的鼻竇腔以及右上門牙裝有磁牙冠以外，我們並未發現任何能夠作為身分辨識根據的特徵。

接近中午時，我們將她推回驗屍室，將屍架固定在最遠一角的水槽邊，避開主要通道。其他不鏽鋼水槽水聲潺潺。法醫們忙著給器官秤重切片，對著麥克風做口錄。幾名警探來回搬移著椅凳在一旁觀看。房裡的對話一如往常的魯莽隨性，一字一句就像這些案主的生命那般破碎飄逸。

「我得確定你進行到哪兒了。」

「要命，沒電池了。」

「幾號電池？」

「這台照相機用的那種。」

「我找到二十元，放在前面右邊口袋。」

「也許不是搶劫。」

「誰去計算藥片？又送進來一堆了。」

「史卡佩塔醫生，剛剛進來一個新案主，可能是凶殺。」一個實習醫生大聲嚷著。他剛掛斷必須雙手乾淨才能使用的電話。

「我們只能把它留到明天再處理了。」我說。因為工作量太大了。

「找到疑似謀殺自殺案的槍枝了。」我的一個助理法醫大叫。

「空的？」我問他。

「是啊。」

我走過去確認。遇見有槍械隨著屍體進來的情況時必須格外謹慎。這名死者體格十分碩大，身上仍穿著紐約之星牛仔褲，口袋已經被警方翻過，雙手用棕色紙袋包著，保護可能遺留的彈藥殘留物，鼻子淌下鮮血，後腦墊著塊木板。

「我可以看一下那把槍嗎？」我對一名警探大喊，試圖讓聲音蓋過嘈雜的史特萊克電鋸。

「請便，我已經採過指紋了。」

我拿起那把史密斯威森手槍，推開滑套，檢查裡頭的子彈。槍膛是空的。我用濕毛巾輕點著死者頭上的傷口。我的停屍間管理員查克•洛芬在一旁用磨石來回磨著一把刀子。

「看見這塊黑色痕跡和槍口印痕沒？」我說。警探和一個實習醫生靠了過來。「從這裡看得很清楚。持槍的人是慣用右手的。子彈射出口在這裡，從血流的方向可以看出，他死亡時是面朝右邊躺著的。」

「我們發現他的時候的確是這樣。」警探說。空間裡瀰漫著切鋸骨頭的細粉。

「記下口徑、廠商和型號，」我說著回到原來的崗位。「找到彈殼了嗎？」

「九釐米雷明頓子彈。」

費爾丁推來另一張工作台，平行停放在附近，拿了剛才檢查火災死者時用過的布塊覆蓋。我開始測量她的大腿骨，希望能藉此推算出她的身高。她腿部的其餘部分，從膝蓋上方到腳踝的這段不見了，不過腳掌卻因為穿著靴子而得以保存。她的小手臂和雙手也已遭火吞噬。我們採集了布料碎屑，做了記錄，接著又發現一些動物毛髮。最後我們開始進行最困難的部分——

移除玻璃碎片。

「用溫水沖洗，」我對費爾丁說。「也許這樣可以讓肌肉鬆弛，又不會破壞皮膚表層。」

「簡直就像黏在鍋底的烤肉一樣。」

「你們這些傢伙，幹嘛老拿食物作比喻啊？」一個低沉、篤定的聲音傳來，是我熟悉的人。

一身防護裝扮的婷安・麥高文朝我們的工作台走來。頭罩後面的雙眼炯炯有神，有好一陣子我們就這麼四目對望著。我一點都不訝異菸酒槍械管制局會派火災調查員來旁觀驗屍工作，只是沒料到來的會是麥高文。

「華倫登那邊的工作進行得如何了？」我問她。

「還在忙，」她說。「我們沒找到史帕克的屍體。既然他沒死，應該是好現象吧。」

「真俏皮。」費爾丁說。

麥高文站在我對面，距離工作台遠遠的，顯示她參觀驗屍工作的次數不多。

「妳在做什麼？」她看我拿起水管，問說。

「我們打算用溫水沖刷皮膚和玻璃之間的縫隙，希望可以把玻璃沖掉，同時保持皮膚完整。」我回答。

「萬一無效呢？」

「那就麻煩大了。」費爾丁說。

「那就只好用解剖刀了。」我解釋說。

所幸不需動用解剖刀。經過幾分鐘持續沖淋溫水之後，我開始輕輕將厚玻璃碎片從死者的臉部皮膚移除，剝離時皮膚拉扯扭曲著，使得她的表情更形恐怖。費爾丁和我靜靜工作了片刻，不斷將燒焦的玻璃碎屑移到一只塑膠桶子裡。就這麼進行了大約一小時，工作完畢，屍臭越加的濃重。這可憐女人的臉顯得益發尖小且悲慘，頭部的傷痕尤其淒慘。

「老天，」麥高文趨近一步說，「我從沒見過這種怪事。」

她的下半臉部已成了白骨。光溜溜的顱骨，下巴張開，露出參差的牙齒。兩邊耳朵幾乎全毀，然而眼睛以上的皮膚雖然燒焦，卻保存得非常完整，可以清楚看見沿著髮線的血跡。額頭完好，只是由於受到輕微的玻璃擦傷而不再光滑平整。不管原本是否有皺紋，現在也都看不到了。

「我想不出這是什麼東西，」費爾丁檢查著跟毛髮混雜在一起的物質。「到處都是，連頭皮裡都有。」

有些看起來像是焚燒過的紙片，另外一些小碎片則保存得相當完整，而且有著螢光粉紅亮澤。我用解剖刀刮下一些來放進紙盒裡。

「這要交給實驗室去化驗。」我對麥高文說。

「絕對要的，」她說。

那些毛髮有十八又四分之三吋長，我保存了一小束，以備和死者生前遺留的採樣做DNA比對。

「如果追蹤的結果發現她是失蹤人口，」我對麥高文說。「那麼你們應該可以找到她的牙刷，上頭也許有口腔細胞。這些細胞分布在口腔四周，可以用來做DNA比對，如果有髮梳也可以。」

她記了下來。我把手術燈移近左太陽穴一帶，用放大鏡仔細觀察可能有出血現象、沒被火燒毀的肌肉組織。

「這裡似乎有傷口，」我說。「不是皮膚龜裂或者火燒造成的，可能是割傷，傷口裡頭還殘留著發亮的碎屑。」

「會不會是一氧化碳中毒時倒下，頭部撞上了什麼堅硬物體？」麥高文提出一般人常有的疑問。

「那麼這物體一定非常尖銳。」我說著開始拍照。

「我來瞧瞧，」費爾丁說。我把放大鏡遞給他。「看不見切口邊緣有撕裂或者粗糙現象，」他瞇著眼睛指出。

「沒錯，不是裂傷，」我贊同的說，「看起來比較像是用某種尖銳工具刺傷的。」

他把放大鏡還給我。我用塑膠鑷子輕輕的夾出傷口裡的閃亮碎屑，拿它在一塊乾淨的棉布上甩動。然後我移到附近桌上的解剖顯微鏡，將棉布放置在鏡台上，並且把光源挪成可以反射亮屑的角度。我從顯微鏡裡觀看那些細屑，邊移動布塊作細微的調整。

我在光圈裡頭看見的是許多銀色片段，有著類似金屬刨屑的細條紋和扁平表面，就像用車床旋轉加工出來的效果。我將寶麗萊自動相機裝在顯微鏡頭上，拍了幾張高解析度彩色照片。

「你們看看。」我說。

費爾丁和麥高文先後彎身望著顯微鏡頭。

「你們看過這東西嗎？」我問。

我撕開寶麗萊照片膠膜，檢查顯影效果。

「這讓我想起聖誕節的裝飾金箔，舊了而且皺掉的。」費爾丁說。

「這就是割傷她的工具。」麥高文只說了句。

「我想應該是。」我贊同的說。

我移開鏡台上的白色棉布，拿幾團棉球固定住那些金屬刨屑，用一只金屬證物盒密封起來。

「這也需要實驗室化驗。」我對麥高文說。

「得花多久時間？」麥高文說。「如果有困難，可以交給我們在洛克維爾的化驗室去做。」

「不會有問題的，」我望著費爾丁說。「在這裡就可以完成。」

「好的，」他說。「我盡快去辦。」

我切開頸部皮膚，從舌頭開始檢查裡頭的器官和肌肉是否有損傷。我把舌頭取下時，麥高文在一旁極度冷靜的觀看。這類嚴酷的場面足以用來區分出強者與弱者。

「沒有異狀，」我說著把舌頭沖洗乾淨，並拿毛巾擦乾。「沒有被緊勒脖子時會出現的咬痕，也沒有其他傷痕。」

我探頭看氣管的光滑內壁，沒發現有黑煙，表示她在火焰燒向她之前就斷氣了。不過我也發現了血跡，加深死前遭到謀殺的可能性。

「又是死前創傷。」我說。

「也許是她死後有東西落在她身上。」麥高文說。

「不太像是這種情況。」

我把傷痕記錄在圖表上，然後作了口錄。

「氣管裡的血跡表示，當她遭遇外傷的時候，她有吸氣——或者吐氣現象，」我解釋著。「很明顯的，這表示當時她還在呼吸。」

「什麼外傷？」她問。

「穿刺傷痕。喉嚨曾經遭到刺傷或割傷，顱骨底部、肺部和頸部都沒發現有明顯挫傷或骨折。她的舌骨沒有骨折，大角和骨體有融合現象，表示她的年紀也許在二十歲以上，而且應該不是遭人勒斃或者用繩索縊死。」

我繼續做口錄。

「下巴以下的皮膚和表層肌肉已經燒乾，」我對著夾在領口的麥克風說。「氣管末梢和主氣管、左右支氣管和小支氣管的血液有熱凝結現象。食道有出血現象。」

我劃出Y形切口，揭開脫水、嚴重燒毀的腹腔，接著的驗屍過程和平時並無不同。儘管器官都已烤焦，仍然維持著正常形狀，而生殖器官也顯示死者為女性。她的胃部有出血現象，胃袋空而緊縮，表示她沒怎麼進食。此外，我沒發現有任何新舊傷痕。

身高無法確定，不過可以參考洛德葛雷塞回歸公式表，用大腿骨長度找出受害者的身高。我走到附近的辦公桌坐下，在貝茲人體骨骼表裡搜尋，找到了美國白種女性欄。以五十．二公分，亦即大約二十吋的大腿骨來說，推算出的身高是五呎十吋。

體重就難了，因為沒有圖表或者科學公式可供參考。事實上，我們比較常用遺留衣物的尺寸來推測死者的體重。本案中，受害者穿的是八號牛仔褲。根據我手上的資料，我估計她的體重大約在一百二十到一百三十磅之間。

「換句話說，」我對麥高文說。「她的身材相當瘦長。此外我們還知道她有一頭金色長髮，外表或許很性感，喜歡馬，在史帕克農場那場大火發生之前已經死亡。我們也知道她的上頸部在生前曾經受傷，左太陽穴這一帶也遭人刺傷。」我指著說。「至於是怎麼發生的，我也不知道。」

我站了起來，開始整理文件資料，麥高文在一旁看著我，思索著什麼。她摘下頭罩和口罩，脫掉實驗袍。

「如果她有吸毒，妳應該看得出來吧？」她問我。這時電話響起。

「毒物測試當然可以告訴我們她是否有吸毒習慣，」我說。「她的肺部也可能會有滑石粉之類的切削劑等異物所形成的結晶或者肉芽腫瘤，以及用來過濾雜質的棉布纖維。可惜的是，那些可能發現注射針孔痕跡的部位幾乎都燒光了。」

「腦部呢？經常性的服毒是否會導致明顯的腦部損傷？例如她會不會逐漸有嚴重的精神困擾，甚至精神錯亂？因為史帕克說過她似乎有些精神異常，」麥高文接著說，「也許她有情緒低落，或者憂鬱的問題？妳看得出來嗎？」

此時頭蓋骨已經打開，被火燒炙過、橡皮似的腦子已經切片，放置在切割板上。

「首先，」我回答。「由於大腦已經燒毀，無法觀察死後現象。不過就算沒有燒毀，試圖以組織型態來推斷某種特殊精神症狀，對大部分案子而言都只是理論性的。例如腦迴有擴張現象，加上灰質由於萎縮而減少，或許可以成為一種參考依據，如果我們知道她健康時的大腦重量的話，也許可以判斷。她的大腦重量比以前少了一百克，很可能是罹患了某種精神疾病所導致。然而除非她的腦部曾經受損，或者有舊傷足以顯示她有精神疾病，否則我給妳的答案是，不行，我無法判斷。」

麥高文沉默下來，我的嚴峻和不友善態度顯然令她有些茫然。儘管我很清楚自己待她是苛刻了點，但就是改不了。我回頭尋找洛芬，發現他正在一號水槽那裡，拿針線縫著受害者身上的Y形切口。我向他作了個手勢要他過來。他距離三十歲還有大段差距，過去他所接受的訓練主要是在手術室和殯儀館。

「查克，請你把這裡的工作完成，然後將她送回冷凍室。」我對他說。

「好的，醫生。」

他回到水槽邊去完成手邊的工作。我拉掉手套，連同口罩丟進驗屍室裡隨處可見的紅色生物廢棄物處理桶裡。

「到我辦公室去喝杯咖啡吧，」我對麥高文說，試圖表現一點文明人的禮貌。「也好繼續討論這案子。」

我們進了更衣室，用消毒肥皂清潔身體，然後穿上衣服。我有些問題要問麥高文。此外我對她也很好奇。

「回到剛才關於毒物引起精神錯亂的話題，」我們通過走廊時麥高文說。「吸毒的人往往很自虐，對吧？」

「有些是這樣。」

「他們經常死於意外或者自殺。回到我們的老問題上，」她說。「這會不會就是發生在她身上的狀況？也許她在精神失常的情況下企圖自殺？」

「我只知道她的傷口是在生前造成的。」我再度指出。

「可是當時她如果神智不清，是有可能自虐的，」麥高文說。「我們見過太多精神病患自殘的案例了。」

這是事實。我處理過許多自己割斷喉嚨、刺穿胸腔、砍斷四肢、對著性器官開槍，以及走進河裡溺斃的案子，至於跳樓自殺就更不用說了。人們自我傷害的方式層出不窮，每當我自以為見識多矣，不久又有新的可怖招數祭出。

我打開我的辦公室門鎖時電話正響個不停，我及時拿起話筒。

「我是史卡佩塔。」我說。

「有部分結果出來了，」毒物分析專家提姆•庫柏說。「酒精、甲醇、異丙醇、丙酮的測試值都是零，一氧化碳含量低於百分之七。我會繼續測試其他項目。」

「謝謝，你幫了大忙。」我說。

我掛斷電話，望著麥高文，將庫柏說的結果告訴了她。

「火災還沒發生她就死了，」我說。「她的死亡原因是頸部嚴重穿刺以致吸入血液進而導致失血和窒息。照理說，我應該等到進一步調查以後再確認死因的，可是我認為這案子必須以凶殺案來看待。目前最要緊的是確認她的身分，這方面我會盡力協助。」

「有沒有可能是，這個女人放火燒了那個農場，在火焰上身以前割了自己的喉嚨？」她說，火氣有些上升。

我沒答腔，在一旁桌上給咖啡機添加咖啡粉。

「妳不覺得謀殺太沉重了嗎？」她又說。

我注入礦泉水，按下開關鈕。

「凱，沒人樂意聽見凶殺案，」她說。「因為坎尼斯•史帕克的名氣，還有這麼一來可能掀起的波瀾。希望妳明白，妳這是在以卵擊石。」

「菸酒槍械管制局也畏懼他嗎？」我說著在我那散亂著大疊公文的辦公桌前和她面對面坐下。

「聽著，我不管他是誰，」她說。「我只想盡力做好份內的工作。至於政治遊戲，不是我該在這裡討論的。」

然而此刻我腦裡想的不是史帕克或媒體。我在想這案子裡頭令我困惑的成分，有如無底洞似的深不可測。

「妳的手下會在火災現場待多久？」我問她。

「到明天。頂多待兩天，」她說。「史帕克已經把他房子裡的物品清單交給我們和保險公司，單是那些古董家具和舊原木地板和壁板所提供的可燃物數量就夠驚人的了。」

「主浴室呢？」我問。「假設那裡是起火點的話。」

她猶豫片刻。「很顯然這正是問題的癥結。」

「沒錯。假設並沒有用到助燃劑，至少我們沒發現有石油蒸餾油，那麼火災到底是怎麼引燃的？」

「一群人想破了頭，」她挫折的說。「我也是。當我試圖推測那間浴室發生閃燃（譯註：Flashover，指火場因高溫達到多數材料之引燃點而產生瞬間爆發現象）需要多少燃料的時候，發現那裡頭根本沒有燃料可用。根據史帕克的說法，那裡面只有腳踏墊和一些毛巾，櫃子和盥洗配件都是訂製的霧面鋼。淋浴間有一扇玻璃門，窗戶裝有薄紗窗帘。」

她停頓下來，咖啡機咕嚕作響。

「該怎麼計算？」她繼續說。「一間十呎寬十五呎長的房間需要五、六百瓩的能量吧？很顯然還有許多別的變數，例如當時門口氣流的強弱……」

「其他房間呢？妳剛才說可燃物數量很大，對吧？」

「我們只在乎一個房間，凱，就是起火點所在的那個房間。若非起火點，所謂可燃物量的多少根本沒有意義。」

「原來如此。」

「我知道浴室天花板燒掉一個大洞，我也知道這火焰竄得有多高，以及這樣的快速燃燒需要多少瓩的能量，一塊腳踏墊、幾條毛巾和窗帘絕不可能引起這樣一場大火。」

我知道她的仔細推算只是純粹的數學，我也絲毫不懷疑她所說的，但這不重要，因為我的問題依然沒有獲得解答。我有充分理由相信這是一樁謀殺案，而且當房子起火的時候，受害者的遺體已經躺在那間以大理石地板、大鏡子和鋼製配件等不燃物裝潢的主浴室裡了。

「那扇打開的天窗呢？」我問麥高文，「符合妳的理論嗎？」

「也許吧。因為我說過了，火焰必定竄得很高，足以讓天窗的玻璃碎裂，然後熱氣便像衝出煙囪那樣從那個開口衝出去。每一場火災都有其獨特的個性，不過某些行為是固定不變的，由於物理定律的緣故。」

「我了解。」

「火災有四個階段，」她繼續說，當我不懂似的。「第一階段是煙流，就是起火時升起的熱氣、火焰和煙霧混合體。假設這案子的引燃物是浴室的腳踏墊，很可能就是這種情況。熱氣升得越高，溫度就變得越冷，濃度則越高。這些氣體和其他附帶的燃燒作用混合，產生的熱氣開始下降，同樣的循環不斷重複，使得整個空間水平的分布著亂流煙霧。接下來，這片熱煙層會逐漸下沉，直到找到一個通風口——就這個案子來說，也許就是浴室門口。接著煙霧層會衝出通風口，新鮮空氣則流進來。如果氧氣充足，天花板的溫度很可能超過攝氏六百度，甚至發生爆炸，也就是閃燃，接著到達全盛期。」

「在浴室裡到達全盛期。」我說。

「然後往其他氧氣充足、裡頭有足夠把整座屋子燒光的可燃物量的房間蔓延，」她回答，「所以令我困惑的不是火勢蔓延的迅速，而是究竟是怎麼起火的。我說過，光是浴室裡的腳踏墊和窗帘絕對不夠，肯定還有別的引燃物。」

「也許有，」我說著起身去倒咖啡。「妳的要加什麼？」我問。

「奶精跟糖。」

她的視線隨著我移動。

「拜託別加那些人工的東西。」

我喝著黑咖啡，將馬克杯擱在桌上。這時麥高文開始打量我的辦公室。這間辦公室當然比我原來在第十四街和富蘭克林街口的舊辦公室要明亮新穎許多，可是空間仍然不夠用。更糟的是，他們好意將我安排在高級主管的透明玻璃辦公空間裡，可是所有了解醫生的人都知道，我們需要的是隱密性和書架，而不是可以俯瞰停車場和彼得斯堡高速公路的防彈玻璃窗。我的數百本關於醫學、法律和法醫科學的報告和期刊，還有大量書籍全部混雜在一起，有些書櫃甚至擠了兩排書。我的秘書蘿絲經常聽見我因找不到急用的參考書而咒罵個不停。

「婷安，」我啜著咖啡說，「我想藉這機會謝謝妳照顧露西。」

「露西很懂得照顧自己。」她說。

「有時候並非如此。」

我勉強露出微笑，表現出風度，藉此隱藏內心那股莫名的忌妒。

「妳說得沒錯，」我說。「她最近表現得相當出色，費城似乎很適合她。」

麥高文注意著我的一言一語，我認為她對我的了解或許相當深刻。

「凱，無論我怎麼幫她，」她說。「她的路都不可能好走的。」

她旋轉著馬克杯，像準備品嚐美酒那樣。

「我是她的上司，不是她母親。」麥高文說。

這話讓我起了極大反感。我粗魯的拿起電話，要蘿絲替我擋掉所有來電，然後起身去把門關上。

「我也認為她調到妳的分局去絕不是因為她需要一個代理母親，」我回到有如一堵屏障橫在我們之間的辦公桌前，冷冷的說，「別的不說，露西的專業幾乎無人能及。」

麥高文抬起手來制止我。

「當然，」她辯駁著說，「她非常專業，只是我不敢打包票。她是個大人了，不過她也有不少障礙。她的調查局背景會被某些人拿來製造話題，說她心態可能有問題，還有從來沒獨立偵辦過案子。」

「這些流言持續不了太久的。」我說。我發現自己很難客觀的和她談論我外甥女的事。

「噢，會持續很久的，得等到她登上直升機或者設計出能夠趕往現場移除炸彈的機器人才結束，」她斷然說。「或者在所有人拿計算機悶頭苦思的時候用心算解出Q點方程式的答案。」

Q點是一種數學方程式和科學計算法，調查人員常用來評估在火災現場所觀察到、或者根據證人所指稱的各種物理和化學現象。我不確定露西能夠靠著心算這種艱難的數學公式而交到朋友。

「婷安，」我和緩的說。「露西聰穎過人，但這不見得是好事。事實上，天才和智障從某種角度來看都同樣是一種殘障。」

「當然，我在這方面的體會大概不是妳所能想像的。」

「妳能夠了解，就再好不過了。」我說，彷彿是把關照露西前途的接力棒交給了她。

「也希望妳能了解，她現在和將來所受的待遇都不會和任何人有所不同。其他探員對她的態度也不會有所改變，包括關於她為何離開調查局的謠傳，以及關於她私生活的傳言。」她坦率的說。

我久久注視著她，心想她對露西的了解不知有多少。除非調查局有人向她做過關於露西背景的簡報，否則我實在想不出她有任何管道可以得知露西和嘉莉•葛里珊以往的關係，以及嘉莉一旦被捕並出庭受審時這段關係可能引發的影響力。想到這裡，原本黯淡的一天又蒙上一層陰影，我不自然的沉默態度使得麥高文急於打破僵局。

「我有一個兒子，」她凝視著咖啡，輕聲說。「我知道把孩子養大然後突然失去他們是什麼滋味。翅膀硬了，忙著跟朋友廝混、講電話。」

「露西早就長大了，」我迅速回了句，我不希望她同情我。「她也從來不曾和我住過，我是說真正住在一起。她一直都很忙。」

麥高文只微笑著站了起來。

「我該走了，」她說。「我得去查看一下他們的工作進度。」

6

下午四點鐘，我的助理們還在驗屍室裡忙著。我繞過去找查克，看見他和兩名實習醫生正在處理火災受害者的遺體，用塑膠壓舌板盡可能的將肌肉刮除，因為堅硬的材質可能會傷害骨頭。

查克刮著骨頭上的肉屑，手術帽和口罩底下的臉孔冒著汗，臉罩後面的褐色眼睛有些無神。他是個高瘦的年輕人，一頭金褐色短髮無論用多少髮膠也不能讓它們聽話。他有股稚氣的魅力。儘管已經在這裡工作了一年，對我的畏懼絲毫未減。

「查克，」我說，探視著他手上進行著的相當艱辛的驗屍手續。

「什麼事，醫生？」

他停止削刮的動作，抬頭畏怯的望著我。隨著屍體離開冷凍櫃的時間漸久，腐壞速度加快，屍臭味也越加濃烈起來。我對接下來的工作一點都不抱期待。

「我想確認一下，」我對洛芬說。他的身高讓他微微駝著背，每次跟人說話總像烏龜似的伸長脖子。「我們那些舊鍋子哪裡去了？」

「好像都丟掉了。」他說。

「唔，也該丟了，」我對他說。「這表示你跟我必須上街購物了。」

「現在？」

「是的。」

他一點時間也不浪費的衝進男性更衣室去脫下髒臭的工作服，花了好長的一段時間淋浴、沖洗頭髮。我們在走廊會合時，他身上還冒著蒸氣，臉頰由於使勁搓洗而泛粉紅。我把一組汽車鑰匙交給他。那輛深紅色雪佛蘭Tahoe公務車就停在大樓入口處，我爬進前座椅，讓洛芬負責開車。

「我們到柯爾餐具用品店去吧，」他啟動引擎時我說，「在布洛街。巴罕街以西過兩條街。先上六十四號公路，在西布洛街出口下公路，到時候我會告訴你怎麼走。」

他按下放在遮陽板上的遙控器鈕，車庫門搖晃著往上捲起，久違了的陽光流洩進來。交通顛峰時間才剛開始，還會持續個半小時左右。洛芬像個老婦人似的謹慎開車，戴著深色眼鏡，身體前傾，車速保持在低於最高速限五哩的車速。

「你可以稍微開快一點，」我溫和的告訴他。「那家店五點就關門了，我們必須加快速度。」

他用力踩油門，車子猛的往前衝。不久他慌張的在煙灰缸裡摸索著代幣。

「我可以問妳一個問題嗎，史卡佩塔醫生？」他說。

「請問，不必客氣。」

「我覺得很奇怪。」

他瞥了下後照鏡。

「別緊張。」

「妳知道，我的見識也不算少，包括以前在醫院和葬儀社的那些經驗，」他神經質的說，「妳知道嗎？那些對我都不算什麼。」

他在一家免下車披薩店門前減速，將一枚代幣丟進投幣口裡。紅色條紋橫杆搖起，我們開了過去，同時有許多車子逆向離去。洛芬把車窗搖下。

「你被目前工作中見到的東西嚇到是很正常的。」我替他把話說完，至少我以為他是這個意思。

然而他想告訴我的不是這個。

「妳知道，通常我都是第一個到達辦公室，」他說，兩眼直盯著前方開車。「一大早的電話都是我接的，事情也都是我替妳料理的，對吧？因為辦公室裡只有我一個人。」

我點點頭，不懂他到底想說什麼。

「事情大概是從兩個月前開始的，那時候我們還在舊大樓。我經常在清晨六點半左右接到電話，就在剛進辦公室的時候，可是我拿起話筒，沒有聲音。」

「時常發生嗎?」我問。

「大約每週三次。有時候每天都有,現在還有。」

我開始警覺到事情的嚴重性。

「我們搬到新大樓以後還有?」我又問。

「當然了,我們的電話號碼又沒變,」他提醒我。「一直到現在都還經常發生呢,醫生。今天早上又來了,我心裡開始有點毛毛的。我在想我們是不是該做電話追蹤,好查清楚到底怎麼回事。」

「把你接電話的過程詳細告訴我,」我說。這時車子以最高速限沿著公路行駛。

「我說『這裡是停屍間』,」他說。「對方沒有回應,好安靜,幾乎像是電話斷了線。於是我又『喂?』了幾聲,然後才掛斷。我知道有人,我感覺得到。」

「你為什麼現在才說?」

「我想先確定我有沒有反應過度,說不定是我的幻覺,因為一大早待在那裡面真的很恐怖,天還沒亮,週遭沒半個人影。」

「你說是從兩個月前開始的?」

「大概是,」他回答說,「接到最初幾通的時候我沒怎麼在意。」

我很生氣他直到現在才告訴我,但再追究也沒什麼意義了。

「我會向馬里諾隊長報告這件事，」我說。「如果你再接到這類電話一定要盡快告訴我，好嗎，查克？」

他點了點頭，握著方向盤的手指關節泛白。

「過了下個十字路口，開始留意一棟淡棕色大樓。在左邊的九千號街區，喬派披薩隔壁。」

柯爾餐具用品店只剩十五分鐘就要關門了，停車場除了我們只有另外兩輛車子。洛芬和我下了車，走進店內。裡頭冷氣大開，開闊的空間羅列著一排排高達天花板的金屬層架，上面陳列著長柄杓、湯匙、自助餐台保溫設備、大型咖啡機和食物攪拌器等餐廳營業用具。我很快找到我的目標——鍋具區，在店的中央一帶，靠近燉鍋和量杯貨架。

我正逐一舉起那些鋁製大平底鍋和深鍋來看，一個店員突然冒出頭來。禿頭、凸肚，右手臂有裸女玩紙牌的刺青。

「需要幫忙嗎？」他對洛芬說。

「我需要你們店裡最大型的鍋子。」我說。

「那是四十夸脫容量的。」

他伸手往最高的層架拿下一只巨大的鍋子，然後交給洛芬。

「我需要鍋蓋。」我說。

「必須叫貨才有。」

「你們有沒有長方形的大鍋子？」我說，腦裡想著長形骨頭。

「有二十夸脫的方形平底鍋。」

他到另一個貨架去鏗鏗鏘鏘找出一只可能是用來搗馬鈴薯和蔬菜，或者烤水果餅的平底鍋。

「這鍋子大概也沒有蓋子吧，」我說。

「有啊。」

他從不同尺寸的鍋蓋堆中抽出一個來。

「這個鍋蓋上有專門用來放木杓的凹槽。妳應該也需要一支木杓吧？」

「不了，謝謝你，」我說。「我需要可以攪拌的工具，但是不要木頭製或塑膠製，還要隔熱手套，兩雙。還有什麼？」

我望著洛芬思索。

「也許我們還需要一只二十夸脫的深鍋，用來煮小一點的東西？」我說。

「好主意，」他說。「這個大鍋子裝滿水的話一定很重，而且比較小的東西也不需要用到它。不過這次我們非得用這只大的不可，其他鍋子都不合適。」

店員聽著我們含糊的對話，一臉困惑。

「不如你告訴我你們打算煮什麼，也許我可以給一點建議。」他說，還是對著洛芬。

「各種東西都有，」我回答。「主要是用來煮沸的。」

「噢，原來如此，」他說，其實還是不懂。「還需要別的嗎？」

「這樣就可以了。」我微笑著說。

到櫃檯結算，總共是一百七十七元。我拿出皮夾，翻找著萬事達卡。

「你們有沒有提供州政府員工折扣呢？」他接過我的信用卡時我問。

「沒有，」他揉著他的雙下巴，皺眉凝視著我的信用卡。「妳的名字好像曾經在新聞裡出現過。」

他狐疑的打量我。

「有可能。」

他扳弄著手指。

「妳幾年前競選過參議員，還是副州長？」他雀躍的說。

「沒有，」我回答，「我很少沾染政治。」

「我們兩個是一國的，」洛芬和我提著袋子走出店門時他大聲喊著。「那些人全是騙子，沒一個例外！」

回到停屍間，我指示洛芬將冷凍櫃裡那具火災受害者的遺骸移出來，連同新買的鍋子推到分解室。然後我回辦公室去聽電話留言。大部分是記者打來的。直到蘿絲出現在我們兩人相通的辦公室門口，我才察覺自己在猛扯著頭髮。

「妳今天過得不太順的樣子。」她說。

「還不是老樣子。」

「要不要喝杯肉桂茶？」

「謝了，」我說。「別麻煩。」

蘿絲把一疊死亡證明書放到我桌上，也不理會我桌上已經堆積著處理不完的公文。她身上一件俐落的海軍藍套裝，搭配淡紫色上衣，腳上依然是便於行走的黑色繫帶皮鞋。

蘿絲已經過了退休年齡，儘管她那上了淡妝的貴族氣臉龐絲毫不顯老，只是她的頭髮逐漸稀薄而且幾乎全白了，手指、腰和臀部飽受關節炎之苦，使得她越來越經不起久坐在辦公室裡，再不能像以往那樣照拂我。

「快要六點了。」她溫柔望著我說。

我抬頭看時鐘，準備開始簽公文。

「我得去參加教堂的餐會。」她禮貌的讓我知道。

「真好，」我說，皺眉讀著公文。「該死，我不知告訴過卡麥可醫生多少次了，心跳停止不能拿來當作死亡原因。真是的，誰不是死於心跳停止呢?死了，心跳當然也停了，不是嗎?呼吸停止他也照用不誤，不管我在他的死亡證明書上修改過多少次。」

我氣惱的嘆氣。

「他在海利法郡擔任法醫多少年了?」我繼續發牢騷。「起碼有二十五年吧?」

「史卡佩塔醫生，別忘了他是個產科醫生，而且是老醫生，」蘿絲提醒我說。「一個老好人，只是有點跟不上潮流。他到現在還在用那台舊皇家牌手動打字機打報告，有花體字的那種。還有我之所以向妳提起教堂餐會，是因為我必須在十分鐘之內趕過去。」

她隔著老花眼鏡注視著我，猶豫了會兒。

「不過如果妳希望我留下也可以。」她加了句。

「我還得忙一陣子，」我對她說。「再怎麼說我也不能礙了妳的教堂餐會，不管是妳的或是誰的，我虧欠上帝已經夠多了。」

「那麼，再見了，」蘿絲說。「口錄資料在妳的收件籃裡。明天見了。」

她的腳步聲消失在走廊裡之後，我立即被一片死寂包圍，唯一的動靜是我翻動紙張的窸窣聲。我好幾次想起班頓，努力斥退想要打電話給他的衝動，因為我還沒準備好放鬆自己，也可能只是還不想讓自己意識到人性。畢竟，當一個人正準備用大湯鍋子煮沸人的遺骸時，是很難感覺自己是有情感的平凡人。七點剛過幾分鐘，我通過走廊走到位在冷藏室對面過去第二間的分解室。

我打開門鎖，走進這間有著冷凍櫃和特殊通風裝置的小驗屍室。那具遺骸在一張移動式工作台上，蓋著布塊，那只新的四十夸特鍋子已經裝滿水，擱置在化學排煙櫃下方的電爐上。我戴上口罩和手套，打開電爐調到低溫，以免破壞骨頭的完整。然後我倒了兩匙洗衣粉和一杯漂白水進去。這是為了讓黏膜組織、軟骨和脂肪能夠加速軟化。

我掀開布罩，底下露出已經刮除了大部分肌肉組織的骨骸，四肢萎縮得有如焦黑的木棍。我輕輕將大腿骨和脛骨放入鍋內，接著是盆骨和部分顱骨。水漸熱時，我又加入脊椎骨和肋骨，一股刺鼻的蒸氣開始升騰開來。我必須看見她的骨頭光禿的原貌，因為上頭或許有值得重視的線索，而除了沸煮以外實在沒有別的辦法了。

我坐在那裡等候，看排煙櫃發出巨響，將蒸氣往上吸。我在椅子裡不安扭動。我好累，覺得心乾涸了，又孤單。水滾沸著，那個疑似被人謀殺的女人的遺骸逐漸在鍋子裡解體，彷彿是對她的又一次屈辱與輕蔑。

「老天啊，」我輕喊，好像上天真的聽得見似的。「請保佑她的靈魂。」

我無法想像自己變成一堆骨頭，放在鍋裡烹煮是什麼感覺。我越想越沮喪。這個女人曾經被人愛過，在她被殘酷的剝奪了軀殼和身分以前曾經擁有屬於自己的人生。過去我曾經努力的想要驅除內心的恨意，但如今已經太遲了。我恨透了那些以掠奪、凌虐生靈為樂的邪惡變態狂，這是事實。死刑讓我感到不安，這也是事實，但只是因為它會令我再度想起那些喪心病狂的謀殺案件和早被眾人遺忘的受害者。

潮濕炙熱的蒸氣上揚，空氣中充滿令人作嘔的氣味。骨頭煮沸得越久，味道也漸漸淡去。我想像一個高挑的金髮女人，身穿牛仔褲和繫帶靴子，後褲袋裡一枚白金戒指。由於她的雙手已被燒光，或許我再也無從得知那枚戒指是否適合她的手指配戴，不過我認為那不是她的。費爾丁也許說對了，那是男人的戒指。這事我還得去向史帕克求證。

我想起她身上的傷口，試著在腦中推演她受傷的過程，以及她會衣著整齊躺在浴室裡的原因。如果這裡的確是起火點的所在，也實在太詭異且令人費解了。她並未脫去牛仔褲，因為我檢查拉鍊時它是拉上的，當然她的臀部也受著保護。根據燒焦的合成纖維衣料熔入她皮膚的情況看來，我也沒有理由懷疑她的胸部是曝露在外的。種種證據並非完全排除性侵害的可能性，不過機會不大。

我正透過煙霧查看骨頭的狀況，電話突然響起，嚇我一跳。起初我以為是某家葬儀社準備前來運送遺體的，但我立刻發現電話上閃動的線路是屬於驗屍間的。我不能不聯想起洛芬所說的他清晨接到的奇怪電話。我走了過去，預期對方會靜悄無聲。

「喂，」我簡短應了聲。

「老天，妳在拉肚子啊？」是馬里諾。

「噢，」我鬆了口氣。「抱歉，我以為是哪個惡作劇的。」

「什麼意思，惡作劇？」

「等會兒告訴你，」我說。「怎麼了？」

「我正在樓下停車場，想上去找妳。」

「我立刻下去。」

老實說，我非常高興有人來和我作伴。我匆匆趕向大樓入口的停車庫，按了牆上的開關鈕。巨大的車庫門往上捲起，馬里諾鑽了進來，黑寂夜色中塗佈著霧濛的鈉燈光點。我這才發現天空已是烏雲罩頂，免不了又是一場大雨。

「妳怎麼還在加班？」馬里諾吸著香菸，粗聲問。

「我的辦公室是禁菸的。」我提醒他。

「這大樓似乎人人都擔心二手菸。」

「我們還想多活幾年。」我說。

他把菸蒂往水泥地一丟，粗魯的用腳踩熄，好像這是我第一次警告他似的。事實上，這已經成為我們之間鞏固情感的一種奇特行為模式了。要是有一天我停止了嘮叨，相信馬里諾反而會渾身不自在。

「你可以跟我一起到分解室去，」我說著關上車庫門。「我正在忙。」

「早知道就不來了，」他抱怨著說。「跟妳在電話裡討論就好了。」

「別擔心，沒那麼可怕，只是在煮幾根骨頭罷了。」

「對妳來說也許沒什麼，」他說。「我可不習慣聞煮屍體的味道。」

我們進了分解室。我遞給他一個手術口罩，然後查看鍋裡的情形，並且把溫度調低五十度，以免沸水溢了出來，同時避免骨頭撞擊鍋壁或者互相碰撞。馬里諾將口罩蒙住口鼻，在後腦打了個鬆結。他瞥見一盒拋棄式手套，抽出一雙來戴上。很諷刺他竟會在意細菌侵入他的身體，因為對他的健康危害最大的其實是他的生活方式。他那身白襯衫、領帶和卡其褲浸著汗水，還有白天不知在哪裡沾上的蕃茄醬。

「有幾個有趣的消息要告訴妳，」他靠在光亮的水槽邊說。「停在坎尼斯•史帕克房子後面那輛燒毀的賓士車，我們查了車牌，結果是一輛八一年二四〇D型賓士，里程表至少轉動了兩次。車牌登記內容有點嚇人，是一位住在北卡羅來納州威明頓市的紐頓•喬伊斯醫生。電話簿裡有他的名字，可是我聯絡不上他，只有答錄機。」

「威明頓就是克萊兒•羅禮唸書的地方，距離史帕克的海灘小屋也很近。」我提醒他。

「沒錯，目前的線索的確指向那裡。」

他茫然望著電爐上滾沸的鍋子。

「她在史帕克出門的時候開著別人的車子到他家去，然後遭到了謀殺，並且被火焚屍，」他揉著太陽穴說，「告訴妳吧，這案子肯定跟這鍋東西一樣臭不可聞，醫生。我們的拼圖還少了一大塊，因為案情太詭異了。」

「威明頓一帶有沒有羅禮家的人？」我問。「她會不會有親戚在那裡？」

「我們掌握了兩份名單，姓羅禮的人當中沒有名叫克萊兒的。」他說。

「大學呢？」

「還沒往那方面去調查，」他說。我又走向鍋子去查看。「我還以為妳會去。」

「明天一早就去。」

「那……妳打算整夜待在這裡煮這鬼東西？」

「不，」我說著關掉電爐。「我要暫時把它擱著然後回家。幾點鐘了?老天，快九點了，明天一早我還得到法庭去一趟呢。」

「乾脆把這大樓炸掉。」他說。

我將分解室門上了鎖，再度打開車庫門。天空中高聳的烏雲有如漲滿帆的船隻穿越月亮，大樓四周颼颼遊蕩著淒涼的風聲。馬里諾陪我走到我的車位，從容的拿出香菸來點燃。

「我不想給妳添煩惱，」他說。「不過有件事我不能不告訴妳。」

我打開車門鎖，鑽進駕駛座。

「我不想聽。」我說。我是當真的。

「下午大約四點半的時候我接到雷克斯‧威利的電話，寫報紙專欄的那個。」他說。

「我知道這個人。」

我繫上安全帶。

「他今天接到一封匿名信，類似新聞稿的格式，信的內容不太妙。」

「怎麼說？」我說，內心緊繃起來。

「這封信應該是嘉莉‧葛里珊寄來的。她說她從寇比療養中心逃了出來，因為她被調查局誣陷，要她為不是她犯下的案子服死刑，因此她只有逃走一途。她聲稱那幾件案子發生的時候妳正跟犯罪側寫小組組長班頓‧衛斯禮有一段情，那些對她不利的所謂證據全都是你們兩人共謀捏造出來的，好讓調查局面子掛得住。」

「這封信是從哪裡寄出的？」我問，一股怒火竄起。

「曼哈頓。」

「那封信指明了收信人是雷克斯‧威利？」

「沒錯。」

「他不會理會這封信吧？」

馬里諾猶豫著。

「拜託喔，醫生，」他說。「哪個記者會把到手的新聞白白推掉呢？」

「老天！」我發動引擎，大聲怒吼。「媒體真的瘋了嗎？他們真會把一個神經錯亂的人寄來的信登在報上？」

「如果妳想看，我這裡有一份。」

他從後褲袋抽出一張摺疊好的紙張來遞給我。

「這是影本，」他解釋說。「正本已經送化驗室了，由文件鑑識組處理中。」

我雙手顫抖著打開那張紙。上頭端整的黑色字體很陌生，和不久前嘉莉寄給我的那封信中的怪異紅色字體完全不同。這封信函的用語清晰而有條理，我專注讀著，掠過她自稱遭到陷害的荒謬段落，眼睛驟然停駐在最後一長段文字。

至於特別探員露西・費里奈利，她之所以享有成功事業，完全是仰賴她那位擔任州首席法醫的阿姨，史卡佩塔醫生多年來一直在包庇她外甥女的過錯和失誤。露西和我同在匡提科受訓的時候，是她自動向我示好，而非他們即將在法庭上聲稱的那樣。我們還是情人關係的那段日子，她一手操控全局，多次要我替她掩護在「該隱」電腦系統上犯的過錯，功勞則由她一人獨攬。我發誓，我所言皆是事實。我在此請求你將這封信公諸於大眾，我不想一輩子躲躲藏藏，為了我不曾犯下的罪名而遭世人譴責。我對自由和正義的渴望全繫於人們能否看清真相，讓司法還我清白。

我讀完信，只見馬里諾靜靜抽著菸。他說，「這個人知道的不少。我敢說一定就是那臭婆娘寫的。」

「她先偽裝成神智錯亂的樣子寫信給我，接著又寫了這封完全看不出精神異常的？」我說，難過得就快哭了。「這是什麼道理，馬里諾？」

他聳了聳肩。雨點開始落下。

「我的看法是這樣的，」他說。「她是在向妳傳遞訊息。她要妳知道，她可以把所有人都要得團團轉。惹妳生氣、毀掉妳的生活是她唯一的樂趣。」

「班頓知道這件事嗎？」

「還不曉得。」

「你真的認為報社會把這封信登出來？」我又問，奢盼著這次會得到不同的回答。

「妳很清楚他們會怎麼處理。」

他把菸蒂一拋，菸屑墜落地面，濺出火花。

「事情就這樣了，當半數警察忙著四處找尋這個變態殺人狂的時候，這婆娘卻自己找上門來，」他說，「更糟的是，難說她沒有寄類似的信給其他媒體。」

「可憐的露西。」我自語著。

「是啊，可憐的我們。」馬里諾說。

7

我開車回家的途中，雨滴有如鐵釘狂瀉而下，幾乎看不清前方。我沒開收音機，因為今天我聽夠新聞了，今晚肯定又是個難熬的不眠之夜。我兩次將車速減到三十哩，讓我這輛龐大的賓士轎車像條賽船似的滑過水窪。西卡瑞街的路面坑洞水滿得像一個個木桶，在豪雨中閃爍的紅藍警告燈提醒我別莽撞。

將近十點鐘，我終於將車子駛入家門。看見車庫旁的影像感應器燈沒亮著，我心中一陣恐慌。四下一片死寂，引擎的隆隆聲響和雨聲彷彿是我和這世界僅存的聯繫。我久久考慮著究竟該打開車庫門，或者掉頭離去。

「窮緊張。」我自語著按下感應器鈕。

車庫門沒有動靜。

「可惡！」

我匆匆倒轉車頭，也沒看清楚車道、道旁磚和矮樹叢。被我掃過的那棵樹很矮小，沒有受傷。但我知道我把車子駛離門口的時候輾壞了一部分草坪。我看見屋裡的自動開關設施已經打開幾盞電燈和玄關的燈光。至於門前階梯兩旁的影像感應器燈，也同樣沒亮。我反覆告訴自己，這是因為天氣不穩造成斷路器跳脫的緣故。

我打開車門，雨水灑進車內。我抓起皮包和公事包然後衝上門前階梯。等我打開大門鎖時早已全身溼透，屋內一片寂靜，令我不停打著哆嗦。門旁按鈕上的燈光閃爍，表示防盜警鈴也故障了，也可能是電壓不穩而導致的。但這已經不重要了。我害怕極了，怕得不敢動彈，只能呆站在玄關，任由雨水滴落硬木地板，邊迅速在腦裡翻找最近一支槍的位置。

我記不得我有沒有把葛洛克手槍放回廚房餐櫃的抽屜。如果有，那裡當然比位在屋子另一端的書房或臥房近多了。風雨襲擊著四面石牆和窗戶，我凝神聆聽週遭動靜，例如樓梯嘎響或者地毯上的腳步聲之類的。在極度驚慌當中，我讓手中的公事包和錢包落在地上，迅速跑進廚房，濕滑的腳差點絆倒在地。我拉開餐櫃右邊最底部的抽屜，一把攫住那支葛洛克手槍，幾乎尖叫出聲。

我搜尋著屋內，打開每個房間的燈光，確認屋裡沒有不速之客。接著我去檢查車庫的保險絲盒，將跳開的斷路器扳回去。最後我重新設定了警報器密碼，再給自己倒了杯黑布希愛爾蘭威士忌加冰塊，讓情緒逐漸舒緩下來。之後我打了電話到華倫登的強森汽車旅館。露西不在那裡，於是我改打她在華盛頓特區的公寓，接聽的是珍奈。

「嗨，我是凱，」我說。「希望沒有把妳吵醒。」

「哈囉，史卡佩塔醫生，」珍奈說。無論我提醒她多少次，她總是不肯直稱我的名字。

「沒有，我正在喝啤酒，一邊等露西回來。」

「噢，」我失望的說。「她正從華倫登趕回去嗎？」

「她不會待太久的。妳真該看看這房子，到處堆滿紙箱，亂得可怕。」

「妳打算怎麼熬過去呢，珍奈？」

「還不知道，」她說，聲音微微顫抖。「這算是適應期吧。天曉得，以前我們也經歷過適應期的。」

「我相信妳會安然度過。」

我啜了口威士忌，對自己的說法有點缺乏信心。不過此刻能聽見溫暖的人聲，我滿懷感激。

「我剛結婚的時候——很多年前的事了——東尼和我各自為了工作奔波，」我說，「但我們還是想辦法挪出時間來給對方，重質不重量的時間。那種生活方式其實還不錯。」

「可是你們終究還是離婚了。」她禮貌的指出。

「那是後來。」

「露西至少再過一小時才會到家，史卡佩塔醫生。有什麼話需要我轉告嗎？」

我猶豫起來，不知該從何說起。

「妳那裡還好吧？」珍奈說。

「其實，不太好，」我說，「我猜妳大概還沒聽說，她大概也還不知道。」

我約略說明了嘉莉寄信給媒體的事。我說完後，珍奈靜悄悄的。

「我告訴妳是希望妳有心理準備，」我補充說，「因為妳明天可能會在報上看見這則新聞，說不定今天的夜間新聞就會報導。」

「是該先讓我知道，」珍奈的聲音弱得幾乎聽不見。「她一進門我就告訴她。」

「請她回電話給我，如果不太累的話。」

「會的。」

「晚安了，珍奈。」

「不，一點都不安，」她說。「這幾年我們的生活被那個女人攪得一團亂，狀況百出，我已經他媽的受夠了！很抱歉我說了粗話。」

「我也說過。」

「老天，當時的情況我清楚得很！」她哭泣起來。「嘉莉把她控制得死死的，露西根本毫無招架之力。天啊，那時候她只不過是個孩子啊。這個天才兒童應該在學校多待幾年，而不該跑到鬼調查局去實習的。我現在還是調查局的人，沒錯。但我看得很清楚，他們沒有善待她，才讓嘉莉更加的有機可乘。」

我的威士忌喝掉了大半，只是再多的威士忌恐怕都無法平撫我此刻的情緒。

「其實她沒有必要難過，」珍奈如此坦率的談論她的情人，我還是頭一次看見。「我不知道她告訴妳了沒。我認為她也不想那麼做，不過她已經看了兩年的心理醫生了，史卡佩塔醫生。」

「很好，我很高興聽到這消息。」我不露痕跡的說。「沒有，她沒告訴我，不過我並不驚訝。」我的語氣冷靜而客觀，內心卻絞痛著。

「她曾經企圖自殺，」珍奈說。「而且不只一次。」

「我很高興她去找人協助。」我只擠出這麼一句，淚水就快湧出。

我驚愕極了。為什麼露西不來找我呢？

「許多成就非凡的人都有過非常陰暗的歷程，」我說。「我真的很高興她採取了行動。她服了藥嗎？」

「維巴純，百憂解會讓她產生副作用，一下子沮喪，突然又快活得不得了。」

「哦。」我說不出話來。

「她不能再承受壓力和挫折了，」珍奈說。「妳不明白那是什麼感覺。每當她受到某種打擊，總是會頹喪個好幾週，情緒忽高忽低，忽低忽高，前一分鐘是陰鬱的可憐蟲，下一分鐘卻變成了太空飛鼠。」

她把手擱在話筒上，長長吁了口氣。我很想知道露西那位心理醫師的名字，但又不敢問。

我擔心我的外甥女有躁鬱症卻沒診斷出來。

「史卡佩塔醫生，我不希望她……」她硬噎起來。「我不希望她死。」

「不會的，」我說。「我可以向妳保證。」

我們結束了談話。我在床上坐了好久，卻仍然衣著整齊，由於剛才的巨大衝擊無法入睡，憤怒和傷痛讓我忍不住哭泣起來。露西比任何人更能輕易讓我傷心，這點她也清楚。她就是有本事令我痛徹心扉，而剛才珍奈所說的一席話則是前所未有的致命一擊。我想起婷安・麥高文和我在辦公室裡談話時她的追究態度，連她似乎都對露西的困境十分了解，難道露西寧願告訴她，卻不願對我說？

我等著露西的電話，但她終究沒打來。由於我一直沒和班頓聯絡，午夜時他來了電話。

「凱？」

「你聽說了嗎？」我急切的問。「關於嘉莉的事？」

「我知道她寫了信。」

「該死，班頓。真氣人。」

「我在紐約，」他說，令我又是一陣錯愕。「調查局緊急召我過來。」

「也好，這是應該的。你最了解她了。」

「我的不幸。」

「我真高興你在紐約，」我大聲說。「感覺安全多了。這麼說是不是很諷刺？紐約竟然也有安全的時候。」

「妳很煩，對吧。」

「你覺得她可能在哪裡？」我攪著玻璃杯裡溶解的冰塊。

「我們查出她最後這封信寄出地點的郵遞區號是一〇〇三六，也就是時代廣場。郵戳日期是六月十日，就在昨天，週二。」

「也就是她脫逃的同一天。」

「沒錯。」

「調查局還不知道她是怎麼逃出去的？」

「是的，我們還不清楚，」他說。「看來似乎是游泳渡河的。」

「不對，不是這樣的，」我疲倦又氣惱的說。「一定是有人協助她脫逃，她最擅長指使別人替她賣命了。」

「側寫小組的電話多得接不完，」他說。「很顯然她卯起勁來寄信，幾乎各大報紙都收到了，包括《華盛頓郵報》和《紐約時報》在內。」

「然後呢？」

「這則新聞太辛辣了，他們不會捨得放棄的，凱。緝捕她的新聞幾乎和當年大學炸彈客或者連環殺手酷納南一樣聳動，加上現在她又寫信給媒體，新聞還有得炒的，他們恐怕會連她的購物單和打嗝次數都照登不誤。對媒體來說她是寶藏，無數雜誌封面和電影劇本在等著她。」

「我不想再聽了。」我說。

「我好想妳。」

「要是此刻你在我身邊就不需要想我了，班頓。」

我們互道了晚安。我拍鬆背後的枕頭，很想再喝一杯威士忌，但想想還是算了。我猜測著嘉莉可能採取的行動，所有思路最後總是繞回露西身上。這應該是嘉莉的原動力之所在吧，因為她對露西充滿忌妒。露西比她更有天賦、更有榮譽心，各方面都比她優秀。嘉莉非等到她也擁有同樣的稟賦、耗乾露西的每一滴生命才會罷休。我越來越覺得，嘉莉甚至不需要親自出馬，所有人便已自動往她設下的陷阱裡鑽。她的吸引力實在大得驚人。

我睡得極不安穩，夢見了墜機和染血的床單。起先我在車內，後來變成在火車內，有人在追趕我。剛過六點半時我醒來，太陽高懸在晴藍的空中，草坪上的水窪亮閃閃的。我帶著葛洛克手槍進了浴室把門鎖緊，迅速沖了個澡。我關上水龍頭，傾耳聆聽警報器是否響了，又跑到臥房檢查按鍵，確認防盜系統沒有故障。這時我猛然察覺自己的行為有多麼過火、非理性，但我就是沒辦法，我害怕呀。

突然間到處都是嘉莉的影子，正在過街的那個戴著墨鏡和棒球帽的瘦女人是她；在公路收費站緊挨著我車子停車的駕駛人是她；我走過布洛街時盯著我瞧的那個裹著破舊大衣的街頭流浪女是她。任何白皮膚、蓄著龐克髮型、身材細長，或者打扮中性且怪異的人都是她。同時我不斷告訴自己，我已經超過五年不曾見過嘉莉了，我無從知道她現在的模樣，很可能根本認不出她來。

我把車停在辦公室後面的停車場，看見大樓車庫門敞開著，畢立利葬儀之家的人正以熟稔的韻律感將一具屍體抬進一輛晶亮的黑色靈車。

「天氣真好。」我向那位穿著黑色挺直套裝的職員打招呼。

「很好，妳也好。」他回答。顯然他有聽覺障礙。

另一個衣著整齊的男人下車來協助他，擔架的金屬腳架噹啷作響，車後門隨即關閉。我等他們把車開走，然後將車庫捲門關閉。

我的第一站是費爾丁的辦公室，這時還不到八點一刻。

「進行得還順利嗎？」我敲敲房門，問他。

「請進。」他說。

他正在瀏覽書架，實驗室袍的肩膀部位繃得死緊。對我這位副手來說，生活實在不是件容易的事。他很難找到合身的衣服，因為他是個細腰窄臀的男人。我還記得第一次在我的住處舉行同事聚餐，他在庭院裡晃盪，全身上下只穿著條短牛仔褲。我訝異之餘，也有點難為情自己竟然盯著他看。倒不是因為他令我想起床事，純粹是被他那粗獷的肉體之美短暫的迷住了。我無法理解他怎會有時間去將體格鍛鍊到這程度。

「我猜妳應該看到那張影本了。」他說。

「那封信。」我說，心情又低落了。

「是的。」

他從書架上抽出一本過期的《美國藥典》來放在地板上。

「封面是妳的照片和她的舊檔案照。很抱歉讓妳受這種罪，」他說著繼續找其他書籍。

「上午進來了什麼新案子？」我轉換話題。

「昨晚在密德羅申高速公路發生一樁車禍，乘客和駕駛都死了。現場檢驗由迪麥歐負責。前面辦公室的電話真是響個沒完沒了。」

此外沒別的案子。

「這就夠了，」我說。「我還得出庭作證呢。」

「我以為妳在渡假。」

「本來是啊。」

「半途被召了回來？怎麼？竟然要妳從希爾頓海岬趕回來？」

「鮑爾斯法官。」

「呃，」費爾丁作嘔似的說。「這已經是第幾次了？我覺得他是故意把開庭的日子排在妳有空的時候，存心氣死妳。還有呢？妳專程趕了回來，就為了他的案子？」

「我上報了。」我說。

「妳會害我忙死。」

他指著他辦公桌上滿坑滿谷的公文。

「我嚴重塞車，無聊到只能對著後照鏡玩。」他嘲諷的說。

「難為你了。」我說。

約翰馬歇爾法院距離我們的新辦公大樓很近，步行只需十分鐘。我心想運動對我有益。這天早晨天氣晴朗，空氣涼洌。我沿著萊伊街人行道往前走，在第九街轉向南邊，經過警察局。我把皮包揹在肩上，手臂下夾著多層式檔案夾。

我即將出庭作證的是毒販互鬥致死的普通案子。到了三樓，我很意外的看見法庭門口聚集了十幾名記者。起初我以為是蘿絲弄錯了我的行事曆，因為以往我從未遇過記者在法庭等候我的情況。

他們一見了我，立刻衝了過來，攝影機和麥克風一湧而上，鎂光燈隨著亮起。我先是錯愕，接著惱火起來。

「史卡佩塔醫生，妳怎麼回覆嘉莉・葛里珊的信？」第六頻道的一名記者問。

「不予置評。」我說著慌亂的張望，尋找著召喚我來替這案子作證的州檢察官。

「對於她指稱的共謀論點呢？」

「妳和妳的調查局男友之間的？」

「就是班頓・衛斯禮？」

「妳的外甥女有什麼反應？」

我越過一個攝影記者身邊，神經有如電線走火似的嘶嘶作響，心狂跳不止。我把自己關進狹小又沒有窗戶的證人室裡，往木椅一坐。我感覺自己像隻愚蠢的困獸，竟然遲鈍得沒料到在嘉莉寫信給媒體以後，這種情況原本就極可能發生。我打開檔案夾，開始溫習大疊報告書和圖表，在腦中勾勒槍彈射入點和射出點，以及何者為致命關鍵。我在這個密閉空間裡待了將近半小時，州檢察官終於找到了我。我們討論了幾分鐘，接著我坐上證人席。

要是沒有這次作證，剛才在走廊裡的狀況也不會發生了。不久我跳脫了自我，完全融入這樁單純的暴力案件裡頭。

「史卡佩塔醫生，」說話的是多年來一直和我處於敵對位置的辯護律師威爾・藍普金。

「妳為這法庭作證過多少次了？」

「抗議。」檢察官說。

「抗議無效。」鮑爾斯法官說。他一向支持我。

「我沒詳細計算過次數。」我回答。

「妳可以給個大概數字吧？十幾次？超過一百次？一百萬次？」

「超過一百次。」我說，感覺他殺氣騰騰。

「妳在陪審團和法官面前說的都是實話？」

藍普金緩緩踱步，紅潤的臉上浮現虔誠的表情，雙手在背後緊扣。

「我說的都是實話。」我回答。

「但是妳並不認為和調查局探員上床是不正當的，對吧，史卡佩塔醫生？」

「抗議！」檢察官站了起來。

「抗議成立，」法官咄咄瞪視著藍普金說。「請說重點，藍普金先生。」

「庭上，我想說的重點就是，利益衝突。眾所週知，史卡佩塔醫生和至少一名共事的執法人員有親密關係，而且運用對執法機關——包括調查局和菸酒槍械管制局——的影響力庇護她的外甥女。」

「抗議！」

「抗議無效。請說重點，藍普金先生。」法官拿起水杯，咕嚕猛灌幾口。

「謝謝庭上，」藍普金順從的說，「我想說明的是一套老掉牙的濫用權力的模式。」

陪審席上的四名白人和八名黑人端坐著，來回望著藍普金和我，像在觀賞網球比賽那樣。有幾個皺著眉頭，一個在剔指甲，另一個似乎快睡著了。

「史卡佩塔醫生，難道妳沒有試圖操控局面以符合妳的自身利益？」

「抗議！他企圖擾亂證人！」

「駁回，」法官說。「史卡佩塔醫生，請回答問題。」

「沒有，我絕對沒有這麼做。」我注視著陪審團，平靜的說。

藍普金從他那位十九歲的被告客戶所在的桌子拿起一張紙來。

「根據今天報上的報導，」藍普金迅速唸著。「多年來妳一直在操控執法機關……」

「庭上！抗議！這實在太不道德了！」

「駁回。」法官冷冷的說。

「這裡白紙黑字寫著，妳和調查局共謀，企圖將一個無辜的女人送上電椅！」

藍普金走向陪審團，在他們面前甩動手上的報紙影本。

「真是的，庭上！」檢察官大喊，汗濕了套裝上衣。

「藍普金先生，請開始進行交叉訊問。」鮑爾斯法官對圓胖、脖子粗短的藍普金說。

我匆匆交待了關於射擊距離、彈道，以及十釐米子彈擊中哪個重要器官以致受害者喪命等等證詞，然後迅速步下法庭階梯，低頭走了出去，幾乎忘了自己說了些什麼。兩個黏人的記者跟了我半條街，最後發現還不如去問石頭還來得快些，終於轉頭離去。我在證人席上所受的不公待遇不需贅言。嘉莉只輕輕出手，我已遍體鱗傷，我知道這場戲還有得瞧。

我回到辦公大樓，打開後門，從耀眼的陽光下走進陰涼的車庫，一時之間難以適應。我打開通往辦公室的門，在走廊裡遇見費爾丁，不禁鬆了口氣。看他穿著乾淨的工作服，我猜想大概又有新案子進來了。

「一切都還好吧？」我問，邊把太陽眼鏡塞進口袋裡。

「波瓦坦送來一個凶殺案主。十五歲女孩拿槍射自己的腦袋，因為她父親不准她和她的小男友約會。妳的臉色不太好看呢，凱。」

「這叫被鯊魚圍攻。」

「唉，這些該死的律師。這次是哪一個？」

「藍普金。」

「啊！這隻殺人鯨！」費爾丁拍拍我的肩膀。「沒事的，真的，相信我，妳會突破重圍，會熬過去的。」

「我知道，」我笑著對他說。「如果有事，我在分解室裡。」

孤獨冗長的骨頭處理工作來得正是時候，因為此刻我不希望同事們察覺我的恐懼和失意。

我打開燈光，關上房門，穿戴上手術袍和雙層乳膠手套，然後打開電爐開關，掀開鍋蓋。昨晚我離開後這些骨頭仍在繼續分解。我拿木湯匙輕輕攪動，在工作台上鋪了層塑膠布。頭骨在驗屍的階段被鋸開了，我小心翼翼從油膩的溫水裡撈起顱頂骨和帶著牙齒的顏面骨，攤在塑膠布上瀝乾。

我比較喜歡用木製而非塑膠製的壓舌板來刮除骨頭上的肌肉組織。至於金屬製品就不必考慮了，因為它可能會造成損傷，影響傷口的判定。我謹慎進行著剔除工作，同時讓其他骨頭留在沸水裡燒煮。清洗沖刷的步驟持續兩小時後，我的手腕和指頭開始發痛。我沒吃午餐，連想都沒想起。將近兩點鐘，我在頭骨的太陽穴下方，也就是之前我發現有出血現象的部位發現一處凹痕。我呆瞪著，簡直不敢相信。

我把手術燈挪近些，照亮整個工作台面。這處傷痕是直線狀，長度不超過一吋，而且非常淺，很容易就會被忽略了。我只在十九世紀遭到剝除頭皮的人們的顱骨上見過類似的傷痕，只是那些標本上的裂痕和切口大都不在太陽穴的位置。不過這並不代表什麼。

剝頭皮畢竟和精準的手術不同，任何狀況都可能發生。儘管我看不出這名華倫登的受害者有遭到剝除頭皮的跡象，但我不敢保證一定沒有。因為我最初發現她的時候，她的頭部已經不是完整無缺的。頭皮戰利品通常是整片剝下的，因此很可能連頭髮也一併割除了。

我用毛巾墊著拿起電話，因為我的手不適合碰觸任何乾淨的物品。我呼叫馬里諾，然後等他回電話等了十分鐘，邊繼續刮除工作。我沒發現別的傷痕。當然這並不意謂著沒有其他傷痕，因為二十二片頭骨當中至少有三分之一是燒焦的。我迅速思索著該怎麼做。我拉掉手套丟進垃圾桶，從皮包裡找出一本通訊錄。這時候馬里諾來了電話。

「你跑到哪裡去了？」我說，壓力讓我一肚子怨氣。

「在利柏瓦倫餐廳吃飯。」

「謝謝你這麼快回我電話。」我生氣的說。

「唉唷，醫生。妳的電波一定是在哪裡迷路了，因為我剛剛才收到呢。怎麼了？」

我聽見電話那端一片喧嘩，人們正在飲酒作樂，享用高脂肪高熱量但美味無比的食物。

「你打的是付費電話？」

「是啊，順便告訴妳一聲，我已經下班了。」

他咕嚕吞嚥著什麼，我猜是啤酒。

「我明天必須到華盛頓一趟，有新發現了。」

「唉，我最怕聽妳這麼說了。」

「我發現了新證據。」

「妳打算現在告訴我，還是要讓我整晚失眠在那裡瞎猜？」

他又喝酒了，但現在不是數落他的時候。

「說正經的，要是維西博士有空見我們，你會陪我一起去嗎？」

「史密森博物館那個玩骨頭的?」

「我們一講完電話我就打給他。」

「明天我放假,應該可以安排。」

我沒說什麼,只盯著沸滾的鍋子,然後把火調小了點。

「那就這樣吧。」馬里諾又吞下一口啤酒。

「在我家會合,」我說。「九點鐘。」

「我會準時報到。」

接著我打了維西家中的電話,只響一聲他就接聽了。

「謝謝老天!」我說。「艾力士?我是凱·史卡佩塔。」

「噢!妳好啊。」

他這人時常心不在焉,神迷於研究普羅大眾的心智活動。維西博士是全球最傑出的法庭人類學者之一,曾經給了我不少協助。

「如果你明天人在城裡我會更加的好。」我說。

「我還是跟以前一樣,在鐵道那裡工作。」

「我在頭骨上發現一處裂傷,需要你幫忙。你知道華倫登大火嗎?」

「凡是活著的人沒有不知道的吧。」

「很好，這麼說你應該很了解。」

「我十點鐘才會到那裡，而且那裡沒地方停車，」他說。「前幾天有人送來一顆豬牙齒，裡頭卡了鋁箔紙，」他恍惚談論著手上的工作，「埋在某人的後院，大概是烤豬吧。密西西比法醫還以為是命案，誰嘴裡挨了一槍。」

他突然咳起來，用力清著喉嚨，我聽見他在喝東西。

「還是經常有人送熊爪來，」他繼續說。「有些驗屍官以為那是人的手掌。」

「我知道，艾力士，」我說。「一切還是老樣子。」

8

馬里諾早上九點一刻就開車到了我家，因為他想喝咖啡和弄點吃的。今天是他的休假日，因此他一身牛仔褲、里奇蒙警局T恤和舊牛仔靴的輕鬆打扮。他把逐年稀疏的頭髮往後梳得油亮，那模樣就像正要帶女友到比利包伯牛排館打牙祭的凸肚子老單身漢。

「我們要去牛仔競技場嗎？」我開門讓他進來。

「妳老愛挑剔我，惹我生氣。」

他說著瞪了我一眼，可是我絲毫不在意，因為他不是當真的。

「就像露西常說的，你的樣子真的很酷。我有咖啡和燕麥片。」

「要我告訴妳多少次妳才記得住？我不吃鳥飼料的。」他跟著我走過客廳，邊叨唸著。

「我呢，不做又油又甜的麵包。」

「要是妳肯做的話，也不會找不到人約會了。」

「這我倒是沒想過。」

「博物館那個傢伙有沒有告訴妳在哪裡停車？華盛頓特區沒地方停車的。」

「整個地區都沒地方停嗎？總統真該想想辦法。」

我們進了廚房，窗口灑滿金黃的陽光，南邊穿過樹叢映入窗戶的則是河面的水光粼粼。昨晚我睡得安穩多了，也不知道為什麼，也許我的大腦已經由於負荷過重而麻木了。我不記得做了夢，真是萬幸。

「我還留著幾張上次為了柯林頓進城發的ＶＩＰ停車證，」馬里諾說著自己倒了咖啡。「市長辦公室給的。」

他也替我倒了一杯，把馬克杯滑到我面前，像在吧台上推啤酒杯那樣。

「我猜想，憑妳那輛賓士的派頭，也許那裡的警察會以為我們有外交豁免權或什麼的。」他說。

「我想妳也該看過那裡的情形，所有車子都裝了輪鎖。」

我切了塊罌粟籽貝果，然後打開冰箱巡視著存糧。

「我有瑞士乳酪、佛蒙特切達乳酪和燻火腿。」

我拉開另一個塑膠保鮮盒。

「還有帕馬森乳酪——這個不太合適，還有低脂乳酪。抱歉，只有這樣了。不過我有蜂蜜，如果你能接受的話。」

「有沒有甜洋蔥？」他從我背後瞄著說。

「這個有。」

「瑞士乳酪、燻火腿，再加一片甜洋蔥，正好是醫生給的減肥菜單，」馬里諾開心的說，「這才叫早餐嘛。」

「不准加奶油，」我對他說。「我不得不狠心一點，萬一你心臟病發作我才會少一點愧疚。」

「得力芥末醬就不錯了。」他說。

我塗抹著黃色辣芥末醬，然後加上燻火腿和洋蔥片，最後蓋上乳酪片。等到烤箱預熱完成，我已經餓慌了。我給自己也做了一份相同的，然後把我的燕麥片倒回罐頭裡。我們坐在廚房工作台喝哥倫比亞咖啡，吃三明治，看陽光將庭院裡的花朵染上鮮妍的色調，天空轉成湛藍。九點半我們開車上了九五號州際公路，一路小塞車到了匡提科。

當我把車子開進調查局學院和海軍陸戰隊基地入口，腦中突然閃現那段早已不再的日子，我和班頓初識時的回憶，以及我對露西加入調查局所抱持的保留態度——畢竟這個執法機構依然是胡佛時期那個講求政治正確的純男性俱樂部。只不過現在調查局的偏見和權力交易變得不那麼明目張膽了，就像在黑夜裡行進的軍隊，暗中利用各種機會攫取司法權和名聲，鞏固自己作為全國聯邦警力機構的權威地位。

此一認知讓我感到挫折，也學會了保持緘默，因為我不想傷害那些勤快工作、把心奉獻給這份他視為高貴使命工作的探員。我感覺馬里諾邊向窗外彈煙灰邊盯著我看。

「妳知道嗎，醫生，」他說。「也許妳該辭職了。」

他指的是我長久擔任的調查局法醫病理顧問的職位。

「我知道最近他們找了其他法醫，」他繼續說。「有些案子調查局找他們協助，沒找妳。面對現實吧，妳已經一年多沒來學院了，這不是沒有原因的。他們處置了露西，也不想和妳打交道了。」

「我不能辭職，」我說。「因為我並不是替他們工作，馬里諾，我是替那些需要調查局協助辦案的警察工作的，再怎麼說我也不能主動辭職。事情總會轉變的，調查局長和司法部長來來去去，也許哪天就變好了。況且你也是他們的顧問，他們還不是很久沒找你了。」

「說得也是，我跟妳是同病相憐吧。」

他把菸蒂往窗外一拋，菸屑被飛馳的車子甩得老遠。

「很討厭，對吧？到這裡來跟那些頭頭坐在會議廳裡喝啤酒。告訴妳，我很不喜歡這樣。誰嫌棄警察，警察就反過來嫌棄他們。剛開始的時候，我那些老友、孩子、雙親——他們都好高興見到我。每天我都驕傲的穿上制服，把皮鞋擦得亮亮的。二十幾年過去了，我嚐到了惡果，連向市民說早安都沒人理睬。我賣命了二十六年，他們把我升到隊長的位置，還要我負責訓練調查局的菜鳥。」

「那很可能是你最能發揮專長的位置。」我提醒他。

「是喔，但我總不能一輩子窩在那裡吧。」

他凝視著窗外飛躍而過的綠色高速公路告示牌。

「他們想讓我坐冷板凳，巴望著我早點退休或死掉。我得告訴妳，醫生，我自己也時常想著退休這件事。駕著船出海，開著旅行車上路，也許直奔西部去看看大峽谷、優勝美地、太浩湖這些名勝。可是一回到現實，我又不知該怎麼辦了，我覺得我可能會在這位子做到死。」

「還早得很，」我說。「如果你哪天退休了，馬里諾，你可以跟班頓做同樣的工作。」

「不是我謙虛，我實在不是擔任專家的料，」他說。「聯邦司法協會和ＩＢＭ才不會僱用我這種粗人，這跟我肚子裡有多少東西無關。」

我沒有反駁或表示什麼，因為他的話大致上沒錯。班頓外表英俊，舉止得體，當他現身時能引來眾人的尊敬目光，這也是他和彼德•馬里諾之間僅有的差別了。此外他們的榮譽心、熱情，以及在各自領域中的專業其實是一致的。

「好了，我們得先上三九五號公路，然後轉憲法大道，」我邊注意交通燈號，不理會周圍在我車尾催促和疾速超車的車輛，因為就算以最高速限駕駛還是不夠快的。「我可不想開得太快，結果落得塞在緬因大道動彈不得。以前我就做過這種事。」

我打開右轉信號燈。

「那是某個週五晚上，我跑來看露西。」

「被拖吊的好時機。」馬里諾說。

「只差那麼一點。」

「不會吧？」他轉頭看著我說。「妳做了什麼壞事？」

「他們把我的車困在中間，我不得不硬衝出去。」

「結果撞上了人？」

「差一點。」

「妳會把車開走嗎，醫生？我是說，如果妳真撞上了人的話？」

「就算我想逃，那人的同夥也饒不了我的，用你的靴子打賭。」

「老實告訴妳吧，」他低頭望著雙腳說。「這雙靴子根本不值錢。」

十五分鐘後，車子上了憲法大道，經過內政部大廈。華盛頓紀念碑高踞在國會草坪中央，四周搭了許多慶祝非洲藝術節的帳棚，一些小販站在小貨車車尾販賣東海岸的螃蟹和T恤，攤子之間的草坪上很令人遺憾的堆積著昨天的垃圾。每隔幾分鐘便有一輛救護車呼嘯而過。我們在這地區繞了好多圈，照例找不到停車位。只見遠處的史密森博物館像條暗紅色的龍蜷曲著。街道若非單行道，就是突然塞在半途，有些道路則是設了路障，那些可憐的通車族，就算妳硬撞他的車屁股，他都不會把車位讓給妳。」

「這樣吧，」我把車子轉入維吉尼亞大道。「我們到水門飯店泊車，然後改搭計程車。」

「有誰會願意住在這種鬼地方？」馬里諾抱怨著說。

「多得很呢。」

「歡迎光臨美國，」他繼續說。「一個被搞砸了的國家。」

水門飯店的泊車服務生非常有禮，當我把車交給他並且問他到哪裡去搭計程車的時候，他也絲毫不覺得怪異。我的珍貴器官樣本就放在後車座，用厚紙盒和許多層保麗龍墊包裝著。接近中午時，馬里諾和我在第十二街和憲法大道口下了計程車，登上擁擠的國家自然歷史博物館階梯。自從發生奧克拉荷馬大廈爆炸案以後這裡變得警衛森嚴，那名警衛告訴我們維西博士會出來帶領我們進入。

我們在樓下等待，邊瀏覽著一個名為「海底寶石」的展覽，欣賞著大西洋海菊蛤和太平洋獅爪海扇蛤，一旁牆上的鴨嘴龍頭顱俯視著我們。有裝在玻璃罐裡的海鰻、魚和螃蟹，還有三種蝸牛和從堪薩斯白堊層挖掘出來的滄龍。馬里諾正開始覺得無趣，光亮的黃銅電梯門打開，艾力士‧維西博士走了出來。從我們上次見面以來他幾乎沒什麼變，依然體態輕巧，一頭白髮，天才人物特有的灼熱雙眼永遠在某處神遊著。他的皮膚曬黑了點，似乎也多了些皺紋，仍然戴著那副黑色粗框眼鏡。

「你看起來很健康。」我們握了手，我對他說。

「我剛剛渡假回來，查爾斯頓。相信妳也去過了？」他說。三人進了電梯。

「是的，」我回答。「我和那裡的首席法醫很熟。你還記得馬里諾隊長吧？」

「當然。」

電梯升上展覽大廳中央那隻非洲叢林象上方的三層高度。孩子們的聲音如一縷縷煙絲飄上來。這所博物館很像是一間巨大的大理石倉庫，儲存著大約三萬具人類骨骼樣本的綠木抽屜櫃從地板一直堆高到天花板。這批罕見的收藏一向是作為人類學，尤其是美洲人類學研究之用的。只不過最近原住民們執意要索回他們祖先的骸骨，而且已經完成了相關立法，這期間維西也在國會山莊吃足了苦頭。他畢生的研究對象即將離開這裡，重返不再蠻荒的大西部。

「我們成立了遣送小組，負責收集資料提供給這個那個團體，」我們通過一條昏暗壅塞的走廊時他說。「我們收藏了什麼內容，他們都會獲得知會，該如何處理也由他們決定。再過個幾年，這批美洲印地安人骨骸也許會再度入土安葬，只是到了下個世紀，還是會被考古學者挖出來的吧，我猜是這樣。」

他邊走邊繼續說。

「這些日子以來各個團體都在抗議，卻不了解他們其實在傷害自己。如果我們無法從亡者身上學習知識，又該從哪裡學呢？」

「艾力士，你的立場好像狗吠火車。」我說。

「不過話說回來，如果那些抽屜櫃裡躺著我的曾祖父，」馬里諾插了句，「或許我也會覺得不太舒服。」

「問題是我們並不知道那裡頭躺的都是些什麼人，連那些頻頻抗議的人也不知道，」維西說。「然而可以肯定的是，從這些遺骸身上我們知道了不少美洲原住民的疾病種類，這對現在的原住民未嘗不是好消息。噢，真是的，一談起這些就沒完沒了。」

維西工作的地方是許多間小化驗室，裡頭陳列著無數黑色工作台和水槽、數千本書籍、幻燈片盒和專業期刊。到處散置的是普通的縮水頭顱、頭骨碎片和各種被誤判為人骨的動物骨頭。一張大軟木塞板上釘著大衛教派集體自殺事件的悲慘照片，維西曾經花了數週時間在德州瓦可挖掘鑑定那些信徒的焚毀遺體。

「讓我瞧瞧妳帶來的東西。」維西說。

我把包裹放在工作台上，他拿瑞士刀割斷膠帶。我探手取出頭蓋骨，保麗龍墊一陣窸窣作響。接著我拿出極度易碎的包括顏面骨的下半部頭骨。我把它們攤在乾淨的藍色布塊上，他打開燈光然後拿來放大鏡。

「就在太陽穴附近，」我指著骨頭上的細小裂痕。「這裡的皮膚有出血現象，可是這一帶的皮膚燒焦得太嚴重了，看不出是什麼類型的傷口，直到發現了這處骨頭裂痕才算有了點眉目。」

「非常筆直的切口，」他緩慢轉動頭骨，從各種角度端詳著。「妳確定這不是驗屍階段不慎造成的？例如在翻開頭皮取下顱蓋的時候？」

「我確定，」我說。「而且你可以用兩根手指測量，」我把頭蓋骨接回原位，「這道切口的長度大約是一吋半，位在驗屍程序中的顱蓋切口的下方，和掀開頭皮的角度也並不符合，看見了嗎？」

我透過放大鏡指著，看見自己的食指突然變得無比腫大。

「這道切口是垂直的，而不是水平方向。」我解釋著說。

「妳說得沒錯，」他說，臉上漾滿興奮神色。「就驗屍手法看來，這實在不太合理，除非妳的助理法醫喝醉了。」

「會不會是防禦性傷口？」馬里諾推測說。「你知道的，假設有人拿刀刺她，兩人搏鬥起來，她反抗，結果割傷臉部？」

「這當然有可能，」維西說著繼續檢查骨頭的每個細部。「不過奇怪的是，這道切口非常精準細膩，從頭到尾的深度都一致，不太像是被人用刀劃傷的。如果是割傷的，刀鋒的切入點應該會比較深，切出點則比較淺。」

他示範著動作，抬起手在空中劃了一道。

「我們也要考慮攻擊發生時加害者對應於受害者的姿勢，」我補充說。「受害者是站著或躺著？攻擊動作是從正面、背後、側面或者上方？」

「沒錯。」維西說。

他走向一只深色橡木玻璃櫃，從層架取下一個棕色的舊頭骨。他把它遞給我，指著上面一道明顯裂痕，位置在左頂骨和枕骨一帶，也就是在頭顱左側、耳朵上方的頂端部位。

「這就是妳問起的剝頭皮案例，」他又說。「這孩子只有八、九歲年紀，被剝了頭皮然後燒死。無法確定性別，只知道這孩子腿部受到細菌感染，無法逃跑。這類刀痕和小切口在剝頭皮儀式裡頭算是相當常見的。」

我捧著那具顱骨，想像著維西所說的。一個畏縮、瘸了腿的孩子，他所居住的營地燃起大火，他的族人遭到屠殺，尖聲哀嚎，血染紅大地。

「可惡，」馬里諾氣憤的說。「怎麼對小孩子下得了手？」

「怎麼對任何人下得了手？」我說著轉向維西，「這上面的切口——」我指著我帶來的頭骨，「不像剝頭皮形成的嗎？」

維西深吸了口氣然後緩緩吐氣。

「妳要知道，凱，」他說。「這很難說得準，畢竟是很久以前的事了。印地安人剝取敵人頭皮的方式很多。通常他們會在頭頂的皮膚切出半圓形，一直切入頭蓋的骨膜部位，以便能輕易的把顱頂移除。有些剝頭皮的手續很簡單，有些則包括耳朵、眼睛、臉和頸子。有些受害者被切去多片頭皮，也有的只被割掉髮束，或者頭頂的一小片。在舊時代的西部最常見的一種方式就是，受害人被粗暴的抓起頭髮，用刀或馬刀切掉頭皮。」

「當作戰利品。」馬里諾說。

「同時也是戰爭技巧和男子氣概的最高象徵，」維西說。「當然，也有文化、宗教，甚至醫學上的理由。至於妳這個案子，」他對我說。「她的頭皮並沒有完整剝掉，因為頭髮還在，而且我相信這道傷痕是用非常銳利的工具切割造成的，非常鋒利的刀子，也許是刮鬍刀、開箱刀，甚至解剖刀。是受害人還活著的時候切割的，而且這道傷並不是死因。」

「的確，造成她死亡的是頸子上的傷口。」我贊同的說。

「骨頭上找不到其他傷痕，除了這裡。」

他把放大鏡移近左顴骨弓，也就是面頰骨。「非常模糊，」他說。「幾乎看不出來。看見了嗎？」

我湊近細瞧。

「真的，」我說。「幾乎像蜘蛛絲一樣細。」

「沒錯，就是這麼淡。還有一點，或許這不重要，不過很有意思的是，這道裂痕的角度和另一道切口非常相似，是垂直而非水平或歪斜。」

「真是夠了，」馬里諾不滿的說。「我是說，咱們直接切入重點吧。你們的意思是什麼？有個變態割了這女人的喉嚨，再把她毀容？最後又放火燒了房子？」

「這是一種可能。」維西說。

「毀容牽涉到私人感情，」馬里諾繼續說。「除非凶手是瘋子，否則會被他們毀容的受害者通常都不會是陌生人。」

「的確是這樣，」我贊同的說。「根據我的經驗，唯一的例外是在凶手神智失常，甚至精神錯亂的情況下。」

「我倒認為，無論是誰燒了史帕克的農場，絕不可能是精神錯亂。」馬里諾說。

「這麼說來，你認為這樁謀殺案的成分是私怨居多了，」維西說著拿放大鏡掃瞄著頭骨。

「雖說我們不該忽略任何可能性，」我說。「不過當我試想著史帕克放火燒死自己那群愛馬，無論如何都難以置信。」

「說不定他為了脫罪而不得不燒死牠們，」馬里諾說。「因為大家的想法都跟妳一樣。」

「艾力士，」我說。「殺害她的人一定很有把握我們永遠找不到傷口。因為，要不是那扇玻璃門掉落在她身上，她的屍體很可能全毀，根本不會有任何線索留下供我們調查。舉個例子，如果沒有殘留的肌肉組織供我們做一氧化碳檢測，我們便無從得知她是在火災發生前就死了。然後呢？她會被判定是死於意外，除非我們能證明這案子是人為縱火，然而直到現在還無法證明這點。」

「我非常肯定這是一樁典型的縱火謀殺案件。」維西說。

「可是為什麼凶手要費事割傷她？」馬里諾說。「為什麼不直接殺了她，放火燒了那地方然後走人？這些變態殺手把人毀容的時候，通常都會希望大家看見他們的傑作。他們常會把屍體拖到公園裡展示，再不然就是山路邊、慢跑路徑上，或者客廳中央，希望被人發現。」

「也許這個人並不這麼想，」我說。「對他來說行跡敗露是一大忌諱。我認為我們必須盡全力搜索電腦檔案，看是否能找到類似的縱火案例。」

「一旦這麼做，就等於把一大堆人扯進來，」馬里諾說。「程式設計師、分析師、調查局的電腦專家，甚至休士頓、洛杉磯和紐約這些主要警局的電腦部門。我向妳保證，到時候肯定會有人走漏消息，媒體不又炒翻了才怪。」

「不盡然，」我說。「就看我們向什麼電腦專家求助了。」

我們在憲法大道上了計程車，要司機開往白宮方向，然後轉向第十五街的六百號街區。我想請馬里諾到老艾比葛瑞餐廳吃飯。由於是下午五點半，我們不需排隊便有了一個綠絲絨桌位。我一向感覺在這餐廳的老舊玻璃門窗、鏡子，以及火光搖曳的黃銅瓦斯燈圍繞下用餐是件愉快的事。吧台內裝飾著烏龜、野豬和羚羊標本；幾名酒保無論早晚，從沒看過他們歇手休息。

我們背後一對打扮入時的夫婦正在談論甘迺迪中心門票和他們的兒子秋天即將進入哈佛大

書的事，另外兩名年輕男子則爭辯著午餐是否可以報公帳。我把紙箱放在座椅旁邊，之前維西已經用膠帶把它層層密封。

「我覺得我們應該選一張三人桌位，」馬里諾望著紙箱說。「妳確定那東西不會發臭？萬一有人聞到了怎麼辦？」

「它不臭，」我說著打開菜單。「而且我認為我們最好轉移話題，以便好好用餐。這裡的漢堡非常可口，連我都忍不住偶爾破戒點來嚐嚐呢。」

「我想吃魚，」他嚮往似的說。「妳吃過這裡的魚嗎？」

「去死吧，馬里諾。」

「好吧，妳說服我了，醫生，我就點漢堡吧。真希望現在是晚上，這樣我就可以喝啤酒了。到這餐廳來卻不能喝杯黑傑克，或者用冰涼的啤酒杯喝個痛快實在是種折磨。我打賭他們一定有薄荷酒，我自從跟肯塔基來的那個叫莎賓娜的女孩分手之後就沒喝過這種酒了。妳還記得她吧？」

「沒什麼印象。」我淡淡回了句，環顧著四周，試圖讓自己放輕鬆。

「以前我常帶她去酒吧。有一次遇見妳和班頓也在那裡，我過去向你們介紹了她。她有一頭偏紅的金髮，藍眼睛，白皮膚，參加過滑輪比賽的？」

我一點都不記得他指的是誰。

「可惜，」他仍然盯著菜單。「我們之間沒能維持太久。我想要不是為了我那輛卡車，她或許連一點機會都不會給我。當她高高坐在駕駛座裡的時候，妳真會以為她是坐在玫瑰皇后花車上向群眾招手哩。」

我忍不住大笑，他的面無表情逗得我笑得更凶。我笑出了眼淚，一旁的服務生站著等候，馬里諾一副惱火的模樣。

「妳吃錯藥啦？」他說。

「我大概是累了，」我喘不過氣來。「你想喝啤酒就喝吧。今天你休假，由我負責開車。」

這話讓他的心情大為好轉。沒過多久他的瑞士乳酪漢堡和我的雞肉凱撒沙拉送來，他也喝光了第一瓶山繆亞當斯啤酒。我們開始用餐，一邊從容聊天。四周嘈雜的談話聲始終不斷。

「你想去旅行慶祝生日嗎？」一個生意人問他的同伴。「你一向喜歡到處跑的。」

「我太太也一樣，」另外那位邊嚼邊回答。「好像我從沒帶她出去玩過似的。真是的，我們幾乎每週都上餐廳呢。」

「有一集歐普拉脫口秀提到說，每十個人當中就有一個人背負著超過他償還能力的債務，」有個中年婦女對她的女伴說。那位女伴的草帽在她們桌旁的帽架上垂掛著。「很荒謬吧？」

「我一點都不訝異，這種時代還有什麼事情不荒謬的。」

「他們這裡是有泊車服務，」那個生意人又說。「不過我習慣走路。」

「晚上呢？」

「嘿，你在說笑嗎？在華盛頓特區誰敢在晚上出去散步？想找死啊？」

我起身到洗手間。淺灰色大理石空間，很寬敞，裡頭沒其他人。於是我佔用了無障礙設備，因為空間大，而且可以保有隱私的洗臉洗手。我拿出行動電話來打給露西，可是訊號似乎被牆壁彈了回來。於是我改打付費電話，很驚訝她竟然在家。

「妳在準備行李了嗎？」我問。

「妳聽見寂寞的聲音了嗎？」她反問我。

「唔，好像有。」

「我聽得好清楚。妳真該來看看這公寓。」

「說到這裡，現在方便過去看妳嗎？」

「妳在哪裡？」

「老艾比葛瑞餐廳。說得更準確點，我在樓下休息室打付費電話。早上馬里諾和我到史密森博物館來找維西。我想順便過去一趟，不單是為了看妳，也想跟妳討論一件事情。」

「好啊，」她說。「我們沒打算出門。」

「要我帶什麼過去嗎？」

「要，帶吃的。」

我沒開車去，因為露西就住在這城市的西北區，杜旁圓環過去一點，那裡的停車問題和所有地方同樣嚴重。馬里諾在餐廳門口揮手叫計程車，有一輛在我們面前緊急煞停，我們上了車。傍晚的街道十分寧靜，許多建築物屋頂和草坪上飄舞著國旗，遠處傳來汽車警報器的鳴聲。我們的車子經過喬治華盛頓大學、麗池飯店和布萊基牛排屋，進入露西所居住的社區。

這個地區帶著不同流俗的風味，大部分房舍是灰色，許多像「爐邊」和「皮先生」這類陰暗的酒吧總是擠滿體格健美的男人。我知道這些是因為我來探望過露西好幾次，而且我發現有一家女同志書店遷址了，此外漢堡王附近新開了家健康食品店。

「我們在這裡下車。」我對司機說。

他再度猛踩煞車呼嘯著離去。

「差勁，」馬里諾目送著藍色計程車開走。「妳覺得這城裡還有美國人嗎？」

「要不是有一些非美國人在這城市和其他地方努力，你我也不可能站在這裡了。」我提醒他。

「義大利人就不同了。」

「是嗎？跟誰不同？」我問他。我們在P街兩百號街區進了特區餐館。

「跟一般人不同，」他說。「就拿一件事來說吧，當初我們的祖先在艾利斯島一下船就立刻學會了英語，而且他們也不會開著計程車到處亂衝。嘿，這地方真不賴。」

這家餐館是二十四小時營業，空氣中瀰漫著炒洋蔥和牛肉香氣。牆上掛著希臘三明治、綠茶和黎巴嫩啤酒海報，一張裱框的剪報昭告著滾石合唱團曾經在這裡用餐。一個女人正慢條斯理的掃地，彷彿那是她的神聖使命，對我們連看都沒看一眼。

「你好好休息，」我對馬里諾說。「我很快就回來。」

他尋找桌位的同時，我來到吧台邊，瞄著鐵板那端牆上亮著燈的黃色菜單。

「妳好，」廚師輕壓滋滋作響的牛排、啪的翻面然後切成小塊，接著快炒焦黃的洋蔥丁。

「一份希臘沙拉，」我。「和一份雞肉皮塔三明治，還有，我看看。」我瀏覽著菜單。「再加一份 Kefte Kabob 烤肉蔬菜三明治。是這麼唸的沒錯吧」

「外帶？」

「是的。」

「好了我會通知妳，」他說。那女人還在掃地。

我到馬里諾身邊坐下。店裡有一台電視機，他正在看《星艦迷航記》，電波干擾得很厲害。

「等她搬到菲力，情況會比現在好得多。」他說。

「沒錯。」

我茫然盯著螢幕上的模糊影像，寇克船長正用雷射槍指著一個克林貢人還是什麼的。

「我可不敢說，」他說，一手托著下巴，緩緩吐出煙霧。「我總覺得不對勁，醫生。她太出鋒頭了，而且樂此不疲。我不在乎她怎麼解釋她被調職的事，我認為她根本不想走。只是，她大概也沒得選擇吧。」

「如果她想要留在原來的位置，或許真的有困難。」

「不像妳，總是有很多條路供妳選擇。這裡有煙灰缸嗎？」

我瞥見吧台有一個，過去拿了來。

「這下我變成共犯了。」我說。

「妳是因為閒著沒事做才會嘮叨我抽菸。」

「老實說，如果你不介意，我真希望留你獨自在這裡靜一靜，」我說。「我的大半生命都花在你身上了，勸你愛惜生命什麼的。」

「想到妳的另一半生命是怎麼過的，我就覺得很諷刺，醫生。」

「外帶好嘍！」廚師大叫。

「替我叫幾塊千層酥如何？上面灑果仁的那種？」

「休想。」我說。

9

露西和珍奈就住在P街兩百街區一棟名叫「西園」的十層樓公寓，距離餐館只有幾分鐘腳程。這棟紅褐色建築樓下是乾洗店，隔壁是大使行動通訊站。樓上許多小陽台上停著單車，租屋的年輕人坐在外頭，享受涼爽的夜晚，喝酒抽菸，其中一人在練習吹笛子。有個穿無袖上衣的男人關上了窗戶。我按下對講機上的五〇三號鈕。

「誰？」露西的聲音傳來。

「是我們。」我說。

「我們是誰？」

「替妳帶晚餐來的人，外面很冷。」我說。

門鎖喀啦打開。我們進了公寓，搭電梯上樓。

「以她在這裡付的房租，應該可以在里奇蒙租一間閣樓。」馬里諾說。

「月租是一千五百元，兩房。」

「老天。珍奈怎麼負擔得起？調查局給她的年薪頂多四萬吧。」

「她家有錢，」我說。「除此之外我就不清楚了。」

「告訴妳吧，最近我真不想提起這些事情。」

電梯門打開，他搖著頭繼續說。

「當年我在紐澤西剛開始幹警察的時候，一千五百元就夠我生活一整年了。那時候犯罪不像現在這麼猖獗，人心比較善良，即使我住的那個窮社區也一樣。如今呢?瞧妳手上那個被割傷再被焚屍的可憐女人，等我們處理完她的案子，又有下一個受害者出現。這就好像把大石頭推上山的那個神話人物，叫什麼名字來著，每次他快要接近山頂，石頭就又滾了下來。說真的，我們究竟在瞎忙些什麼呢，醫生?」

「如果我們不管，情況會更糟的。」我說著在一扇熟悉的淡橘色門前停下，按了門鈴。

我聽見裡頭門閂拉開，珍奈來應門。她穿著調查局運動短褲和看來像是學院時代留下的死之華合唱團T恤，渾身汗濕著。

「請進。」她微笑招呼，安妮·藍妮克絲的歌聲響徹屋內。「什麼東西好香。」

這公寓的狹窄空間裡侷促著兩間臥房和兩間浴室，窗子俯瞰著P街。所有家具都堆滿書籍和層層衣服，地板上好幾十只紙箱。露西在廚房裡，在櫥櫃抽屜裡翻找著叉匙、餐盤和紙餐巾。她在咖啡桌上挪出一塊空間，接過我手上的紙袋。

「妳救了我們一命，」她對我說。「我的血糖好低。對了，彼德，很高興見到你。」

「這裡熱死了。」他說。

「還好啦。」露西說。她也在冒汗。

她替自己和珍奈裝了滿滿兩盤食物，兩人往地板一坐便吃了起來。我坐在沙發扶手上，馬里諾則從陽台搬進來一把塑膠椅。露西穿著耐吉慢跑短褲和背心上衣，從頭到腳髒兮兮的。兩人看來相當疲憊，我無法想像她們內心是什麼感受。當然這對她們來說是極度難熬的時刻，每回清空一只抽屜、打包一只紙箱都意謂著心靈再度遭受衝擊，意謂著死亡以及某一段生命歷程的終結。

「妳們兩個住在這裡多久？三年了？」我問。

「差不多。」珍奈舉起滿叉子希臘沙拉說。

「露西搬走後妳會繼續住在這公寓裡嗎？」我問珍奈。

「應該是這樣。我沒有理由搬走，再說露西也會不時的回來跟我住。」

「我真不想提起這話題，」馬里諾說。「不過，嘉莉可有什麼理由知道妳們住在這裡嗎？」

兩個女孩一陣沉默，低頭吃著。我走向CD唱盤去把聲量調低。

「理由？」露西終於開口。「這些日子來她對我的一切無所不知，什麼時候需要理由了？」

「但願她不知道，」馬里諾說。「不過我們還是得謹慎思考，無論妳們這兩個小妞樂不樂意，這種社區很容易被她混進來埋伏的。所以我問自己，如果我是嘉莉，剛從療養中心逃了出來，我會到哪裡去找露西？」

沒人吭聲。

「我認為，我們都很清楚答案是什麼，」他繼續說。「想打聽醫生的住處一點都不是難事，媒體報導的已經夠多了，只要找到她，就等於找到了班頓。至於妳——」

他指著露西。

「要找妳就沒那麼容易了。畢竟嘉莉在牢房待了好幾年，並不知道妳已經搬來這裡。現在妳又要搬到菲力去，留下珍奈一個人。老實說，我很擔心。」

「妳們兩個的電話都沒有登錄在電話簿上，對吧？」我問。

「當然沒有。」珍奈失神撥弄著沙拉說。

「要是有人打到這大樓來探聽妳們的事呢？」

「他們應該不會透露這類訊息的。」珍奈說。

「應該不會，」馬里諾嘲諷的說。「是啊，我相信這棟大樓的保全完善得不得了，一定有什麼大人物住在這裡頭，呃？」

「我們可以坐在這裡繼續討論這些，」露西說，看得出她氣憤極了。「還是我們要談點別的？」

「就談華倫登大火吧。」我說。

「好吧。」

「我到其他房間去打包，」珍奈禮貌的說，因為她是調查局的人，並不參與這案子。

我望著她消失在臥房裡，然後說：「我們驗屍的時候發現了一些令人疑惑的奇怪現象。受害者是被謀殺的。她在屋子起火前就死了，那場大火也是人為縱火的成分居多。關於火災的起因，妳那裡有什麼新發現？」

「只有一些數據，」露西說。「唯一的希望是運用火災模擬，因為我們找不到指向人為縱火的具體證據，只能憑著環境依據。我花了不少時間在電腦前操作火災模擬者，得到的預測結果全都是一樣的。」

「火災模擬者是什麼玩意兒？」馬里諾好奇的問。

「應用防火工程套裝軟體的其中一種，用來進行火災模擬測試的。」露西耐心解釋著。「例如，假設火災的閃燃溫度是攝氏六百度，也就是華氏一千一百一十二度，於是我們把已知的資料輸入，包括氣流量、總表面積、可燃物量、起火點、屋內隔板材質、牆壁材質等等，最後我們會得到關於這場火災的相關推測。可是你們猜怎麼著？無論我們試了多少種演算方式、程序和軟體，答案都是一樣的。那就是，沒有任何理由可以解釋這場火災為何燃燒得如此迅速，以及為何起火點會在主臥房浴室。」

「可是我們很肯定事實就是如此。」我說。

「沒錯，」露西說。「你們或許也知道，那間浴室算是主臥房裡相當新穎的新增建物。如果仔細觀察浴室的大理石牆壁，加上我們挖出的豪華天花板碎片，會發現可以拼湊出一個非常尖銳的V形，而它的頂點正好指向浴室地板的中央一帶，也就是原來放著踏腳毯的位置，意謂著這個地方的火燃燒得既猛烈又迅速。」

「來談談這塊關鍵的踏腳毯吧，」馬里諾說。「如果把它點燃，會起什麼樣的火？」

「慢火，」露西回答。「大約兩呎高。」

「這就不符合了。」我說。

「另外很重要的一點，」她繼續說。「是地毯正上方天花板的毀損程度。這場火的起火點竄起的火焰起碼有八呎高，溫度高達八百度，將天窗玻璃都熔化了。大約有百分之八十八的縱火案都是從地板引燃的，換句話說它的輻射熱通量……」

「輻射熱通量是什麼鬼？」馬里諾問。

「輻射熱是以電磁波的形式存在的，從火焰朝四面八方放射，溫度高達三百六十度。了解了嗎？」

「了解。」我說。

「此外火焰也會放射熱能，就是熱氣體，重量比空氣輕，因此會往上升，」精通物理的露西繼續說，「換句話說，也就是會形成對流性的熱傳導方式。在火災發生初期，大部分的熱傳導都是對流形式，從起火點往上升，在本案中也就是從地板。但是燃燒一段時間以後，熱氣煙霧層逐漸形成，主要的熱傳導形式就變成了輻射。我推測淋浴間玻璃門倒塌並且壓在死者身上就是發生在這個階段。」

「屍體呢？」我問。「火災發生期間屍體是處於什麼狀態？」

露西從紙箱上抓起一張橫線紙，打開筆蓋。她畫出一個浴室的輪廓，附帶著浴缸和蓮蓬頭，地板中央一束細窄的火焰直衝天花板。

「如果火災能量強大到足以讓火焰直達天花板，那麼它的輻射熱通量當然非常高，屍體無疑的會嚴重毀損，除非有屏障擋在它和火焰之間。這東西必須是能夠吸收輻射熱和熱能的，例如浴缸或淋浴間的門，都能讓屍體的許多部位得到保護。同時我認為那具屍體和起火點應該有一點距離，也許一呎，或者一、兩碼。」

「我也想不出有別的可能，」我同意的說。「很顯然是有東西保護，才使得它沒有全毀。」

「沒錯。」

「可是點燃那樣的大火，怎麼可能沒用到任何助燃劑？」馬里諾說。

「我們只能猜測，可能是實驗室裡的物質，」我的外甥女說。「你知道的，既然屋內的可燃物量不足以供應這樣的大火所需，那麼一定有某種添加物或改良物助燃，如此更證明了是人為縱火。」

「你們做了財產調查嗎？」馬里諾問她。

「史帕克的絕大多數財產記錄都燒毀了，不過他的財產管理人和會計師，老實說幫了很大的忙。目前看不出有財務方面的問題。」

聽到這話讓我鬆了口氣。截至目前，這案子的所有線索還無法證明坎尼斯・史帕克是受害人，甚至對他相當不利。不過令人安心的是，這並不代表所有人的意見。

「露西，」她吃完皮塔三明治時我說。「我想可以確定的是，這案子的作案模式相當獨特。」

「確實如此。」

「假設類似的案子以前曾經在別的地方發生，」我繼續說，「華倫登大火只是一連串火災障眼法的一環，用來掩飾同一人所犯下的數樁連續謀殺案。」

「當然有這可能，」露西說。「任何事情都有可能。」

「能從這方面去調查嗎？」我接著問。「有沒有什麼電腦檔案可以搜尋火災案件裡的相似作案模式？」

她站了起來，把餐廳紙袋往廚房的大垃圾桶一丟。

「只要妳要求，我們就做得到，」她說。「我們有ＡＸＩＳ（Arson Incident System），縱火事件檔案系統。」

我對這套系統以及煙酒槍械管制局新建立的超高速寬域網路系統——ＥＳＡ相當熟悉。ＥＳＡ是「企業系統架構」（Enterprise System Architecture）的簡稱，是管制局經由國會批准建立一套全國縱火爆炸檔案庫之後成立的。ＥＳＡ連結了兩百二十個網站，無論探員身在何處，都能進入中央檔案庫，用手提電腦搜索縱火事件檔案系統，只要他有數據機或者安全的無線傳輸線路。當然露西也包括在內。

她領我們進了她的小臥房，裡頭空盪得令人心疼。牆角結著蜘蛛網，刮痕累累的硬木地板上滿是灰塵。床架是空的，床墊仍然包著那條桃紅色床單並且直立在牆邊，角落裡那捲五彩絲質地毯是她上次生日時我送她的禮物。地板上疊著許多空的衣櫃抽屜。至於她的書房只是一只硬紙箱上擱著台Panasonic手提電腦。這台手提電腦是暗灰色鎂合金外殼，符合軍方使用規格，意思是它防霧氣、防灰塵，無所不防，而且耐摔，被捍馬運兵車輾過也無傷。

露西面對電腦在地上盤腿而坐，彷彿要膜拜科技之神似的。她按下「Enter」鍵關閉螢幕保護程式，螢光藍的ＥＳＡ字樣立刻跳了出來，接著是一幅美國地圖。她迅速輸入自己的帳號和密碼，又回答了幾個安全提示問題才進入系統，遨遊於網路中的無數秘密閘道，通過一個又一個層次。當她終於登入案件檔案庫，她揮手示意我過去。

「如果妳需要椅子我可以去替妳拿來。」她說。

「不用，這樣就可以。」

地板很堅硬，使得我的腰部脊椎不太舒服，不過我很有挑戰精神。螢幕上出現一個提示問題，要她輸入她希望搜尋的關鍵單字或字串。

「別太在意形式，」露西說。「搜尋引擎可以處理毫無意義的意識流，我們可以輸入任何字眼，從消防水管的尺寸到那棟房子的建材，所有消防局表格上填寫的火災相關訊息都可以，當然妳也可以選擇自己的字串。」

「就試試死亡、謀殺、縱火嫌犯吧。」我說。

「還有女性，」馬里諾補充說。「還有財富。」

「切，割，出血，迅速，熱。」我接著說。

「再加上身分不明如何？」露西敲著鍵盤說。

「很好，」我說。「還有浴室吧，我想。」

「哎呀，把馬也加進去。」馬里諾說。

「開始搜尋吧，」露西提議說。「我們隨時都可以再試別的字串。」

她按下搜尋鈕然後伸長兩腿，轉動著頸子。我聽見珍奈在廚房裡洗盤子。一分鐘不到，電腦找出了一萬一千八百七十三筆記錄和四百五十三筆關鍵字搜尋結果。

「是一九八八年以後的檔案，」露西告訴我們。「也包括菸酒槍械管制局在海外協助處理的所有案件。」

「可以把這四百五十三筆資料列印出來嗎？」我問她。

「我的印表機已經裝箱了，凱阿姨。」露西仰頭歉疚的望著我。

「那把它下載到我電腦裡。」我說。

她有些猶豫。

「我想應該可以，」她說，「只要妳保證……唉，算了。」

「別擔心，我經常處理機密檔案，我不會讓任何人取得這些資料的。」

我說這話時覺得好蠢，露西茫然望著電腦螢幕。

「這些資料全都是使用UNIX作業平台的資料庫查詢語言，」她自言自語似的說。「把我搞瘋了。」

「要是他們夠聰明的話，就該找妳負責處理他們的鬼電腦。」馬里諾說。

「規劃這套系統的時候我根本沒參與，」露西回了句。「我這只是在還債罷了。我會把這些檔案寄給妳的，凱阿姨。」

她說著走出房間。我們跟著她到了廚房。珍奈正用報紙捲起玻璃杯，然後輕輕裝進私人倉儲公司提供的紙箱裡。

「在我離開以前，」我對我的外甥女說，「我們可以到附近散散步或談談嗎？」

她給了我一個不甚信任的眼神。

「談什麼？」她說。

「我可能會有好一陣子不能見到妳。」我說。

「我們可以在陽台上說話。」

「也可以。」

我們來到俯瞰著街道的開放空間，坐在白色塑膠椅上。我順手關上背後的拉門，兩人望著夜色中活絡的人群。計程車沒地方停，「火焰」酒吧的玻璃窗口透出壁爐火光，男人在黑暗中飲酒共舞。

「我只是想知道妳過得好不好，」我對她說。「妳最近不太和我說話了。」

「妳還不是一樣。」

她譏諷的一笑，凝視著外頭，她的側臉是那麼美麗剛毅。

「我很好，露西，還是老樣子吧，我想。工作太忙，能有什麼改變呢？」

「妳總是喜歡替我操心。」

「從妳一出生我就開始操心了。」

「為什麼？」

「因為總得有人這麼做的。」

「我有沒有告訴妳媽媽去拉皮了？」

一想到我這位妹妹我的心立刻一陣緊縮。

「去年她才去把一半牙齒換成假牙，現在又搞這個，」露西繼續說。「她現任的男友，波，已經在家裡住了一年半了。厲害吧？一個人得搞多少次才會需要把那地方整修一下？」

「露西——」

「哎呀，別假裝了，凱阿姨，妳對她的觀感也好不到哪裡去。我怎麼會有這樣一個親娘呢？」

「這對妳一點幫助都沒有，」我平靜的說。「別恨她，露西。」

「我要搬到費城，她連半句話都沒有，她也從來沒問過珍奈或妳的事。我要去拿啤酒，妳想喝嗎？」

「妳請便。」

我在黑暗中等她，望著人影來去，有些高聲談話，勾搭著肩膀，有的單獨快步行走。我很想問露西關於珍奈告訴我的那些事情，可是又害怕提起。還是由露西主動告訴我比較恰當，我提醒自己——作為醫生的那個，我下令要我冷靜自制。不久露西回到陽台，噗的打開一瓶美樂啤酒。

「為了讓妳安心，我們就來談談嘉莉吧，」露西嚥下一口啤酒，若無其事的說。「我有一把強力白朗寧，還有管制局配給我的席格手槍，還有一支霰彈槍，十二口徑，七發子彈。妳叫得出名字的槍枝我都拿得到。可是妳知道嗎？要是她真敢跑來找我，光憑我這雙手也就足夠對付了。我受夠了她，妳知道吧？」

她又高舉著酒瓶。「人總得要下定決心，然後才能繼續走下去。」

「下定什麼決心？」我問。

她聳聳肩。

「決定不讓那個人擁有更多權力來宰制妳，因為妳不想一輩子在恐懼和恨意中度過，」她解釋著她的想法。「於是妳覺悟了，可以這麼說。妳埋頭工作，心裡明白，如果那怪物敢踏進妳的地盤一步，她最好有赴死的準備。」

「我覺得這態度相當好，」我說。「或許也是唯一的對應之道。我不太確定這真是妳的想法，不過我希望是這樣。」

她仰望著缺損的月亮，我感覺她似乎在強忍著淚水，但我不確定。

「事實上，凱阿姨，他們那套電腦系統我一手就可以搞定了。妳知道嗎？」

「所有五角大廈的電腦系統妳大概都能一手搞定吧。」我輕聲說，心中絞痛著。

「我只是不想表現得太急躁。」

我不知該如何回應。

「我已經得罪太多人了，因為我懂得駕駛直升機，還有……唉，妳知道的。」

「妳有些什麼能耐我最清楚了，而且妳的專長會越來越多，露西，像妳這樣的人活得很辛苦。」

「妳有過這感覺嗎？」她細聲說。

「這輩子從沒間斷過，」我悄聲回答。「現在妳知道我為什麼這樣寵妳了，也許是因為我懂妳。」

她回頭看我，伸出手來溫柔碰觸我的手腕。

「妳該走了，」她說。「我不希望妳等會兒沒精神開車。」

10

將近午夜，我的車在社區警衛崗哨前減速，值班警衛出來攔住我。這舉動不太尋常，我很怕他會告訴我，我屋裡的警報器半夜響了，或者又有奇怪的人開車經過我門前，想看看我是否在家。馬里諾在車內睡了一個半鐘頭，我搖下車窗時他終於醒了。

「晚安，」我對警衛說。「你好嗎，湯姆？」

「我很好，史卡佩塔醫生，」他彎身湊近我的車子。「不過妳的房子在過去一個小時內出了一些事情，我發現情況不對勁，試著和妳聯絡，可是妳不在家。」

「出了什麼事？」我說，開始想像起各種可怕的意外。

「兩個送披薩的小弟幾乎同時出現，接著又有三輛計程車來載妳到機場，幾乎是一輛接一輛，還有一個傢伙想把一只工地用的垃圾收集箱放在妳家庭院。由於我聯絡不上妳，就把他們全部打發走了。他們都說是妳打電話叫他們來的。」

「我沒打，」我語氣溫和的說，內心暗暗詫異。「是從幾點鐘開始的？」

「呃，那輛載著垃圾收集箱的卡車大約是下午五點鐘來的，其他人都是在那之後才來的。」

湯姆年紀大了，萬一社區真面臨危險狀況，或許他也束手無策。但是他很熱心，而且自認是個真正的執法者，或許他內心是警戒森嚴又充滿鬥志的。他對我一向特別呵護。

「你記下那些人的名字了嗎？」馬里諾在車前座大聲問。

「達美樂和必勝客。」

湯姆表情生動的臉隱藏在棒球帽帽沿的陰影底下。

「計程車是可樂奈、梅特洛和耶羅這三家，工程公司是弗立克。我打了幾通電話去問，他們都留有寫著妳名字的電話預約單呢，史卡佩塔醫生，包括打電話的時間。我全部記下來了。」

湯姆難掩雀躍之情的從後褲袋掏出一張便條紙來遞給我。今晚他所扮演的角色不比平時，他彷彿受到了鼓舞似的。我打開車內燈，和馬里諾一起看著那份名單。計程車和披薩外送預約電話是在十點十分到十一點鐘之間打的，垃圾收集箱則是在中午過後，特別指定在傍晚的時候送達。

「達美樂的人說是個女人打的電話，我親自打過去問的。一個年輕孩子接的。根據他的說法，是妳打的電話，要他們送一個脆皮大披薩到大門這裡，說妳會自己過來取。他的名字我也記下了，」湯姆驕傲的說。「這麼說這些電話都不是妳打的了，史卡佩塔醫生？」他問。

「沒錯，警衛先生，」我回答。「如果晚上還有其他人來找我，請你立刻打電話通知我。」

「還有我，」馬里諾說著在一張名片上寫下他的家裡電話。「無論多晚都沒關係。」

我伸手將馬里諾的名片遞出車窗外給他，湯姆顯得非常戒慎，儘管馬里諾已經在這社區進出不知多少次了。

「沒問題，隊長，」湯姆猛點著頭說。「遵命，警官，只要有可疑的人出現，我會馬上通知你，必要時我會把他扣留在這裡，等你趕到。」

「不需要這樣，」馬里諾說。「送披薩的小弟什麼都不知道的。萬一是危險人物，恐怕不是你應付得來的。」

我知道他指的是嘉莉。

「其實我很敏捷的，不過，我答應你，隊長。」

「你處理得非常好，湯姆，」我稱讚他說。「我真不知道該如何感謝你。」

「這是我的職責。」

他按下遙控器升起橫桿讓我們的車通過。

「你認為？」我問馬里諾。

「某個渾蛋在向妳挑釁，」在街燈照映下，他的表情無比深沉。「存心，讓妳擔心害怕，而且效果相當不錯，可以這麼說。」

「你該不會認為嘉莉……」我正要開口。

「我也不知道，」馬里諾打斷我。「但如果是她，我一點都不會意外，妳的鄰居又不是第一次上報。」

「要是能查出這些電話是不是在本地打的就好了。」我說。

「老天，」他說。我把車駛入門前車道，停在他的車後面。「但願不是本地電話。除非只是別人在跟妳惡作劇。」

「如果是這樣就好了。」

我熄了引擎。

「如果妳認為有必要，我可以睡在妳家沙發。」馬里諾打開車門說。

「不用了，」我說。「我沒事的。只要不再有人送工地用垃圾收集箱來就沒事，那對我的鄰居們太失禮了。」

「我實在不懂妳幹嘛要住這裡。」

「你懂的。」

他掏出一根香菸，不想離開的樣子。

「是啊，因為這裡的保全很周密。真是的，跟真的一樣。」

「如果你不想開車，我很樂意讓你睡我的沙發。」我說。

「誰，我嗎？」

他點燃香菸，朝敞開的車門外吐著煙霧。

「我擔心的不是自己，醫生。」

我下了車，站在車道上等他。黑暗中他的身影顯得巨大而疲憊。我心頭一震，猛然察覺，我是這麼的為他感傷。馬里諾孤單一人，內心一定很苦，生活中不是暴力就是不倫不類的男女關係。我想我可能是唯一和他關係長久的人吧。儘管我盡可能保持禮貌，但並非總是溫柔可人，我做不到。

「別這樣，」我說。「我會替你準備一杯好酒，讓你好好睡一覺。你說得沒錯，我真的有點害怕落單，怕又有披薩小弟或計程車找上門來。」

「我擔心的就是這個。」他佯裝出冷靜的職業口吻說。

我打開大門鎖，關閉警報器。不久後，馬里諾癱在客廳那張舖好墊子的沙發上，手裡一杯加了冰塊的原品博士波本威士忌。我替他舖好一床舒服的床單、柔軟的棉毯，然後兩人在黑暗裡坐著談天。

「妳想過最後我們或許會輸嗎？」他惺忪的喃喃說著。

「輸？」

「所謂好人有好報，這話有多少真實性？對某些人來說根本不是這樣的，例如那個慘死在史帕克農場大火裡的女人。好人會有善終？才怪，醫生，操他媽的門兒都沒有。」

他像病人那樣半躺著，喝了口波本，喘著氣。

「我想提醒妳，嘉莉或許也認為最後贏的會是她，」他又說。「她在寇比療養中心操他媽的花了五年時間思考這問題。」

馬里諾每次疲倦或者喝醉的時候就頻頻說操他媽的。事實上這字眼很能夠抒發說話者的鬱悶情緒，只是我向他解釋過許多次，並非所有人都能忍受它的粗俗，更糟的是有些人只看見它字面的意義。我自己從來不覺得這字眼具有性意味，我認為只是一種表達方式罷了。

「像她這樣的人如果贏了，未免太沒有天理，」我啜著勃根地，輕聲說。「我絕不會這麼想。」

「不切實際。」

「不對，馬里諾，是信念。」

「是啊，」他又吞了口波本。「信念個屁。妳可知道我看過多少幹警察的死於心臟病或殉職的？妳認為他們當中有多少人是抱著信念的？或許每個都是信念篤定，沒有一個認為自己會死，醫生。妳跟我就不這麼認為，無論我們見過多少先例。我的身體糟透了，行嗎？妳以為我不知道自己每天都向死亡靠近一小步？我改得了嗎？沒辦法。我就是這麼個離不開牛排、威士忌和啤酒的大老粗，我他媽的早就不在乎那些醫生的警告了。所以，說不定哪天我就突然兩腿一伸回老家了，懂吧？」

他啞著嗓子，感傷起來。

「到時候一堆警察來參加我的葬禮，然後妳會告訴下一個跟妳合作的警探別重蹈我的覆轍。」他滔滔說著。

「馬里諾，快睡，」我說。「你明知道我沒這念頭。要是你真的出了意外，我還真不知道該如何是好呢，你這大白癡。」

「妳當真？」他似乎開懷了點。

「你還懷疑啊。」我說。我也累壞了。

他喝光了波本酒，輕輕搖晃著杯裡的冰塊。我裝做沒看見，因為他不能再喝了。

「妳知道嗎，醫生？」他有點結巴。「雖說妳是媽的麻煩人物，我還是很喜歡妳。」

「謝了，」我說。「明早見。」

「已經是早上了。」

他又搖著冰塊。

「快睡。」我說。

我直到凌晨兩點才關掉床頭燈。所幸這個周六輪到費爾丁到停屍間值班。將近九點我才打起精神下了床。庭院裡鳥群聒噪著，太陽像瘋著玩球的小孩不停將陽光彈向大地，一些不鏽鋼廚具像鏡子似的發亮。我煮了咖啡並且盡量將腦子騰空，突然又想起那些傳到我電腦裡的檔案。我想拉開百葉窗和窗戶，享受春天的氣息，然而嘉莉的臉再度浮現眼前。

我到客廳探看馬里諾。他的睡姿就跟他的生活方式一樣，頑抗著他那巨大的身軀，彷彿身體是仇敵似的。毯子已經被踢落地板，枕頭被壓扁，床單纏繞著兩腿。

「早安。」我說。

「還沒啦。」他含糊的說。

他轉過身去，抓起枕頭塞到頭底下。他穿著藍色短內褲，過短的內衣遮不住他隆起的肚皮，我一直很佩服男人能夠不像女人那樣對肥胖感到難為情。我本身非常在意保持身材這件事。每當我穿衣服時感覺腰部有點緊，我的脾氣和性情總會跟著變得乖戾起來。

「你可以再多睡一下。」我對他說。

我拿起毯子來替他蓋上。他立刻像隻受傷的野熊那樣開始打呼。我走進廚房，撥了電話到班頓在紐約投宿的飯店。

「我沒吵醒你吧？」我說。

「我正要出門呢。妳還好嗎？」

他態度熱絡，但似乎有些心煩。

「如果你人在這裡而她在牢裡，我會感覺好得多。」

「問題是，我熟悉她的作案模式，這點她也知道。所以最好的情況是我什麼都不知道，妳了解我的意思，」他的語氣極度壓抑，意謂著他正在氣頭上。「昨晚我和幾個探員偽裝成街頭流浪漢，下了寶華利街的地下道。真是難忘的夜晚呢，我得說。我們又去查看了高特的死亡現場。」

班頓一向非常謹慎的說高特的死亡現場，而不說妳殺死高特的現場。

「我確信她曾經回到那個地點，而且還會再回去，」他又說。「原因不在她想念高特，而是他倆共同犯下的案件的任何蛛絲馬跡都能令她興奮。他流的血令她興奮，對她來說那幾乎等同於性慾，一種她戒不掉的權力慾望。妳和我同樣了解這代表什麼，凱，她必須盡速尋求滿足。或許她已經有了行動，只是我們還沒發現。我不想多作預言，不過我有種感覺，她即將採取的行動恐怕會前所未有的激烈。」

「很難想像會有比那更慘的案子。」我言不由衷。

每當我認為人性不可能更沉淪，事實卻證明並非如此。或者這只是因為在這個人類將登陸火星且慣於透過虛擬空間溝通的高度文明社會裡，原始的人性之惡格外顯得駭俗罷了。

「還沒發現她的蹤跡？」我問。「一點線索都沒有？」

「線索有數百個，但都撲了空。妳也知道，紐約警局還為此設立了特別工作小組，指揮中心全天候有專人接聽電話。」

「你還得在那裡待多久？」

「不知道。」

「可以確定的是，倘若她還在那一帶，必定也知道該到哪裡去找你。就是紐約體育家俱樂部，你經常待的地方，和她跟高特同居過的房間只有兩棟大樓的距離。」我憤憤的說。「我猜這正是調查局的用意吧，故意安排你待在捕鯊籠裡來誘引她靠近。」

「分析得好，」他說。「但願這計策能成功。」

「萬一沒成功呢？」恐懼佔據我的心，使我更加憤慨。「我希望你回來，讓調查局自己去設法。我就是無法釋懷，你已經退休了，他們還不讓你休息，還要利用你當誘餌……」

「凱……」

「你怎麼肯讓他們利用你……」

「事情不是這樣的。這是我的主意，因為我必須把這案子做個了結。從一開始這就是我的案子，直到現在依然是。知道她逃了出來，還準備再度犯案，我如何能繼續在海邊悠閒渡假？明知道妳、露西、馬里諾——我們每個人都面臨危險，我怎麼能撒手不管？」

「班頓，別扮演亞哈船長（譯註：Captain Ahab，梅爾維爾小說《白鯨記》中人物），好嗎？別因為這案子著了魔，拜託。」

他放聲大笑。

「該死，我是說真的。」

「我發誓絕不會去招惹白鯨。」

「你已經招惹一隻了。」

「我愛妳，凱。」

我通過長廊走向書房的途中，邊想著我為何老要對他舊事重提。我了解他幾乎就跟了解自己一樣，我知道他絕不會不管這案子，一如我絕不會讓其他法醫病理專家接手華倫登縱火案是同樣的道理，因為這案子是我一生的職責所在。

我打開寬敞書房裡的燈光，拉開百葉窗讓陽光透進來。我的書房是和臥房相連的，連我的清潔管家也不知道，這個私人工作間裡的所有窗戶，和我城裡的辦公室一樣，全都裝著防彈玻璃。這世上想找我麻煩的不止嘉莉一個，有太多被判刑的凶案罪犯責怪我害他們坐牢，而這些人大多數並非永久待在監獄裡。我不時會接到受刑人的來信，向我保證他們一旦出獄便會來找我。信裡總是說他們有多麼欣賞我的長相、談話，或者穿著，非設法見我一面不可。

可悲的是，並非只有警探、犯罪側寫專家，或首席法醫才會成為犯罪者潛在的掠奪目標，絕大多數受害者都是脆弱無助的，他們可能正在車內、抱著購物袋進屋子，或者正穿越停車場。就像有人說的，他們只是在錯誤的時間出現在錯誤的地點。我登入美國線上網的信箱去查看露西寄來的管制局檔案庫資料。我列印了資料，然後又回到廚房去倒咖啡。

我正考慮要吃什麼，馬里諾走了進來。他已經穿上衣服，襯衫下襬露出，鬍渣滿臉。

「我要走了。」他伸著懶腰說。

「要咖啡嗎？」

「不了，在路上吃，也許到利柏瓦倫餐廳。」他說。關於他的飲食習慣我們已經討論得太多。

「謝謝你留下來陪我。」我說。

「小事一樁。」

他朝我揮揮手便離開了。我立刻重新開啟警報器，然後回到書房。只見報表紙不斷湧出，數量多得嚇人。印完五百多頁之後我添了紙張，接著印表機又持續運轉了三十分鐘。裡頭包括縱火案的相關姓名、日期、地點和調查員的陳述，加上現場繪圖和化驗室報告，有些還包含了照片，要看完這疊資料至少得花去我這一整天時間。我開始覺得這做法恐怕過度樂觀，到頭來只是浪費時間。

我正在看第十一、十二份檔案的時候，門鈴突然響了。我並未和誰有約，鄰居也極少會突然來訪，我心想可能是本地兒童上門來兜售獎券、雜誌或糖果什麼的。我往影像監視器螢幕一看，意外的發現坎尼斯•史帕克站在門外。

「坎尼斯？」我對著對講機說，難掩心中的訝異。

「史卡佩塔醫生，抱歉打擾，」他面向電子攝影機說。「我有急事必須找妳談。」

「我馬上來。」

我匆匆穿過客廳去開門。一身發皺卡其褲和汗濕綠色馬球衫的史帕克顯得十分疲憊。他腰間配著行動電話和呼叫器，手拿著拉鍊式鱷魚皮檔案夾。

「請進。」我說。

「或許妳會奇怪警衛為何讓我通過大門，」他說。「其實妳的鄰居我大部分都認識。」

「我煮了咖啡。」

我們走進廚房時我聞到他身上的古龍水氣味。

「我必須再次請妳原諒我的冒昧，」他說，語氣十分懇切。「我實在不知道該找誰好，史卡佩塔醫生。我也擔心如果我事先徵求妳的同意，妳會不肯見我。」

「也許吧。」

我從餐櫃裡取出兩只馬克杯。

「要加什麼嗎？」

「我喝黑咖啡。」他說。

「要不要吐司或什麼？」

「不用了。謝謝。」

我們坐在靠窗的桌邊，我打開廚房後門，因為屋裡似乎突然悶熱起來。我內心暗暗焦慮，因為史帕克畢竟是謀殺案嫌犯，而我身為執法人員，竟在這周六早晨和他單獨共處一室。他把檔案夾擱在桌上，拉開拉鍊。

「我想妳應該非常熟悉調查工作的所有細節。」他說。

「老實說，我不可能什麼都知道。」

我啜了口咖啡。

「我並不天真，坎尼斯，」我說。「舉個例，如果你沒有影響力，就不可能輕易進入這社區，更不可能坐在這裡。」

他從檔案夾裡抽出一只厚紙信封，推到我面前。

「這是照片，」他輕聲說。「克萊兒的。」

我猶豫起來。

「這幾天我都待在我那間海灘小屋。」他解釋。

「萊茲維爾海灘？」我說。

「是的。我記得這些照片是放在一只檔案櫃抽屜裡。我們分手以後我就沒去動過，連想都沒想到。是別人替她拍的，細節我不記得了，是我們剛開始約會的時候她送給我的。我記得告訴過妳，她擔任過攝影模特兒。」

我從信封裡取出那一疊大約二十張八乘十彩色照片，頓時眼睛一亮。史帕克在貓頭鷹農場所說的話果然是事實，克萊兒・羅禮真是個外貌出眾的女孩。她站在沙灘上，身穿慢跑短褲和露出美麗胸脯的緊身背心，一頭長髮有如金色瀑布般直瀉至半腰。右手腕戴著只像是潛水錶、有著黑色塑膠錶帶和橘色錶面的大型手錶。克萊兒・羅禮美得宛如北歐女神，容貌令人驚艷，銅色胴體充滿感官魅力。她背後的沙灘上有一塊黃色滑水板，更遠處是亮閃的海水。

其他照片是在別的場景拍攝的。有的是在南方哥德式宅邸的門廊前，或者坐在蔓草叢生的墓園或花園的石凳上，或者在威明頓的捕魚船上被風霜滿臉的男人們圍繞著扮演辛勤工作的漁夫角色。有些姿勢相當生澀不自然，但那無妨。總之克萊兒・羅禮稱得上是人類形體之美的典範，一件藝術傑作，只不過她的眼神始終透著難測的憂傷。

「不知道這些對你們有沒有幫助，」沉默許久之後史帕克說。「因為我不曉得你們看見的是什麼，我的意思是……唉。」

他用食指不安敲擊著桌面。

「像這類案件，」我冷靜的告訴他。「目擊指證幾乎是不可能的，誰也不敢說這些東西會發揮什麼作用。不過至少我從這些照片裡頭還找不出任何證據足以顯示那具屍體不是克萊兒・羅禮。」

我再度瀏覽著照片，想看清楚她是否戴了首飾。

「她戴的這只手錶很有趣。」我說著逐一檢視著所有照片。

他笑了笑，湊近細看，然後嘆了口氣。

「是我送她的，滑水的人常戴的流行款式。名稱很奇怪，好像叫『阿尼馬』？發音對嗎？」

「我的外甥女或許也戴過這種手錶，」我說。「不算太貴吧？大概八、九十元？」

「我不記得付了多少錢，不過是在她常逛的一家滑水用品店買的。南盧米納大道的甜水滑水用品店，就在維多披薩店、紅狗酒吧和巴迪螃蟹酒吧附近。她和幾個女孩在那裡租房子住，在史東街一棟不太高級的公寓裡。」

我做了筆錄。

「可是那裡接近海邊，她喜歡那個地點。」

「首飾呢？她戴過什麼首飾讓你印象深刻的？」

他想了一下。

「例如手鍊之類的？」

「我不記得了。」

「鑰匙圈呢？」

他搖搖頭。

「戒指呢？」我又問。

「她有時候會戴一些奇形怪狀的戒指。妳知道，就是那種銀製的便宜貨。」

「有沒有白金戒環的？」

他有些猶豫，似乎相當吃驚。

「白金？」他問。

「是的，而且是大尺寸。」

他低頭望著雙手。

「事實上很可能是你的尺寸。」

他往椅背一靠，仰望著天花板。

「老天，」他說。「一定是她拿走了。我有一只款式簡單的白金戒指，以前和克萊兒在一起的時候常戴的，她經常取笑我跟自己結婚。」

「所以是她從你的臥房裡拿走的？」

「放在臥房的一只皮革盒子裡，一定是她拿了。」

「你可知道你屋裡還不見了什麼東西？」我接著問。

「我收藏的槍枝當中有一支不見了，其他的菸酒槍械管制局都已經找到。當然全都燒毀了。」

他說著沮喪起來。

「什麼槍？」

「凱立克衝鋒槍。」

「但願沒有流落到街上才好。」我憂心的說。

凱立克衝鋒槍是一種輕型機槍，外型像烏茲，頂端裝置著筒形大彈匣，九釐米口徑，能夠發射多達一百發子彈。

「這些你都必須向管制局報告才行。」我對他說。

「有部分我已經說了。」

「不是部分，必須全部說清楚，坎尼斯。」

「我了解，」他說。「我會的。可是我必須知道那是不是她，史卡佩塔醫生。這是我目前最關注的。我得向妳坦承，我打了電話到她的公寓，她的室友們都說已經超過一週沒看見她了。她最後一次在那裡過夜是在大火發生前的那個週五晚上，也就是前一天。接電話的那個女孩說，她在廚房遇見克萊兒的時候，覺得她顯得有些失神且心情低落，說她並沒提到要出門。」

「看得出你是個不錯的調查員。」我說。

「倘若妳是我，難道不會這麼做？」他問。

「會的。」

我們四目相覷，我感受到他的痛楚。細小的汗珠沿著他的髮線滲出，說話時似乎唇舌乾燥。

「回來談這些照片吧，」我說。「這些照片究竟是為了什麼目的拍攝的呢？她是替誰擔任模特兒？你認識嗎？」

「我依稀記得是本地人，」他的視線越過我遊向窗外。「她告訴過我，好像是某個商會的活動，為了替海灘打廣告的。」

「她把照片給你是基於什麼理由？」

我繼續研究那些照片。

「只是因為她喜歡你？為了吸引你的注意？」

他苦笑著。

「我也希望原因就這麼單純，」他回答。「其實是因為她知道我有影響力，而且認識一些電影界的人吧，我想請妳保管這些照片。」

「所以她是希望你能幫助她開創事業。」我抬頭問他。

「當然。」

「你幫了她嗎？」

「史卡佩塔醫生，對於我所提攜的人，我必須非常謹慎，這是很簡單的道理，」他坦率的指出。「拿著我年輕美麗情人的照片到處示人，期待對她的事業有所助益，這恐怕不是很恰當的做法。我習慣讓感情的事保持低調。」

他撥弄著馬克杯，露出不以為然的眼神。

「我從不到處宣揚自己的私人感情，而且我要說，妳千萬別相信媒體報導的那些。」

「我從來就不相信，」我說。「這方面我的體會比任何人都來得深切，坎尼斯。老實說，我對你的私人生活興趣不大，倒是很想知道，你為何決定把這些照片交給我，而不是交給佛奎爾郡警方或者管制局。」

「原來如此。」

他篤定望著我，回答說，「為了我剛才提過的身分辨識的理由，也因為我信任妳，其實這才是我考慮的重點所在。儘管我們有著歧異，我知道妳絕沒有未審就入人於罪的偏見。」

這話讓我益發感到不安，暗暗希望他能主動離去，免得我必須下逐客令。

「妳知道，把所有罪名派給我是很方便。外面有些人早就看我不順眼，多年來只等著看我聲名全毀、坐牢或死掉。」

「和我一起工作的夥伴們沒人會這麼想的。」我說。

「我擔心的不是妳、馬里諾或管制局的人，」他迅速回答。「而是一些握有政治勢力的派系、白人優越主義者、好戰分子，跟他們秘密勾結的都是些有頭有臉的大人物。相信我。」

他別過頭去，緊咬著牙。

「這回佈局是衝著我來的，」他說。「如果沒人把這案子查個水落石出，我的死期也就不遠了，我清楚得很。一個狠得下心來屠殺無辜馬兒的人什麼事都幹得出來。」

他顫抖著嘴唇，眼裡泛出淚光。

「活生生把牠們燒死！」他大叫。「什麼樣的惡魔做得出這種事來！」

「非常可怕的惡魔，」我說。「這些年像這樣駭人的惡魔似乎越來越多了。你能談談那匹小馬嗎？就是我在火災現場看見的那匹？我猜可能是從你的馬廄逃出來的那匹？」

「風頌，」他說，一如我的預期。他拿餐巾擦拭著眼睛。「漂亮的小傢伙。其實牠已經一歲了，是在農場裡出生的，牠的雙親都是非常名貴的馬，可是都被燒死了。」他又硬咽起來。

「風頌是怎麼逃出去的，我也不知道，真的很奇怪。」

「會不會是克萊兒——假設那個女人真是克萊兒——將牠放到室外，結果來不及把牠帶回馬廄？」我推測著說。「也許她到農場作客的時候看過風頌？」

史帕克深吸了口氣，揉著眼睛。「不，那時候風頌還沒出生。我還記得克萊兒到我農場的那幾次，風頌的母親還在懷孕期間。」

「那麼克萊兒也許會推想風頌就是風產下的小馬。」

「或許她會這麼推測吧。」

「現在風頌在哪裡？」我問。

「感謝老天，牠已經被捉到並且帶回貓頭鷹馬場了。牠在那裡很安全，也會受到妥善照顧。」

馬兒的話題讓他非常難過，我認為他不是在作戲。儘管史帕克是個老練的公眾人物，但我不相信他會有這麼純熟的演技。他的自制力即將崩解，他極力把持著，但就快降服了。他推開椅子，在桌邊站了起來。

「還有一件事我必須告訴妳，」我陪他走向大門時他說。「如果克萊兒還活著，我相信她一定會嘗試和我聯絡，至少也會寫封信什麼的。尤其當她聽到火災的消息時，她不可能不知道的，雖說她自己困難也不少，但她非常體貼。」

「你最後一次看見她是什麼時候？」我打開大門。

史帕克直視著我的眼睛，讓我無法不再度感受到他強大的人格魄力，不只具有威嚴，甚至令人卻步，直到現在他還是令我畏懼的人物。

「大約一年前吧。」

他的銀色查拉基吉普車停在車道上。我等到他進了車才關上大門，不知道我的鄰居們萬一認出他來會怎麼想。換個時空我也許會一笑置之，可是他這次到訪絲毫沒有好玩的成分。我的最大疑問是，他為何親自跑來，而不是把照片寄給我。

不過話說回來，他對這案子的急切態度也是正常的。他並沒有運用他的權勢或影響力來操控我，也並未試圖改變我對他的觀感，甚至感覺。至少我看不出來。

11

我熱了咖啡然後回到書房。我坐在我的人體工學座椅上，一次又一次慢慢研究著克萊兒・羅禮的照片。如果說她是死於謀殺，為何要安排在一個如此特異的地點？

就算是史帕克的仇敵策劃的，可是剛好就選在她意外出現在農場的時候下手，也未免太巧了吧？還有這些種族主義者真的會冷酷到只為了懲罰農場主人，而把那群馬活生生燒死？

想不出答案。於是我繼續看管制局的檔案，花了好幾小時逐頁翻閱，看得我兩眼昏花。檔案中包括了教堂焚燒案、住宅和商業大樓縱火案，還有一連串起火點都在同一球道的保齡球道起火案，許多公寓、酒廠、化學公司和工廠燒成灰燼。所有案例的起火原因不明，皆不排除人為縱火的可能性。

至於其中的謀殺成分，可說相當不尋常，而且多半是由無知的竊賊或配偶犯下的。他們不了解，當火場中的全家人失蹤並且在燒焦的瓦礫中起出骨頭碎片的時候，警方很可能會介入調查。再者，起火前已經死亡的人不會吸入一氧化碳，X光照射時腦部也不會發現子彈。到了晚上十點鐘，我總共發現兩個值得注意的死亡案例。一件發生在三月，另一件比它早六個月。較近這件的案發地點是在巴爾的摩，死者是一個名叫奧斯丁・哈特的二十五歲男性。他是約翰霍普金斯醫學院的四年級學生，在距離校園不遠的住宅火災中死亡。當時正值春假，只有他獨自在家中。

根據警方記錄，起火時間是在週日晚上，等到消防隊趕到時已是一片火海。哈特的遺體嚴重燒毀，唯一辨識身份的依據是生前和死後X光片所顯示的齒根、齒槽小樑骨的相似點。起火點在一樓的浴室，沒有電弧現象，也沒偵測到助燃劑。

當時菸酒槍械管制局應巴爾的摩消防局之邀介入了這案子。令我好奇的是，婷安・麥高文也從費城被召來貢獻她的專業，經過數週艱辛的餘燼篩檢、人證訪談，以及管制局洛克維爾化驗室的協助，所獲得的證據顯示這場火災以人為縱火的成分居多，死者則是凶殺案受害者。只是兩者都無法得到證實，火災模擬也無法解釋，裡頭只有磁水槽和馬桶、窗帘，以及裝有塑膠浴簾浴缸的磁磚地板小浴室如何能夠燃起這樣一場猛烈的大火。

比此案子更早，也就是十月間的加州威尼斯海灘火災，同樣發生在晚間，地點就在距離著名的馬索海灘健身房十條街不到的一間海灘木屋。死者瑪琳・法柏是個女演員，二十三歲，偶爾在肥皂劇和情境喜劇中演些小角色，主要收入來源是拍攝電視廣告。這場火災燒毀了她那間杉木屋頂房子，然而起火原因就如同奧斯丁・哈特案一樣模糊不可解。

當我讀到火災的起火點據判是在這間舒適木屋的大臥房時，我的腎上腺素驟然激增。死者屍體嚴重缺損，只剩一堆鈣化的白骨，而生前和死後X光片比對工作也只是根據她兩年前照射的一張體檢胸腔片。她的身分辨識基本上只依據肋骨鑑定。火場沒有助燃劑，也無法解釋浴室中為何會瞬間燃起直達二樓的八呎高火焰。可以確定的是，光靠裡頭的馬桶、浴缸、水槽和擺放盥洗用品的洗手台是不夠的。根據全國氣象衛星資料，在火災發生前四十八小時，該地點一百哩範圍內也沒有閃電雷擊現象。

接近凌晨一點鐘，我正啜著杯碧諾瓦紅葡萄酒，邊苦思著諸般疑問，馬里諾突然來了電話。

「妳還沒睡？」他說。

「有差別嗎？」

我苦笑，因為他每當這種時候打電話給我總要問這麼一句。

「史帕克擁有四支M-10衝鋒槍，大概是以每支一千六百元的價格買進，還有一顆用一千一百元買的地雷，和一支MP40輕機槍。還有，聽好了，九十顆空手榴彈。」

「我在聽。」我說。

「他說他偏愛二次世界大戰的武器，已經收集很久了，跟他五年前從肯塔基一家倒閉的酒廠購入大批波本酒同樣是基於興趣。但他買那些波本只是小事一樁，和其他事情相較下，誰有功夫理會這個？至於那些槍械，他全部都申請了執照並繳了稅，因此這方面的記錄他毫無問題。不過華倫登一個鬥雞眼的調查員懷疑史帕克長期以來一直在從事秘密活動，販賣軍火給南佛羅里達的反卡斯楚軍團。」

「有什麼根據？」我急於知道。

「妳問倒我了。不過華倫登那些調查員一直像狗追郵差那樣緊咬著這件事。他們的說法是，那個被燒死的女孩發現了史帕克的秘密活動，於是他不得不將她除掉，也意謂著必須毀掉他心愛的一切——包括那些馬。」

「如果他真的在販賣武器，」我不耐的說。「所持有的槍械應該不只是幾把舊衝鋒槍和一堆空手榴彈吧。」

「他們不肯放過他，醫生，因為他是史帕克。這事恐怕還要拖上好一陣子。」

「他那把失蹤的凱立克衝鋒槍呢？」

「妳怎麼知道的？」

「有一把凱立克不見了，對吧？」

「他是這麼說的，可是妳怎麼……」

「今天他跑來找我。」

長長的沉默。

「你們談了些什麼？」他問，似乎困惑極了。「他到哪裡找妳？」

「家裡，不請自來。他帶了幾張克萊兒·羅禮的照片來給我。」

這回馬里諾沉思得更久，久得讓我幾乎以為電話斷了線。

「無意冒犯，」他終於開口。「妳確定妳沒有被人誤導……」

「沒有。」我打斷他。

「好吧，妳從那些照片裡頭看出了什麼沒有？」他退讓一步。

「只看出他的前女友非常美麗動人，頭髮和死者一致，身高和體重也大致相符，她戴的手錶和我驗屍時所發現很類似。她的室友從火災發生前一天開始就再沒遇見過她，當然還無法完全證實，但至少有了一點端倪。」

「威明頓警局調查當地大學，只查出的確有個名叫克萊兒・羅禮的學生，斷斷續續唸了幾年，但是去年秋天就休學了。」

「史帕克和她分手也就在那時候。」

「假設他所說的都是事實的話。」馬里諾指出。

「她的雙親呢？」

「大學不肯向我們透露太多，老問題。我們得申請法院命令，但妳也知道那會有什麼後果。我覺得妳最好找學校教務長或者誰談談，讓他們稍稍放心，一般人都寧願跟醫生打交道而不喜歡警察。」

「那輛賓士的車主呢？我猜他大概還沒現身吧？」

「威明頓警局已經派人守在他的住處監看，」馬里諾回答。「他們從窗戶探視，從郵箱孔聞味道，看屋內是否有腐屍，但截至目前沒有任何發現。這個人好像在空氣中消失了似的，而我們也找不到理由闖進他的屋子。」

「他多大年紀？」

「四十二歲。褐色頭髮和眼睛，身高五呎十一吋，體重一百六十磅。」

「總會有人認識他，或至少在最近看過他的，他不可能就這麼離開診所而沒被任何人瞧見的。」

「目前看來似乎是如此。一些預約病人開車到他那裡，也沒人出來招呼或什麼的，都被他放了鴿子。鄰居至少有一星期沒看見他和他的車子了。沒人注意他什麼時候開車離開，是獨自一人或者跟誰一起。住在隔壁的一位老婦人曾經在六月五日——也就是火災發生前的那個週四——的早上和他說過話。他們剛巧同時出門拿報紙，互相揮手道早安。根據她的說法，他似乎在趕時間，不像平時那麼親切。目前我們就只知道這些了。」

「我在想克萊兒‧羅禮會不會是他的病人。」

「我只希望他還活著。」馬里諾說。

「是啊，」我輕聲說。「我也一樣。」

法醫並非執法人員，而是以屍體為人證，並據以客觀呈現證據的智慧型偵探。不過也有一些時候我並不全然遵循法規或職務界定。

正義高於法條，尤其當我發現真相受到忽略的時候，我會不按牌理出牌。於是在週日清晨吃早餐的時候，我憑著股直覺，決定去探訪在火災前替史帕克的馬群安裝鐵蹄的工匠，修蓋・多爾。

我在水槽邊沖洗咖啡杯時，浸信會懷恩堂和基督教長老教會傳出鐘鳴。我在便條紙裡翻找那位鐵蹄匠的電話號碼，那是管制局一位調查員給我的。我打電話過去時這位鐵蹄匠不在家，接聽的人是他的妻子。我向她介紹了自己。

「他到葛羅吉去了，」她說。「他整天都會待在紅羽角。就在里依路上，河的北邊，不可能找不到的。」

我知道我很可能找不到。她所說的那個地方是維吉尼亞州內一個除了馬場以外幾乎一無所有的區域，而且老實說，那些農場在我看來都一樣，因此我請求她給我幾個地標。

「這個嘛，就在州監獄的河對岸。有許多犯人在那裡的酪農場工作，」她補充說。「妳應該知道那是哪裡了吧。」

不幸的是，我真的知道。過去我曾經多次到過那裡，處理人犯在牢房中上吊或互相殘殺的事件。我打了農場電話，確認我是否可以過去。也許是愛馬人的獨特天性吧，他們對我的工作毫無興趣，只告訴我可以在一座綠色穀倉裡找到鐵蹄匠。我回臥房去換上網球襯衫、牛仔褲和高統靴，然後打電話給馬里諾。

「我很樂意自己去，不然你陪我也可以。」我對他說。

他的電視機正大聲傳出棒球轉播。他把話筒擱下，發出鏗的一聲，呼吸聲清晰可聞。

「爛。」他說。

「我知道，」我贊同的說。「我也很累。」

「給我半小時準備。」

「我去接你，這樣可以節省一點時間。」我提議說。

「可行。」

他住在詹姆士河南邊一個樹林茂密的社區，就在大賣場林立的密德羅申商業區附近。在這一長條商業地段你可以買到手槍、機車、子彈、漢堡，享受無刷洗的洗車服務，打蠟與否任選。馬里諾那棟白色小鋁板屋位在露瑟路上，波涅洗衣店和烏克拉超市的轉角。他在前院插了一支大國旗，後院圍著鐵鍊籬笆，一座車棚裡停放著露營車。

陽光把妝點著馬里諾住屋周圍的聖誕燈泡映得閃亮，沒插電的五彩燈球纏繞著灌木叢和樹木，起碼有好幾千盞。

「我還是覺得你應該把這些燈泡收起來。」他出來開門時我再次對他說。

「是啊，然後在感恩節快到的時候再把它們拿出來，」他一如往常的說。「妳可知道那有多費事嗎，尤其這些燈泡的數量每年都在增加？」

他對這件事著了魔，甚至買了專用的保險絲盒。他的聖誕裝飾品包括八隻馴鹿拉著的聖誕老人、快樂雪人、枴杖糖、玩具兵和擺在庭院中央對著麥克風高唱聖誕頌歌的貓王。馬里諾的展示品已經壯大到從數哩外便可以看見他院子裡的燈光閃耀，而他的住處也成了里奇蒙的正式觀光地點之一。直到現在我仍然非常驚訝，像他這麼個憤世嫉俗的人竟然毫不在意成列的汽車、轎車開到他門前，還有酒醉的人們開他的玩笑。

「我還是不懂你到底怎麼回事，」他上了我的車，我說。「兩年前你絕不會做這種事。可是一轉眼，你把自己的家變成了嘉年華，我真替你擔心，至於電線走火的危險性那就更別提了。我知道這話我說過很多次了，可是我真心覺得……」

「也許我也是真心覺得。」

他繫好安全帶，掏出香菸。

「要是我突然開始像這樣佈置我的房子，整年亮著燈泡，你會有什麼反應？」

「跟如果妳突然買了休旅車、在地上挖了游泳池，然後每天吃垃圾食物的反應一樣。我會認為妳瘋了。」

「這就對了。」我說。

「聽著。」

他轉動著那根還沒點燃的香菸。

「也許我已經到了生命中某個非贏即輸的關頭吧，」他說。「我懶得管別人怎麼想，人只能活一次。真是的，反正誰知道我還能撐多久呢。」

「馬里諾，你真的很變態。」

「這叫務實。」

「現實情況是，如果你死了，你的屍體會送到我這邊來，躺在我的工作台上。這應該會讓你想活久一點吧。」

他沒說話，只凝視著窗外。車子沿著六號道路經過古齊蘭郡遍佈著濃密樹林、數哩範圍不見車輛的原野。天氣十分晴朗，但透著點潮濕和溫熱。許多樸實的房舍有著錫皮屋頂和優雅的門廊，庭院裡立著鳥亭。綠蘋果從撓曲的枝椏垂向地面，向日葵祈禱似的彎下沉重的頭冠。

「老實說，醫生，」馬里諾說。「這就像某種預感還是什麼的，我看見我的生命不斷在縮短。我回想自己這一生，我覺得活得夠久了。就算我什麼都不做，也已經夠了，妳懂嗎？在我腦海裡，我可以清楚看見前面那堵牆，牆的後面什麼都沒有，我的路已經走完了，我出局了，問題只是時間早晚罷了，所以我決定想做什麼就做什麼。這是應該的，不是嗎？」

我不確定該說什麼好。想到他那間花俏的聖誕屋，我不覺濕了眼角，所幸我戴了墨鏡。

「別讓這預感成真，馬里諾，」我平靜的說。「有些人一直擔心某件事會發生，把自己弄得緊張兮兮，結果就變成真的。」

「就像史帕克。」他說。

「我實在不懂這跟史帕克有什麼關係。」

「也許他就是一直想著某件事，結果就真的發生了。想像自己是個到處樹敵的黑人，擔心那些渾蛋要奪取他的一切，結果就自己動手燒了房子，連自己的愛馬和女友都不放過。最終當然是一無所有。保險金無法補償他所失去的一切，這是一定的。但事實上史帕克無論如何都輸定了，就算沒失去生命中摯愛的一切，也遲早要死在監獄裡的。」

「如果光談論縱火案，我會懷疑是他放的火，」我說。「可是這案子還牽涉到一個遭到謀殺的年輕女人，還有被燒死的馬群。這讓我無法不謹慎思考。」

「聽起來很像辛普森。富有又有權勢的黑人，他的前白人女友被割喉。兩者的雷同難道沒讓妳渾身不自在？對了，我要抽菸，我會把煙吐到窗外。」

「如果說坎尼斯・史帕克有意謀殺他的前女友，為什麼不選個跟他無關的地點動手？」我脫口而出。「為什麼要毀掉自己的所有財物，讓各種證據指向自己？」

「我也不知道，醫生。說不定情況失去控制，搞砸了，說不定他原本沒打算傷害她或者燒掉房子。」

「在我看來，這場火災一點都不像是衝動放火造成的，」我說。「我認為縱火的人非常清楚自己在做什麼。」

「要不就是他運氣太好了。」

陽光和陰影在窄路上交織成黑白斑紋，在電話線上棲息的鳥群令我聯想起五線譜。我把車停在掛著北極熊招牌的北極餐廳，突然想起有幾次曾經在古齊蘭郡幾次出庭作證之後和一些警探、法醫的聚餐。他們都已經退休，而那些謀殺案件也已變得模糊，因為我腦中已經累積了太多案子。想起那些人和以往的同事，我突然有些傷感。紅羽角就在這條長碎石路的盡頭。此時車子正朝向那座俯瞰著詹姆士河的壯觀農場行駛。車子蜿蜒著經過白色籬笆，裡頭大片牧草原上殘留著一堆堆乾草。

那棟白色邊框、有著傾斜外觀的三層樓房像是上世紀的建築，爬滿藤蔓的糧倉也似乎歷史悠長。遠方草原上漫步著幾匹馬。我們停車時看見那座紅泥騎馬場是空的。馬里諾和我走進一間綠色穀倉，循著鐺鐺的鐵鎚敲擊聲一路找過去。許多漂亮的馬兒從馬廄探出頭來，我忍不住伸手撫摸那些獵馬、純種馬和阿拉伯馬絲緞般的鼻樑。我停下來對一匹小馬和牠母親呢喃說著話，牠倆睜大色眼珠盯著我瞧。馬里諾離得遠遠的，不停揮著蒼蠅。

「欣賞是一回事，」他說。「可是我被咬過一次，我受夠了。」

飼料室裡一片寂靜，木牆上掛著鐵耙和水管，門後方吊著許多毯子。一個穿戴著騎馬裝和騎士帽的女人在裡頭，拎著只英式騎鞍。

「早安，」我說。遠處的鐵鎚聲突然靜了下來。「我在找鐵蹄匠，我是史卡佩塔醫生，」我又補充。「我打過電話。」

「他在那邊。」

她手指著說，沒有停下的意思。

「對了，黑蕾絲的燒好像退了許多。」她加了句。她顯然以為我是獸醫。

馬里諾和我繞過轉角，看見多爾坐在矮凳上，將一匹白色母馬的右前蹄子緊夾在膝蓋之間。他頭頂光禿，肩膀手臂渾厚，身上圍著條像是牛仔護腿套褲的皮革工作圍裙，渾身熱汗和污泥。他正把鋁質馬蹄裡的鐵釘拔出來。

「你們好。」他向我們招呼。馬兒的耳朵抽動了一下。

「午安，多爾先生。我是史卡佩塔醫生，這位是彼德•馬里諾隊長，」我說。「你的妻子告訴我可以在這裡找到你。」

他抬頭看我。

「大家都叫我修蓋，這才是我的名字。妳是獸醫？」

「不是，我是法醫，馬里諾隊長和我正在調查華倫登的案子。」

他臉色一沉，把那只舊鐵蹄丟到旁邊。然後他從圍裙口袋裡摸出一把弧形刀子，開始削蹄叉，直到大理石白的馬蹄露出底下部分。卡在裡頭的一顆石頭被剔了出來。

「無論是誰幹的，都該抓去槍斃。」他說著從另一邊口袋取出鉗子來，修剪著蹄子周邊。

「我們正在盡力追查真相。」馬里諾對他說。

「我的任務是確認那位死在火場裡的女士的身分，」我解釋，「以及她究竟出了什麼事。」

「例如，」馬里諾說。「她為什麼會在那房子裡。」

「我也聽說了，很奇怪。」多爾回答。

這時他開始使用銼刀磨蹄子，那匹母馬不悅的撇著嘴唇。

「不懂怎麼會有人跑進他的屋子裡。」他說。

「據我了解，你幾天前曾經到過他的農場？」馬里諾繼續發問，邊做筆記。

「火災是在週六晚上發生的。」多爾說。

最後他用鐵刷清洗馬蹄底部。

「我是在週四白天到那裡的，跟往常一樣只是去辦事。我替八匹馬修了蹄子，並且照料了另一匹得了白線病的馬，牠的蹄子感染了細菌，我給牠塗了些甲醛——妳應該懂的。」他對我說。

他放下母馬的右腿，換上左腿。馬兒微微扭了一下，擺動著尾巴，多爾輕拍牠的鼻子。

「這樣可以讓牠反省一下，」他向我們解釋。「今天牠不太好過。牠們就跟小孩子一樣，會用盡各種方法試探你。你以為牠們愛你，其實牠們只是想得到食物。」

母馬轉動著眼珠，露出牙齒，讓鐵蹄匠替牠拔出更多鐵釘。他邊說話邊以驚人的速度工作著。

「你可曾見過一位年輕女性去探訪史帕克？」我說。「高個子，長長的金髮，非常漂亮。」

「沒有，每次我們都只待在馬房裡。他總是盡力幫我忙，對那些馬寵得要命。」

他再次拿起削蹄子的弧形刀。

「至於那些說他到處胡搞的報導，」多爾說。「我從來不看的，他似乎一向是獨來獨往的。起初我也很驚訝，因為他畢竟是名人。」

「你替他工作多久了？」馬里諾問，換了個表示一切由他主控的姿勢。

「連續六年了，」多爾抓起銼刀說。「一個月總有好幾次。」

「上週四你見到他的時候，他有沒有提起要出國的事？」

「當然，所以我才跑那一趟的，因為第二天他就要啟程去倫敦了。加上他的馬伕剛剛離職，我晚點去的話就沒有人手幫我了。」

「那名受害者似乎是開著輛藍色舊賓士去的。你可曾在他的農場看過這類型的車子？」

多爾連帶著矮凳子後退，順手移動著工作箱，然後抬起馬的後腿。

「我不記得看過那種車子。」

他又丟開一只馬鐵蹄。

「沒見過。對你剛才說的那種車型沒印象。等等！」

他一手擱在馬的臀部來穩住牠。

「牠的腿有問題。」他對我們說。

「牠叫什麼名字？」我問。

「茱莉布朗。」

「你的口音不像本地人。」我說。

「我生長在南佛羅里達。」

「我也是，邁阿密。」我說。

「那確實是南方，幾乎算是南美洲了。」

12

一隻比哥獵狗跑了進來，在鋪滿乾草的地面到處嗅聞，撥弄著馬蹄刨屑。茉莉布朗優雅的將另一隻後腿擱在蹄架上，好像在美容院裡等著修指甲那樣。

「修蓋，」我說，「這場大火有許許多多的疑點。火場裡發現了屍體，可是史帕克的屋裡原本不該有人的。那位女性受害人是我的職責所在，我必須盡一切力量查出她為什麼會在那裡，以及起火的時候她為何沒逃出去。你很可能是火災發生之前最後一個到農場去的人，我請求你盡量回想當天的情景，看是不是能記起什麼不尋常的蛛絲馬跡來——就算一點點也好。」

「沒錯，」馬里諾說。「例如你有沒有看見史帕克神秘兮兮的在講電話？或者像是在等人到訪？或者提到克萊兒・羅禮這個名字？」

多爾起身，往母馬的後臀又拍了幾下。我本能的和牠那強有力的後腿保持距離。那隻比哥獵狗衝著我低吠起來，好像我突然變成了陌生人。

「過來，小傢伙。」

我彎下腰，向牠伸出雙手。

「史卡佩塔醫生，我看得出來妳信任茉莉布朗，牠也知道。至於你——」他朝馬里諾點了點頭，「你很怕牠們，而牠們也感覺得到。只是告訴你一聲。」

多爾說著往外走。我們跟著他，馬里諾貼著牆壁，走在一匹起碼有十四個手掌高度的馬兒後面。鐵蹄匠轉過屋角，到了他停車的地方。那是一輛紅色小卡車，後面備有一具燃燒丙烷的鍛爐。他扳動把手，藍色火焰瞬間跳出。

「由於牠的腿不太好，我必須給牠的蹄子釘夾子來固定，有點像是人的矯正梏具。」他說著用鉗子夾起一只鋁質馬蹄，在火焰上加熱。

「我通常會數五十下，除非爐子太熱，」他說。這時我聞到一股金屬燒熱的氣味。「這時我會改數三十下。鋁金屬沒有顏色變化，所以我只是讓它稍微加熱軟化。」

然後他把鐵蹄移到鐵砧上，開始鑿孔，然後安上夾子並且用槌子敲平。接著他用研磨機磨平尖銳的部分，這機器的噪音很像史特萊克電鋸。多爾似乎是在藉機拖延，利用時間思索該如何應付我們。他對史帕克的忠誠是毋庸置疑的。

「最起碼，」我對他說，「這位女士的家人有權利知道真相，我必須通知他們她的死訊。但我必須先確定她的身分才能這麼做。而且他們一定會問我她究竟出了什麼事，因此我必須釐清真相。」

他沒回應，我們跟著他回到茉莉布朗那裡。牠剛剛排泄了而且踏在糞便上面，他氣惱的拿了支舊掃帚把它掃開。那隻比哥獵狗在一旁閒逛。

「要知道，馬的最大的防衛就是逃跑，」多爾終於開口，重新拉起馬的前腿夾在膝蓋之間。「牠一心只想逃走，你還以為牠有多愛你呢。」

他把釘子釘入馬蹄裡，將穿出蹄子表面的釘尖敲彎。

「如果你把人逼到死角，會發現每個人都差不多。」他又加了句。

「但願我沒讓你覺得受到逼迫。」我撫摸著獵狗的後腦杓。

多爾用夾鉗把鐵釘的尖銳末梢扳彎並且敲平，從容思考著答案。

「安靜，」他對茱莉布朗喊了聲。空氣中瀰漫著濃烈的金屬和糞便氣味。「問題是，」他拿圓鐵鎚敲著說。「你們兩個突然跑來，以為我會無條件的信任你們，好像自以為能立刻學會替這匹馬修鐵蹄一樣。」

「你有這感覺是很自然的。」我說。

「我沒想過要替這匹馬裝鐵蹄，」馬里諾說。「想都不敢想。」

「牠們可以把你咬住，丟得老遠。馬愛磨蹭，牛愛踢人，用尾巴甩你的眼睛。最好讓牠們知道你是老大，不然你就麻煩了。」

多爾直起腰桿，揉著背脊，回到鍛爐那裡去加熱另一只鐵蹄。

「聽著，修蓋，」我們一路跟著。馬里諾說，「我請求你協助是因為，我認為你會樂意這麼做。因為你關心那些馬，也關心有人喪生火窟。」

鐵蹄匠到卡車上的工具箱裡翻出一塊新鐵蹄來，用鉗子夾著。

「我充其量只能說說我的個人想法。」

他把鐵蹄移到火焰上方。

「洗耳恭聽。」馬里諾說。

「我認為這是一樁計劃性的行動，這個女人也參與其中，只是最後沒能逃出來。」

「你認為她是縱火犯。」

「其中一個，可是她運氣不佳。」

「你為何會這麼想呢？」我問。

多爾把溫熱的鐵蹄壓出蹄形。

「要知道，史帕克先生的生活方式讓不少人看不順眼，尤其是像你們這位女納粹之流的人。」他說。

「我還是不懂你憑什麼認為這位女士會參與陰謀。」馬里諾說。

多爾停止伸懶腰，開始轉動腦袋，轉得頸子喀喀作響。

「說不定做這案子的人不知道他出國去了。他們找了個女孩來替他們打前鋒開門，一個跟他有過一段情的女孩。」

馬里諾和我讓他盡情發言。

「他不是那種會拒絕別人的人，事實上，我認為他待人太寬厚了，有時反而對自己不利。」

研磨和敲擊的金屬聲彷彿加重了鐵蹄匠的憤怒，浸入冷水中的炙熱鐵蹄嘶的發出警告似的輕柔嘆息。他一聲不吭的回到茉莉布朗那裡，再度坐回凳子上。他替馬安上新鐵蹄，銼平粗糙的銳角然後拿出槌子。母馬有點不安，但更多的是感覺乏味。

「我還要告訴你們一件事情，可以印證我的說法的，」他手也不停的說。「那個週四我到他農場去的時候，看見有一架直升機在頭頂盤旋。看起來不像在給農作物撒肥料，史帕克先生和我都想不透它到底是迷路了，還是找不到地方降落。那架直升機就在空中繞了大約十五分鐘，最後朝著北方飛走。」

「什麼顏色？」我記起來曾經在火場那裡看過一架直升機。

「白色，很像一隻白色蜻蜓。」

「類似小型的活塞式引擎直升機？」馬里諾問。

「我對飛機懂得不多，不過，沒錯，那架直升機是很小，大概只有兩個座位吧，我猜。機身沒有漆編號，很奇怪對吧？就好像是想從空中窺探什麼似的。」

比哥獵狗眼睛半瞇，頭在我鞋子上靠著。

「之前你從來沒見過那架直升機出現在農場？」馬里諾問。我看得出他也憶起了那架白色直升機，但似乎並不怎麼感興趣。

「沒看過，隊長。華倫登不時興玩直升機，會嚇到馬群。」

「這地區有一個航空站，還有飛行表演小組和許多小型私人機場。」馬里諾補充說。

多爾又站起。

「我只是盡量把我知道的告訴你們。」他說。

他從後褲袋掏出一條印花手帕來抹臉。

「我已經盡力了。真是的，弄得我渾身酸痛。」

「最後一個問題，」馬里諾說。「史帕克是個企業界名人，他一定也偶爾會用到直升機，例如趕赴機場什麼的。他那座農場的位置畢竟相當偏僻。」

「當然，那些直升機都直接降落在他的農場上。」多爾說。

他久久打量著馬里諾，眼神充滿懷疑。

「有沒有跟你看見的那架白色直升機相似的？」馬里諾又問。

「我說過了，我從來沒看過那架直升機。」

多爾瞪著我們。茉莉布朗則跟牠的繩套纏鬥著，露出污黃的長牙。

「還有，」多爾說。「要是你們想羅織史帕克先生罪名，以後就別來煩我了。」

「我們不想羅織任何人罪名，」馬里諾反駁說。「我們只想知道真相。就像他們說的，真相會說話。」

「這倒是個好消息。」多爾說。

我滿懷心事開車回家，在腦中整理著已知和剛剛聽來的種種訊息。馬里諾也提出他的論點，車子越接近里奇蒙，他的情緒越是低落。當我們進入他的車道，他的呼叫器響起。

「直升機的事太突兀了，」我把車停在他的卡車後面。他說，「或許根本不代表什麼。」

當然有此可能。

「又怎麼了？」

他拿起呼叫器，看了眼上面顯示的電話號碼。

「可惡，又有事了。妳最好跟我一起進屋子。」

我不常進入馬里諾的房子，上次來好像是感恩節，我拿自製麵包跟一盒特製燉肉來看他。當然那時候他已經佈置了滿屋子的奇特裝飾，連屋內都掛著燈泡，擠了好幾棵聖誕樹。我還記得有一列電動火車繞著飄雪的小鎮打轉。馬里諾用酒精度百分之五十的維吉尼亞閃電私釀酒調配了蛋酒。老實說，那天我實在不該開車回家。

此刻他的屋裡有些昏暗空洞。只見絨毛地毯中央擺著他最愛的那張躺椅，火爐上方的層架陳列著他多年來贏得的保齡球獎盃。那台大螢幕電視或許是屋裡最高級的一件家具吧。我陪他進了廚房，一眼看見油膩的爐子，垃圾桶和水槽裡堆得滿滿的。趁他打電話的空檔，我打開熱水，把海綿沾濕然後開始四處清洗。

「妳不必這樣。」他輕聲對我說。

「總得有人做。」

「喂，」他對著話筒說。「我是馬里諾。什麼事？」

他聆聽了一陣子，氣氛緊繃，眉頭深鎖著，臉色轉成緋紅。我開始洗碗盤，數量還真不少。

「他們查得多清楚？」馬里諾問。「不，我的意思是，他們確認了機位嗎？噢，確定？這次他們敢肯定了？是啊，沒錯，沒人記得任何事情。全世界的人都迷迷糊糊的，而且還什麼都看不見，對吧？」

我小心沖洗玻璃杯，再放在毛巾上瀝乾。

「我同意行李的事確實很怪異。」他說。

我用光最後一滴洗碗精，又從水槽下找出一塊乾扁的肥皂來。

「妳到了那裡，」他繼續說。「不妨順便查一下關於一架白色直升機在史帕克農場上空盤旋的事。」他稍稍停頓，然後說。「也許在火災之前，可以肯定的是在那之後也出現過，因為我在火災現場親眼看見了的。」

馬里諾又安靜聆聽了會兒。我開始洗滌叉匙，令我意外的是他突然說，「妳要不要跟妳阿姨說說話？」

我兩手僵在那裡，呆望著他。

「給妳。」

他把話筒遞給我。

「凱阿姨？」

露西似乎和我一樣訝異。

「妳在馬里諾家做什麼？」她問。

「洗東西。」

「什麼？」

「妳那裡還順利嗎？」我問她。

「馬里諾會向妳解釋的。那架白色直升機的事我會查清楚，它總得停在某個地方加油吧，或者曾經和里斯堡的飛航服務站聯絡過，留下了航路訊息，不過我很懷疑。該走了。」

我掛斷電話，突然有種被忽略的感覺，氣憤極了，卻不十分明白為什麼。

「我想史帕克真的麻煩大了，醫生。」馬里諾說。

「出了什麼事？」我焦急的問。

「似乎是火災發生前一天，也就是週五，他出現在杜勒斯機場，準備搭晚上九點三十分的班機。他辦理了行李托運，可是卻沒有在終點站倫敦把行李提走。意思是，他很可能辦了行李托運，在登機門把機票給了空服員，然後轉身離開機場。」

「在國際班機上是會清點旅客人數的，」我提出質疑。「如果他沒登機，他們一定會發現。」

「或許吧，不過他能爬上今天的位子，肯定相當機靈。」

「馬里諾……」

「等等，聽我說完。史帕克的說法是，第二天週六早上九點四十五分他搭的飛機在倫敦希斯洛機場降落的時候，警衛人員已經在那裡等著他。這是英國時間，換算成本地時間是凌晨四點四十五分。警衛告訴他農場失火的事，於是他立刻搭了聯合航空的班機飛回華盛頓，所以才沒去提領行李。」

「人難過的時候是有可能這樣的。」我說。

馬里諾停頓了會兒，緊盯著我瞧。我把肥皂放在水槽邊，擦乾雙手。

「醫生，妳不可以一直袒護他。」他說。

「我沒有。我已經盡量保持客觀了，有些人不見得做得到呢。至少希斯洛機場的安全人員應該會記得見過他吧？」

「不記得，而且我們也想不透機場警衛怎麼會知道火災的事。史帕克對任何事都有一套說辭。他說他在旅行途中經常受到安全人員的特別款待，他們常會到登機門去接他。那天有關火災的新聞上了倫敦當天的早報，預定和史帕克會面的企業界人士打了電話通知英國航空公司，請他們等史帕克一下飛機就轉告他火災的消息。」

「我們派人去找這位企業界人士談了沒？」

「還沒，這只是史帕克的說法。我真不想告訴妳，醫生，可是妳別以為不會有人為了他而說謊。如果他是這整件事情的主謀，我可以向妳保證，他一定計劃得極盡周延。另外我還要補充一點，就是當他抵達杜勒斯機場準備搭機前往倫敦的時候，火災已經發生，那女人也已經死了。誰敢說不是他先殺了她，然後利用某種定時器，在他離開農場以後才點燃大火？」

「這說法很有可能，」我贊同的說。「但也無從證實。除非我們能在調查過程中找到火場中曾經使用某種遙控點火裝置的證據，否則這種事誰也無法肯定。」

「什麼時代了，家裡起碼有一半東西可以當作定時器，鬧鐘、錄影機時間顯示器、電腦，還有數位手錶等等。」

「沒錯，可是總得靠什麼引燃火苗吧，譬如雷管、火花、引信或火焰。」我說。「如果你沒別的東西需要洗的話，」我漠然說。「我要走了。」

「別生我的氣，」馬里諾說。「發生這案子又不是我的錯。」

我在大門前停步，回頭看著他。幾綹稀疏的灰髮垂在光禿汗濕的額頭，臥房裡或許還堆著髒衣服，沒人替他清理，再過一百萬年也不會有。我想起他的前妻桃樂絲，也可以想像她為家務操勞的辛苦。然後有一天，她突然離去並且愛上別的男人。

馬里諾好像體內輸入了不同型的血似的。無論他的用意有多良善，工作表現得多傑出，卻似乎永遠和週遭環境格格不入。而這衝突正一點點侵蝕著他。

「幫我一個忙。」我手擱在門上說。

他用襯衫袖子抹臉然後掏出一根香菸。

「別誤導露西，」我說。「你和我一樣清楚，問題出在本地的執法機關，本地的政治。說到事實真相，恐怕我們連邊都摸不著呢，馬里諾。所以先別急著給人定罪吧。」

「我真的很訝異，」他說。「那個渾蛋千方百計想讓妳丟掉工作，現在妳卻把他當成了聖人？」

「我沒說他是聖人。老實說，我不認為世界上有聖人。」

「萬人迷史帕克，」馬里諾說。「要不是我了解妳，我會以為妳著魔了。」

「這種話我不屑回應。」

我走了出去，很想將門用力甩上。

「是啊，人心虛的時候都是這麼說的。」

他跟著走出大門。

「別以為我不知道妳跟衛斯禮在鬧彆扭……」

我轉過身，手指像槍似的指著他。

「別再說了，」我警告他。「我的事你管不著。還有你敢質疑我的專業就試試看，馬里諾。可惡，你比誰都清楚的。」

我走下階梯，進了我的車子，故意賣弄技巧的緩緩倒車，再我駕著車離去，沒有回頭看他。

13

週一早上，這城市降臨一場狂驟的暴風雨。我開車到辦公室，雨刷急掃著，還開了暖氣除去霧氣。當我打開車窗投代幣時，我的上衣袖子立刻濕了。不巧的是，到了辦公室又發現大樓入口的車庫停著兩輛靈車，我只好把車留在外面，花了十五分鐘衝過停車場，拿鑰匙打開大樓正門，嚐到了惡果。我全身被雨浸濕，頭髮垂下雨滴，走進大樓時鞋子吱嘎的響。

我檢查了日誌，看昨晚有些什麼新案子進來。一個孩童在雙親床上死亡；一個老婦人死於服藥過量；還有一樁和毒品有關的槍擊案，來自城市邊緣地帶的集合住宅區。那裡的治安和開化程度不比市中心。多年來里奇蒙一直名列全美最暴力的城市之一，二十五萬不到的人口，每年發生的凶案卻有一百六十件之多。

警方成為眾人怪罪的對象。甚至當我辦公室所公佈的統計資料不符合政客們的期待，或者刑案審理緩慢的時候，連我也成了埋怨對象。類似的非理性態度時常令我愕然，因為這些當權者似乎沒想過，有一種東西叫做預防醫學，想要遏止致命性疾病，這是唯一管道。例如小兒痲痺症，注射疫苗當然強過治療了。我闔上日誌，走出辦公室，拖著濕鞋子通過空盪的長廊。

來到更衣室，因為我開始有點發冷，於是迅速脫掉濕黏的套裝和襯衫，匆匆換上工作服，越心急越是忙亂。我套上實驗室袍，拿毛巾擦乾頭髮，順手一把將它抹平。鏡子裡的我顯得那麼焦慮疲憊。最近我沒吃好也沒睡飽，對咖啡和酒精也比較沒節制，這些惡習全顯現在我的黑眼圈，另外很大一部分是嘉莉帶給我難以消弭的憤怒和恐懼所造成。我們還不知道她藏匿在哪裡，但在我心中她似乎無所不在。

接著我到了休息室，看見費爾丁在沖泡花草茶，他是不沾咖啡因的。他對健康的執迷讓我更加沮喪，因為我已經超過一週沒運動了。

「早安，史卡佩塔醫生。」他開朗的招呼。

「但願真的平安，」我說著伸手拿咖啡壺。「目前我們的工作量相當輕，我就交給你了。你可以召開內部會議，我有很多事情得忙。」

費爾丁穿著雙折袖黃色襯衫和黑色皺摺寬鬆長褲，搭配色彩活潑的領帶，顯得神清氣爽。他刮了鬍子，氣味很好聞，就連鞋子都擦得晶亮。他不像我，從來不會讓週遭環境干擾他對自身健康的重視。

「我不懂你是怎麼做到的，」我上下打量著他說。「傑克，難道你從來沒有情緒上的困擾，像是沮喪或壓力之類的，或因為酷愛巧克力、香菸或威士忌這些東西而苦惱？」

「我一旦生活放縱就會變得過度關注自己的健康，」他啜著花草茶，透過霧氣看著我說。「這樣反而不好。」

他陷入沉思。

「妳的話讓我想起來，我最惡劣的行為大概是忽略了老婆孩子，找各種藉口不回家。我實在是個不懂得體貼的渾蛋，他們也因此對我懷恨了好一陣子。所以說，其實我也有自我毀滅的傾向。不過我向妳保證，」他又說，「如果妳能抽出時間來快步走、騎單車、做幾下伏地挺身或腹部運動，肯定會有意外收穫的。」

他說著走開去，又加了句，「身體是天然嗎啡，不是嗎？」

「謝了。」我目送他離去，很後悔提起這話題。

我才在辦公桌前坐下，蘿絲便出現，頭髮夾腦後，一身俐落的深藍色套裝十分符合高階管理人的職分。

「我不知道妳在這裡，」她把一份口錄檔案放在書櫃上。「管制局的麥高文剛剛來了電話。」

「哦，」我感興趣的說。「有事嗎？」

「她說她到華盛頓度週末，想和妳碰個面。」

「什麼時候？想談什麼？」

我開始在文件上簽名。

「她說她等會兒就到。」蘿絲說。

我錯愕的抬頭。

「她是從車子裡打的電話，要我告訴妳，她正在金斯道明大學附近，再過二十到三十分鐘就會到達這裡。」蘿絲解釋說。

「那麼一定是有要緊事，」我喃喃說著，邊打開一盒玻片。

我掀去顯微鏡的塑膠套，打開照明燈。

「妳不必勉強自己見她，」對我一向呵護備至的蘿絲說。「她又沒有預約，也沒問妳是否能騰出空檔來。」

我把一塊玻片放在鏡台上，從顯微鏡頭觀看玻片上的胰臟切片，那些原本應該是乾縮的粉紅色細胞看來十分透明且滿佈斑痕。

「他的毒素消散得很快，」我對蘿絲說，然後換上另一塊玻片。「丙酮除外，」我補充說。「那是葡萄糖代謝不完全的副產品。腎臟的近端曲細小管內襯細胞有高滲透壓性空泡化現象，意謂著這些細胞不是立方體、粉紅色，而是清澈、鼓漲而且擴張了的。」

「又是桑尼・昆恩。」蘿絲陰鬱的說。

「另外，從他的長期病歷報告中我們發現他的呼吸有水果甜味、體重減輕、乾渴和頻尿等症狀，全都是胰島素缺乏的病癥。倒不是說我不相信禱告的效果，不是他的家人告訴記者的那樣。」

桑尼•昆恩是個十一歲男孩，他的雙親是基督教科學會成員，他在八週前死亡。對於他的死因我一開始就非常篤定，但還是等到進一步化驗報告完成以後才給予確認。簡單的說，這個男孩的死是因為沒有受到妥善的醫療照顧所致。他的雙親極力抗拒驗屍，在電視上指控我對他們兒子的遺體進行宗教性迫害以及毀損。

蘿絲了解我對這案子的強烈感受。她說，「妳想打電話給他們嗎？」

「我想盡快了結，所以，是的，我要打。」

她在桑尼•昆恩的厚檔案裡翻找，迅速抄下一個電話號碼來給我。

「祝好運。」她說著回到她的辦公室。

我撥了電話，心中一陣忐忑。

「昆恩太太？」我說。一個女人來接聽。

「我是。」

「我是史卡佩塔醫生。我手上有桑尼的……」

「妳害我們害得還不夠嗎？」

「我想妳應該會想知道妳兒子為何……」

「我兒子的事不需要妳來告訴我。」她打斷我。

我聽見有人接過她手中的話筒，胸口砰動著。

「我是昆恩，」這個以宗教自由為庇蔭，結果失去了兒子的男人說。

「桑尼的死亡是因為罹患糖尿病，由於嚴重糖尿病酮酸中毒而引發急性肺炎。對你所受的苦我非常難過，昆恩先生。」

「你們弄錯了，誤判了。」

「沒有錯，昆恩先生，也沒有失誤，」我說，竭力壓抑語氣中的怒意。「我只能建議你，萬一你其他較小的孩子也出現和桑尼同樣的症狀，請一定要立刻送醫治療，以免你再次受折磨……」

「我不需要法醫來告訴我怎麼養小孩，」他冷冷的說。「我們法庭見了，女士。」

你非上法庭不可了，我心想。因為我知道州政府將會以虐兒及疏忽照顧兒童罪名起訴他和他的妻子。

「妳以後別再打來了。」昆恩先生說著掛斷電話。

我心情極度沉重的放回話筒，抬頭看見婷安・麥高文站在我辦公室門外的走廊，從她的表情可以看出她一字一句全聽見了。

「婷安，請進。」我說。

「我還以為我的工作已經夠磨人了，」她拿了張椅子在我正對面坐下，打量著我。「我知道妳必須經常面對這種事，但從沒親眼見識過。倒不是說我從來不和家屬交涉，不過我並不需要向他們解釋他們的親人是由於氣管或肺部吸入濃煙而死亡。」

「這是最艱難的部分。」我說，一顆心直往下沉。

「妳大概是最不受歡迎的信差吧。」

「也不盡然。」我說，其實心底明白，這輩子昆恩先生嚴厲的譴責言語將不斷在我腦中重複播放。

此刻我腦裡充滿各種聲音，激憤、痛楚，甚至責難的吶喊和祈禱，因為我膽敢碰觸他們的傷口，也因為我願意聆聽。我不想和麥高文談這些，不想和她太親近。

「我必須打幾通電話，」我說。「妳要不要先喝杯咖啡？或者坐著休息一下？我猜妳對我的新發現也會感興趣的。」

我打到位在威明頓的北卡羅來納大學。儘管才九點不到，教務長已經進了辦公室。他極度有禮，只是沒有絲毫助益。

「我完全了解妳來電的用意，也非常樂意協助，」他說。「不過，沒有法院命令，我們實在無法透露任何學生的私人資料，當然透過電話更是不可行。」

「薛爾先生，事涉重大的謀殺案件。」我提醒他，同時逐漸不耐起來。

「我了解。」他還是那句。

這麼下去也不是辦法。最後我死了心，掛斷電話，頹喪的將注意力轉回麥高文身上。

「他們只是害怕家屬找麻煩，不得不自保，」麥高文說出我早已知道的事實。「非得我們祭出非常手段來他們才會屈服。所以放手去做吧。」

「沒錯，」我木然的說。「妳來找我有事嗎？」我問她。

「我知道化驗室報告出來了，至少出來了一部分。上週五晚上我打了電話來問。」她說。

「我沒聽說。」

我懊惱極了。要是殘留物化驗室的鑑定人員在聯絡我之前先打了電話給麥高文，事情就嚴重了。我拿起電話來打給化驗室一個名叫瑪莉・陳的年輕新人。

「早安，」我說，「聽說妳有報告要給我是嗎？」

「我正要拿到樓下去。」

「是妳給管制局看過的那些嗎？」

「是的。是同樣的報告，我可以傳真或者送去給妳。」

我沒向她表露我的不滿，只把辦公室的傳真機號碼告訴她。不過我給了一點暗示。

「瑪莉，以後所有我的案子，在妳把化驗報告送交其他單位之前，最好先告訴我一聲。」我平靜的說。

「我很抱歉，」我聽得出她是真心的。「調查員五點鐘打電話來，那時候我正要下班。」

兩分鐘後報告到了我手中，麥高文也打開公事包拿出她的那份。她看著我讀完報告。第一份是我在死者左太陽穴一帶發現的類似金屬削屑的化驗分析。根據SEM/EDX，也就是掃描式電子顯微鏡和X射線能量散佈分析儀的分析結果，這些物質的基本組成元素是鎂。

至於黏附在頭髮上的金屬殘屑則成分不明。他們使用FTIR，亦即傅立葉轉換紅外線光譜儀，讓這些纖維選擇性吸收紅外線。結果顯示它的型態特徵符合聚矽氧烷聚合物，俗稱矽膠。

「有點奇怪，妳不覺得嗎？」麥高文說。

「先從鎂談起吧，」我說。「我第一個想到的是海水。海水裡有豐富的鎂，或者採礦區，也許是藥品化驗師或者在實驗室工作的研究員？也許是爆裂物？」

「如果同時發現氯化鉀的話就是了。可能是煙火藥粉，」她說。「如果是雷管的話，也許是RDX——海掃根、三硝基間苯二酚鉛，或者雷汞疊氮化鉛這類藥粉；或者硝酸、硫酸、甘油、硝酸銨或硝酸鈉；或者硝酸甘油和炸藥等等的。但我認為，如果真有這類強力炸藥，派比在現場絕對能夠嗅得出來。」

「鎂呢？」我問。

「可能是煙火炸藥，」她說。「鎂會發出白色光。也可能是信號彈。」她聳聳肩說。「當然了，鋁粉比較好，因為保存得較久。至於鎂，必須先包覆一層亞麻仁油之類的東西才行。」

「信號彈，」我大聲喊出。「可以點燃信號彈，把它巧妙放置在某個地方，然後離開屋子，這樣至少會有好幾分鐘的空檔。」

「只要有充分的可燃物，這是可行的。」

「但這還是無法解釋她頭骨上的傷口以及傷口裡的金屬細屑是怎麼來的，那很像是被某種尖銳工具割傷的。」

「刀子裡不會有鎂的成分。」麥高文提醒我說。

「的確，鎂太軟了。飛行工具呢？航太用的金屬不是都很輕？」

「很有可能。不過如果是這樣，應該會同時化驗出其他合金才對。」

「沒錯，來談談矽膠吧。這我就不懂了。除非她曾經在法律禁用矽膠隆乳以前做過這類手術，但她顯然沒做過。」

「矽膠經常用在電線絕緣體、液壓油或者增加防水性。但還是令人想不通，除非浴室裡放了矽膠的東西，也許在浴缸裡。某種粉紅色的東西吧，我也想不出是什麼。」

「史帕克浴室裡的腳踏墊是粉紅色橡膠製品嗎？」我問。

「我們才剛開始請他協助清點屋裡的物品，」她說。「他聲稱主浴室裡的裝潢是以黑白色系為主。大理石地板和牆壁是黑色，水槽、浴缸和櫃子是白色。淋浴間的門是歐洲製品，不是強化玻璃，意思是當溫度超過華氏四百度時不會分裂成無數小玻璃球。」

「所以才會熔解在屍體上面。」我說。

「是啊，幾乎把屍體緊緊包裹起來了。」

「可惜沒有全部包裹。」我說。

「他說那扇門有銅質鉸鏈，沒有門框，我們的發現證實了這點。妳這位親切的媒體大亨朋友至少在這點上是誠實的。」

「其他方面呢？」

「真是天曉得，凱。」

她解開套裝上衣鈕釦，好像突然想起該放輕鬆，卻又矛盾的緊盯牆上的時鐘。

「我們面對的是個絕頂聰明的男人，」她說。「這點倒是可以肯定。」

「直升機呢？你們查出什麼來了嗎，婷安？就是火災發生前一天那位鐵蹄匠在農場看到的那架白色小型直升機，可能是史威茲或羅賓森，也許就是我們兩天後在現場看到的那架？」

「我只能假設一種狀況——」她說。

她的眼神咄咄逼人。

「也許他計劃好放火燒房子之後立刻搭直升機離開，」她解釋說。「因此前一天那架直升機在農場上空展開偵察，因為駕駛員知道次日他必須在天黑以後降落並且起飛。了解我的意思？」

我點點頭。

「到了週五，一切照計劃進行。史帕克殺了那個女孩，放火燒了房子然後跑出屋子，搭直升機到了杜勒斯機場附近，他那輛查拉基已經預先藏好在那裡。他開車到了機場，辦好所有登機手續，或許也包括行李托運。然後他躲藏起來，幾天後才在貓頭鷹農場露面。」

「但是週一我們在現場也看見了那架直升機，那又是為什麼呢？」我又問。

「縱火犯都喜歡看熱鬧，」她說。「我們認為史帕克可能在那裡觀看我們忙成一團。也許是基於偏執心理吧，他知道我們會以為那是媒體的直升機。我們果真這麼以為。」

「目前這都只是推測。」我說，不想再聽下去。

我繼續翻閱那份彷彿沒完沒了的化驗報告，麥高文又開始打量我，然後起身去關上辦公室門。

「好吧，我想我們也該談談了，」她說。「我知道妳不喜歡我。如果妳願意敞開胸懷說清楚，也許我們可以設法解決。」

「說實話，我也不確定我對妳究竟有何觀感。」

我注視著她說。

「重要的是，我們各自做好份內工作，不至於失去客觀立場，畢竟我們面對的是人命關天的重大凶案。」我補充說。

「這下妳真的惹惱我了。」她說。

「我向妳保證，我不是有意的。」

「妳這麼說好像我不在乎有人被謀殺似的。妳是這個意思嗎?妳以為我爬到今天這位子靠的是滿不在乎?」

她捲起袖子,準備打鬥似的。

「婷安,」我說。「我不想花時間談這些,因為我覺得這沒什麼建設性。」

「跟露西有關。妳以為我想取代妳的地位還是什麼的,事情就是這麼回事,對吧,凱?」

現在換她惹火我了。

「妳和我以前就曾經合作過,不是嗎?」她繼續說。「那時候我們之間一點問題都沒有。因此讓人不得不問,到底起了什麼變化?而答案再清楚不過了。這當中的變化就是,露西最近就要調職到費城分局,在我手下工作。我,而不是妳,這讓妳十分氣惱。而且妳猜怎麼著?如果我是妳,或許也會不開心。」

「現在的時機和場合並不適合談這個。」我堅決的說。

「好吧。」

她起身,一手挽著套裝上衣。

「那麼我們到別的地方去,」她說。「我決定在回北部以前把這件事作個了結。」

我有些為難,坐在辦公桌前環顧著我所統治的王國,有檔案工頭、耗時費力的雜誌期刊警衛和讓我永遠不得喘息的信差通訊兵團。我摘下眼鏡,揉著臉頰。眼中的麥高文變得模糊,讓我比較容易啟齒。

「那我請妳吃中飯吧，」我說。「不過妳必須多待三個小時。還有——」我站了起來。「我鍋子裡有一些骨頭需要加熱，妳可以陪我過去一下，如果妳不怕噁心的話。」

「就憑這個，妳嚇不了我的。」麥高文面露喜色。

麥高文不是習慣黏人的那種人。我到分解室打開爐火之後，她在那裡等到熱水冒出蒸氣，然後折回菸酒槍械管制局里奇蒙分局，過了不到一小時突然又跑了來。她進門時又急又喘，我正謹慎攪動著滾煮中的骨頭。

「又發生一樁了。」她急切的說。

「另一樁？」我問。

我把長柄塑膠湯匙擱在工作台上。

「又發生火災了，也是縱火案。這次是發生在黎海郡，距離費城只有一小時車程，」她說。「妳要一起去嗎？」

我飛快思索著我丟下一切匆匆離開之後可能發生的種種狀況。別的不談，我和她兩人單獨在車內共處五小時之久，這點便足以令我卻步。

「是一棟住宅，」她繼續說。「是從昨天清晨開始燃燒的，裡面起出一具屍體，女性，也是在主臥房浴室。」

「噢，真糟糕。」我說。

「很顯然這場火災是為了遮掩謀殺事件。」她說著開始解釋這案子和華倫登大火的關聯。

賓夕法尼亞州警局一發現屍體便立刻向管制局求援。管制局派往現場的火災調查員將相關訊息輸入他們的筆記型電腦，ESA——企業系統架構幾乎立刻有了回應。到了昨晚，黎海郡大火案案情升高，調查局派了探員和班頓前往協助，州警局也接受了。

「那棟房子建築在岩地上，」麥高文解釋著。這時我們的車子已經上了九五號州際公路。「所幸不必擔心地下室的問題，謝天謝地。我們的人從凌晨三點鐘就到了那裡。這案子有個特別之處，就是火並沒有成功的掩蓋屍體。主臥房、位在它上方的二樓客房，還有樓下的客廳燒得很透，浴室天花板損毀得厲害，車庫的水泥地板也嚴重碎裂。」

地板碎裂是因為溫度急遽增高，導致水泥縫隙中的濕氣滾沸，使得表層裂成碎片。

「車庫位在哪裡？」我問，邊在腦中想像著那情景。

「和主臥房位在同一個方位。這場大火同樣發生得異常猛烈迅速，只是燃燒並不完全，留下許多表面裂痕和炭化痕跡，至於屋子其他部分的損壞大多是煙霧和水造成的。這跟史帕克農場的起火情形並不一致。除了非常重要的一點，目前他們並未在現場發現任何類型的助燃劑，浴室裡也沒有足夠的可燃物能夠形成那麼猛烈的火勢。」

「屍體是在浴缸裡發現的嗎？」我問。

「對。我的寒毛都豎起來了。」

「應該的。她灼燒的程度如何？」我問了最關鍵的問題。麥高文以超越最高速限的車速駕駛著她的福特Explorer公務車。

「這麼說已經進行過驗屍了。」我說。

「不算非常嚴重，因為法醫看出她被割了喉嚨。」

「老實說，我不清楚他們究竟進行到了哪裡，不過她不該被送往其他地方，這是妳的職責。我的呢，則是到火場看看能有什麼新發現。」

「妳不必利用我幫妳挖瓦礫堆了？」我說。

麥高文放聲大笑，打開CD音響，沒想到是莫札特。

「妳可以盡情挖掘，」她說。她的微笑讓緊張氣氛緩和不少。「順便一提，像妳這樣幾乎不運動又只做腦力工作的人，妳的體力還真不賴呢。」

「像我這樣做驗屍工作，並且時常搬運屍體，根本不需要練舉重。」我嚴重扭曲事實。

「把兩手伸出來。」

我攤開雙手。她扭頭打量著，同時轉換車道。

「真是的，沒想到鋸子、解剖刀跟籬笆剪會讓肌肉變得這麼壯。」她評斷著說。

「籬笆剪？」

「就是妳用來切開胸腔的那個啊。」

「拜託，那是肋骨剪。」

「可是我在一些驗屍室裡看過籬笆剪，還有毛線針，用來探測子彈傷口的。」

「我的驗屍室不用這些東西，至少目前是如此。當然我得承認早期的法醫經常必須湊合著使用一些工具，」我不情願的說。莫札特的樂曲仍響亮。

「有些秘密的小動作是絕不會被搬上法庭的，」麥高文坦率的說。「例如從某個隱密的抽屜摸走一瓶被查封的高級私酒。有的警察會從現場帶走一些紀念品，像是大麻煙斗和稀有槍械之類的。還有一些法醫執迷於收集應該隨著屍體埋葬的義臂或頭骨碎片。」

「我不否認我的某些同業並不盡然稱職，」我說。「不過說實話，擅自收藏屍體局部和竊取私酒是不能相提並論的。」

「妳真是耿直刻板得不得了，對吧，凱？」麥高文突然說。「妳不像我們會誤判或犯錯。妳大概從來沒暴飲暴食或喝醉過吧。坦白說，就因為這樣，我們這些凡夫俗子很怕接近妳，怕被妳瞧不起。」

「老天，好可怕的形象，」我大叫。「但願這不是我給人的印象。」

她不吭聲。

「我對自己的看法可不是這樣，」我說。「正好相反，婷安。也許我相當保守，因為我必須如此。也許我相當自制，因為我習慣了。我不會公開懺悔我的罪過，但我也不喜歡評斷他人的行為。而且我要告訴妳，我對自己的要求比起對妳要嚴酷得多了。」

「我的感覺可不是這樣。我認為妳在仔細的評估我，想要確認我是否夠資格擔任露西的上司，是否會對她產生不良影響。」

我無法辯駁這指控，因為這是事實。

「我連她在哪裡都不曉得。」我衝口而出。

「這我倒可以告訴妳。她在菲力，在分局和新公寓之間來回奔波。」

有那麼片刻，我們之間只剩音樂流動。車子沿著環形公路繞著巴爾的摩。我猛然想起某個死於一場可疑的大火的醫學院學生。

「婷安，」我說。「妳有幾個孩子？」

「一個，獨子。」

我感覺這話題並不令她開心。

「幾歲了？」我問。

「喬今年二十六歲。」

「他和妳住得近嗎？」

我望著窗外的反光號誌飛越而過，標示著通往巴爾的摩的出口位置。當年我在約翰霍普金斯大學醫學院唸書的時候，對這城市的街道非常熟悉。

「老實告訴妳，我不知道他住在哪裡，」她說。「我們不怎麼親近。喬從來不曾跟任何人親近過，我想也沒有人會願意和他親近。」

我無意刺探什麼，但她停不了口。

「當他十歲那年偷開酒櫃，我就感覺他有些不對勁。他偷喝琴酒、伏特加，然後在酒瓶裡裝滿水，以為能瞞過我們。到了十六歲，他染上了酒癮，不知道多少次被告誡，加上酒醉駕車、酗酒、妨害治安和偷竊，一件接一件。他十九歲就離家到處晃蕩，最後失去聯絡。說真的，現在說不定成了街頭流浪漢。」

「妳的日子不好過。」我說。

14

晚上將近七點，麥高文送我到達喜來登飯店，正好亞特蘭大勇士隊也在這裡投宿。許多老少球迷穿著棒球外套和球帽，手持巨幅照片，擠在走廊和酒吧裡，等待心目中的英雄為他們簽名。飯店駐守著警衛。我走進旋轉門時被一名急切的球迷攔住。

「妳見過他們嗎？」他問我，一邊焦躁的四下張望。

「見過誰？」我說。

「勇士隊球員啊！」

「他們長什麼樣子？」我問。

我排隊等候辦理住宿登記，真想趕快泡個熱水澡。剛才車子在費城南邊的車陣中堵了兩小時。五輛汽車和一輛廂型車衝撞成一團，六線道公路上佈滿碎玻璃和扭曲的鈑金。要到黎海郡停屍間還有一小時車程。太晚了，必須等到明天早上再出發。我搭電梯上了四樓，用塑膠門卡刷開電子門鎖。我拉開窗帘，眺望著達拉威河和停泊在河畔的「莫修魯號」帆船的高聳桅杆。頃刻間，我已經身在費城，只帶著行李箱、工作箱和皮包。

我的電話留言信號燈在閃爍，我打回去查看，發現有班頓的留言。他說他也住在這家飯店，等忙完紐約的瑣務便會盡快趕回來。九點左右我在房裡等他。露西把她新的電話號碼給了我，說她不確定是否能見我。馬里諾也留了訊息，說我如果打給他，他會盡快回電。費爾丁則是通知我，今晚昆恩夫婦又上了電視新聞，聲稱他們將要控告法醫辦公室和我僭越了教堂和政府的分界，因而給他們帶來無法彌補的精神損失。

我坐在床沿，脫去鞋子。我的絲襪抽絲了，我把它脫掉扔進紙簍裡。我的衣服緊黏著身體，因為穿太久了。我覺得我的頭髮似乎殘留著燒煮人骨的臭味。

「可惡！」我憋著氣吼叫。「這算哪門子的生活？」

我迅速脫掉套裝上衣和襯衫，把它們由裡外翻，攤平在床上。我先確認房門上了鎖，然後放滿一浴缸發燙的熱水，流水聲讓我的情緒頓時舒緩不少。我在水中滴了些泡沫沐浴膠。它的香氣聞起來像熟透了的覆盆子。我對於和班頓見面一事充滿困惑。究竟怎麼會變成這樣？情人、同事、朋友，所有關係就像在沙堆上作畫般混淆不清。我們的關係有如一幅細緻的設計圖，色彩繁複微妙，稍一不慎就會毀了。我正擦乾身體時他來了電話。

「抱歉這麼晚才打。」他說。

「你還好嗎？」我問他。

「到樓下酒吧好嗎？」

「要是勇士隊在那裡就不要，我不想湊熱鬧。」

「勇士隊？」他問。

「你何不到我房裡來？這裡有迷你吧。」

「馬上過去。」

他出現時還是那身深藍色套裝、白襯衫制服裝束。從髒皺的情形看得出他這一整天的辛勞，而且也該刮鬍子了。他把我攬進懷裡，兩人靜靜擁抱了許久。

「妳身上有水果香味。」他在我髮間說。

「你應該在希爾頓海岬的，」我喃喃說著。「怎麼我們會突然在費城碰面了？」

「一團混亂。」他說。

班頓輕輕推開我，脫去上衣，把它披在床上然後走去打開迷你吧。

「還是喝那個？」他問。

「愛維養礦泉水就可以。」

「喔，我需要烈一點的東西。」

他扭開一瓶約翰走路威士忌。

「事實上，我需要雙份，加冰塊。」他對我說。

他遞給我一瓶愛維養，我看著他拉出桌邊的椅子坐下。我把枕頭堆高，舒服的靠著。兩人遙遙相望。

「又有麻煩了？」我問。

「老問題，每次管制局和調查局湊在一起辦案都會發生的，」他輕啜著酒說。「真慶幸我已經退休了。」

「你一點都沒有退休的樣子。」我苦笑著說。

「這倒是真的。好像嘉莉的案子還不夠我煩似的，現在又要我負責這件謀殺案。老實說，凱，管制局又不是沒有犯罪側寫人員，我認為調查局根本不應該插手。」

「說點新鮮的，班頓。因為我同樣想不透他們有什麼理由介入這案子，除非他們認為那位死亡的女士是某種恐怖行動的受害者。」

「因為這案子和華倫登案可能有牽連，」他說。「這妳也知道的，況且調查局單位組長打電話讓州警局知道調查局會全力協助只是舉手之勞。就這樣，調查局介入了，我也來了。稍早另外兩名探員趕到火場，不甘不願的。」

「就假設這兩個機構站在同一陣線吧，班頓。」我說，提起這老話題令我一肚子火。

「調查局菲力分局派來的那個傢伙將一個九釐米子彈的彈殼偷藏在現場，測試看派比是否能把它找出來。」

班頓輕輕搖晃杯裡的冰塊。

「派比當然辦不到，因為根本沒人教過牠找子彈，」他繼續說。「那個探員覺得這很好玩，就打趣說該把狗鼻子送回寵物店修理。」

「笨蛋才會說這種話，」我氣憤的說。「訓練師沒把他揍一頓算他好運。」

「所以囉，」他嘆了口氣。「老問題。以前的調查局探員不會這麼沒常識，也不會在媒體面前亮著徽章，接手一些無法勝任的調查工作。我覺得很尷尬，不只是尷尬，我氣極了那些白癡菜鳥把我二十五年來建立的聲譽——連同他們自己的——全給毀了……我實在不知道該怎麼辦才好，凱。」

他喝著酒，和我四目對望。

「盡力去做就是了，班頓，」我輕聲說。「聽起來像陳腔濫調，但我們的確也只能這樣了。我們努力不是為了調查局，不是為了管制局或賓州州警局，而是為了那些已知和未知的受害者。向來都是如此的。」

他喝光了酒，將杯子擱在桌上。窗外，達拉威河畔的燈光正熾烈，河岸那端，坎頓和紐澤西的燈火無比璀璨。

「我認為嘉莉已經離開紐約了。」他凝視著窗外說。

「十分令人寬慰的想法。」

「其實唯一的根據也只是我們沒發現任何證人或跡象足以顯示她正在紐約。例如她的錢從哪裡來？這些人的行蹤通常都是從這裡敗露的，搶劫、偷竊信用卡，但是目前我們還沒發現她有這類行為。當然這並不表示她沒做，只是計劃周詳，而且正照著計劃逐步進行。」

他仍然望著窗外，在陰影中他的五官顯得十分犀利，似乎疲累頹喪已極。我起身向他走過去。

「上床吧，」我揉著他的肩膀說。「我們都累了，人累的時候總會覺得凡事都不對勁，不是嗎？」

他淡淡一笑，閉上眼睛，讓我替他按摩太陽穴，親吻他的後頸。

「妳的鐘點費用怎麼算？」他喃喃的說。

「你負擔不起的。」我說。

我們沒有一起睡，因為房間很小，而我和他都需要好好睡一覺。我喜歡清晨暢快的淋浴，他也是。兩人正處於熱戀或者已經歸於平淡，之間的差別就在這裡。有個時期我們經常整夜廝守纏綿，因為他是已婚男人，我們難以遏止對彼此的渴念。我好懷念那份熱情。如今我們在一起時，我總覺得消沉乏味。我覺得自己老了。

次晨七點鐘剛過，班頓和我開車經過市中心的瓦納街。天空灰澀，剛清洗過的街道一片濕漉。排水道柵板和氣孔冒出蒸氣，清晨的空氣又濕又冷。一些遊民睡在人行道或者公園裡，身上蓋著污穢的毯子；警局對面一個「禁止遊蕩」的告示牌底下躺著個看來已經死了的男子。我一邊開車，看班頓在公事包裡搜尋。他開始思索一些超越我專業範圍的問題，邊在黃色條紙上做筆記。我把車轉入西七十六號州際公路，一路上只見車尾燈彷彿紅色玻璃珠似的串連到天邊，背後的太陽亮晃晃的。

「為什麼會有人選擇浴室作為起火點呢？」我說。「為什麼不選屋子的其他地方？」

「就連續犯案的角度來看，這對他顯然具有某種意義，」他說著翻開另一頁紙。「也許是某種象徵，說不定基於某種理由，浴室比較方便。我的推測是，如果罪犯是同一人，而起火點又都在浴室的話，那麼就的確具有象徵意義。對他來說這代表著某種事物，也許是他犯罪的原點。例如幼年時期曾經在浴室裡有過特殊遭遇，像是性侵害、虐待，或者經歷過什麼極度悲痛的事件。」

「可惜監獄無法提供這方面的記錄。」

「問題是，妳會發現過半人犯都列在名單中。這些人大都在童年時期受過虐待，成年以後就轉而虐待他人。」

「而且變本加厲，」我說。「他們本身並沒有被殺害。」

「就某種意義來說，他們是被殺害了。當人在幼年被毆打、強暴，幾乎就等於被剝奪了生命，儘管肉體還存在。當然這還不足以解釋所有精神錯亂的行為，我已知的所有知識都不足以解釋，除非妳相信人有善惡，相信凡事操之在我。」

「我是這麼相信的。」

他回頭看我，然後說，「我知道。」

「嘉莉的童年呢？對於她如何掌握自己的命運，我們又有多少了解呢？」我問。

「她絕不會接受我們訊問的，」他提醒我說。「我們也沒有她的精神評估報告，只知道她善於操控，時而瘋狂，時而正常，性格分裂，抑鬱不合群，同時也是個模範病人。這些人比我們更有人權，凱。監獄和法庭精神療養中心對他們的牢房保護之周密，會讓妳以為我們才是壞蛋。」

天光漸亮，空中層層疊疊著紫羅蘭和粉白雲彩。我們的車子經過許多農地和斷續的粉紅色花崗岩崖壁，崖壁上分佈著許多開路時爆炸工事造成的坑洞。水塘昇騰的霧氣讓我想起滾沸的水壺。當我們經過煙絲裊裊的高聳煙囪，我想起了火。遠方的山脈只剩一抹淡影，地平線上散佈的水塔有如鮮豔的汽球。

我們花了一個小時才到達黎海谷醫院。大片水泥建築物仍在整建，裡頭包括一座直升機庫房和一級外傷急救醫學中心。我把車停在訪客停車場，進入明亮的新大廳時看見亞伯拉罕・杰德醫生已經在那裡等著我們。

「凱，」他親切的招呼，和我握手。「真沒想到妳會親自跑一趟！你一定是班頓了？我們這裡的餐廳很不錯，要不要先喝點咖啡或吃點什麼？」

班頓和我禮貌的婉拒了。杰德是位年輕的法醫病理醫師，髮色深黑，眼睛湛藍。三年前他曾經在我辦公室裡任職，在這行業裡還算是個新人，不太有機會上法庭擔任專家證人。但是他十分謙遜且細心，在我看來這些特質遠比經驗豐富更加珍貴，對目前這案子尤其如此。除非杰德的性格有了大轉變，否則他絕不會在知道我要來之後還任意碰觸那具屍體。

「告訴我目前有什麼發現。」我們通過一條寬敞光亮的灰色長廊時我說。

「我替她測量了體重身高，驗屍官打電話來的時候我正在做外部檢查。當他告訴我菸酒槍械管制局也關切這案子，妳將要趕過來的時候，我就停止手頭的工作了。」

黎海郡有一位郡驗屍官，負責決定哪些屍體必須進行檢驗以及判定死因。幸運的是，這位驗屍官是前任警官，從不干涉法醫病理醫師的事務，對他們的意見也少有異議。然而其他州郡的情況就不見得是如此了。有些地方的驗屍工作是在葬儀社的防腐台上進行的，有些驗屍官則是典型的政客，連子彈射入點和射出點都分不清楚，也根本不在乎死者。

我們的腳步聲在樓梯間迴響。到了樓梯底部杰德推開一道雙扇門，引我們進入一間倉庫，裡頭堆滿舊紙箱，許多戴著安全帽的人員來回奔忙。通過這區域以後，我們循著另一條走廊來到停屍間。是個小房間，粉紅色地磚，放置著兩張不鏽鋼固定驗屍台。杰德打開儲物櫃，拿出一些單次使用無菌手套、塑膠工作裙和拋棄式高統靴來給我們。我們把這些東西穿在原來衣服外面，然後戴上乳膠手套和口罩。

這名死者已經證實是凱莉・薛佛，三十二歲黑人女性，就在這所醫院擔任護士。如今她也和其他死者一起躺著了。她的屍體就安置在小冷凍室裡的一輛屍架上，用黑色屍袋包裹著。這裡沒有其他死者，只放著些等著焚化的病理切片和死產兒屍體。我們把這位死亡女性推進驗屍室，拉開屍袋拉鍊。

「你替她做了X光檢驗了嗎？」我問杰德。

「做了，也採了指紋。昨天牙醫來取她的牙模，和她生前的齒列記錄進行比對。」

杰德和我掀開屍袋和血污的布罩，裡頭殘缺的屍體隨即暴露在手術燈的強光底下。她全身僵直冰冷，一張臉血肉模糊，空洞的眼睛半閉著。杰德尚未替她清洗，因此她的皮膚還沾黏著暗紅色血塊，沾血的頭髮硬得像布瑞羅護墊。她身上的傷痕淒慘密集得彷彿散發著股怨氣，凶手的激怒和恨意呼之欲出。我想像著她極力抵抗攻擊的情景。

她的雙手指頭和手掌的切口深入骨頭，那是她為了自衛而緊抓住刀刃所造成。她的小手臂和手腕內側都有深長的刀痕，也是抬起手遮擋的時候被割傷的；腿部的刀傷則可能是她倒臥在地，兩腿亂踢猛烈抵抗的結果。此外胸腹、肩膀、臀部和背部也都密佈著淩亂的傷痕。

有些刀痕深長且不規則，是受害者在激烈動作中被亂揮的刀子劃傷的。個別傷口的外觀特徵顯示凶刀是單刃刀，它的護手盤在死者皮膚上留下垂直的擦傷。她的右臉有一條淺淡的切口，從右下巴往上延伸到臉頰。喉嚨被割開，從右耳下方往下劃過頸子中線。

「她是被人從背後割喉的，」我說。班頓沉默觀察著，邊做筆記。「頭向上仰起，露出脖子。」

「我推測割喉是凶手的壓軸。」杰德說。

「如果她一開始就被割這麼一刀，肯定會流血過多，很快就失去抵抗能力。沒錯，他很可能是最後才割了她的喉嚨的，也許是她倒在地上的時候。衣服呢？」

「我去拿，」杰德說。「我們這裡接的案子都很怪異。淒慘的連環車禍，結果是某個心臟病發的駕駛人肇事。他的車騰空摔下，殃及另外三、四個人。不久前還發生一樁網路謀殺案。這裡丈夫謀殺妻子的案子也不只是槍殺，而是勒斃、棒擊、肢解樣樣來。」

他說著走向房間較遠的角落，衣服就用衣架掛在那裡晾乾，底下用淺水盆卿接水滴。所有衣服都用塑膠布保護著，避免上面的殘留物和體液彼此沾染。我正拿無菌布罩覆蓋第二張驗屍台的時候，麥高文走了進來，由一名停屍間助理陪著。

「我想先來查看一下再到現場去。」她說。

她身穿戰鬥裝和長靴，手上一只厚紙信封。她慢慢審視著那片狼藉，沒有穿戴工作袍或手套。

「我的天。」她說。

我協助杰德將一套睡衣攤在我剛鋪好布墊的驗屍台上。發出惡臭的棉質短背心和內褲已經污損、被血塗染得無法分辨原來的顏色，而且前後都被割裂、刺破。

「她被送進來的時候就穿著這些衣服？」我必須確定。

「是的，」杰德回答說。「所有鈕釦和搭鉤都緊扣著。我不禁懷疑，也許這上面也沾了凶手的血。像這樣激烈的纏鬥，凶手非常可能連自己也割傷的。」

我微笑著對他說。「你的教授指導有方。」

「是一個里奇蒙的女士教我的。」他回答。

「乍看之下很像是家庭暴力，」這時班頓開口。「她穿著睡衣，也許是在深夜發生的。反應過度的典型案例，尤其是兩人關係親密的凶殺案，這情形很常見。不過有一點很不尋常——」他往驗屍台靠近一步。「——她的臉，除了這處傷口以外，」他指著說。「並沒有其他傷痕。通常當凶手和被害者關係密切的時候，他會把大部分暴力施加在臉部，因為臉代表一個人。」

「她臉上的刀傷比其他地方的傷口都來得淺，」我說著用包著手套的指頭輕輕撥開那道切口。「下巴的起點最深，然後往上淺淺的劃過臉頰。」

我退後，再度仔細觀察那件睡衣。

「很有意思的是，全部鈕釦和搭鉤都還完好，」我說。「而且衣服沒有撕裂，像這樣的打鬥，凶手抓住受害者試圖支配她的時候，通常會把她的衣服給扯裂的。」

「我想支配這字眼是關鍵。」班頓說。

「或者失去支配。」麥高文說。

「正是，」班頓贊同的說。「這應該是突襲。這傢伙被某種因素惹惱了，發起狂來。我相信他根本沒料到會造成這後果。那場火也一樣，也是失控的結果。」

「我推測，這傢伙在殺害她之後並沒有逗留太久，」麥高文說。「他在離開前匆匆點了火，以為大火會掩蓋他的罪行。可是你說得沒錯，他幹得不漂亮。還有這位女士家中的火災警報器在凌晨一點五十八分響起，消防車在五分鐘之內就趕到了。損害算是已經減到最小了。」

凱莉・薛佛只有背部和兩腿受到二級燒傷。

「防盜系統呢？」我問。

「沒響。」麥高文回答。

她打開那只厚紙信封，把一疊現場照片攤在桌面，班頓、杰德和我仔細研究著。身穿染血睡衣的受害者臉孔朝下趴在浴室門口，一隻手臂被身體壓著，另一隻直直往前伸出，好像想探手拿什麼東西那樣。兩條腿伸直，併攏，雙腳幾乎要觸及馬桶。地板上流著炭黑污水，無法做血跡型態追蹤，不過浴室木門框和周圍牆壁有許多刻痕，顯然是最近才形成的。

「這場大火的起火點，」麥高文說。「就在這裡。」

她指著一張顯示浴室焦黑內部的照片。

「就在浴缸附近的牆角，窗戶敞開、裝有窗帘的這裡，」她說。「你們也看到了，這一帶堆著木頭家具和沙發墊的餘燼。」

她輕彈著那張照片。

「浴室門打開，窗戶也敞開，形成了煙囪和煙管，可以這麼說。就像壁爐一樣，」她繼續說。「火從這裡的地板開始燃燒，接著燒上窗帘。可是火焰並沒有猛烈到能夠竄上天花板。」

「怎麼說？」我問。

「基於一個理由，」她回答。「這場火並不成功。我是說，很顯然凶手在浴室裡堆放了一些家具、沙發墊什麼的，試圖引發大火。可是火焰無法達到預定的強度。最初的火焰無法將這堆可燃物燒透，因為敞開的窗戶使得火焰向外跑。他也沒有留下來觀察，否則他一定會發現他沒成功，屍體只像是被火舌舔了一下。」

班頓的目光在照片上打轉，沉靜得有如雕像。我看得出他有許多想法，不過慎言是他的一貫作風。他不曾和麥高文合作過，也不認識亞伯拉罕‧杰德醫生。

「我們有得忙了。」我對他說。

「我想立刻到現場去。」他回了句。

他板著臉孔，那是每當他感覺邪惡有如寒意入侵時慣有的表情。我注視著他，他回了我一眼。

「你可以跟我一起去。」麥高文大方的說。

「謝了。」

「還有一件事，」麥高文說。「這棟屋子的後門沒上鎖，階梯旁的草坪上有一只空的貓盆。」

「妳認為事發前她走到屋外去清理貓盆？」杰德問他們兩人。「而那傢伙就在那裡窺伺？」

「只是推測。」麥高文說。

「很難說。」衛斯禮說。

「這麼說凶手知道她養貓囉？」我半信半疑的說。「還知道那個晚上她會把貓放出去，或者出門去清理貓盆？」

「也可能她是在較早的時候出去清理貓盆，然後把它留在院子裡風乾的，」衛斯禮脫掉工作袍說。「也許當天晚上她先關掉了防盜鈴，不久後又打開後門，也說不定是在早上為了某種因素打開的。」

「貓呢？」我問。「找到了嗎？」

「還沒。」麥高文說，然後和衛斯禮一起離去。

「我想開始採體液。」我對杰德說。

在我調整燈光時，他拿來相機開始拍照。我觀察她臉上的傷口，採了幾根纖維和一根波浪形的褐色髮絲。這根頭髮大約四吋半長，我猜想是她自己的。但我還發現其他頭髮，紅色，較短，看得出來是最近染的，因為髮根有十六分之一吋顏色較深。一如預料，貓毛到處都是，很可能是是受害者倒下時從地板沾黏上的。

「非常長又細緻的貓毛，」杰德說。「是波斯貓？」

「很像。」我說。

15

採集證物的工作極度繁瑣，而且必須優先處理。一般人除非看過像我這類人拿著放大鏡開始掃瞄衣服、屍體上一些肉眼看不見的細屑，否則很難想像他們的臭皮囊是如何的邋遢。我找到一些木屑，可能是從地板或牆上沾來的，還有貓窩雜屑、泥巴，以及昆蟲和植物殘片，當然也有燃燒產生的灰屑和餘燼。然而最重要的發現是來自她的頸部傷口。透過顯微鏡頭，我發現兩片閃亮的金屬細屑。我用小指尖端沾取，謹慎的移到一塊乾淨棉布上。

房裡的舊金屬桌上有一台切片顯微鏡。我把放大倍數轉到二十，然後調整照明燈。我簡直不敢相信，因為在瑩白的光圈中顯現的是許多細小扁平、彎曲的銀色刨屑。

「這太重要了，」我語氣急促的說。「得用棉布和證物盒把它保存好，我們還必須小心確認其他傷口是否也有類似殘留物。這東西用肉眼看來很像是銀色小亮片，一閃一閃的。」

「是凶器的金屬屑？」

杰德也興奮起來，湊近研究著。

「這東西黏附在她頸部傷口的深處，所以，沒錯，我想應該是。跟華倫登案受害者身上發現的殘留物十分類似。」我說。

「目前了解多少呢？」

「只知道是鎂金屬削屑，」我回答。「我們沒有告訴任何人，怕有人洩漏給媒體。不過我會讓班頓和麥高文知道的。」

「放心吧，」他體恤的說。

她身上共有二十七處傷口。經過冗長的全盤檢查之後，我沒發現其他傷口有類似的閃亮金屬碎片。這讓我有些困惑，因為我原本推測，喉嚨的傷口是最後形成的。倘若如此，為何其他更早被割傷的地方沒有沾黏到這些削屑？照理說應該會有的，尤其當刀刃插入到護刀盤的部位，抽出時削屑肯定會被肌肉和彈性組織給沾黏住。

「並非不可能，但是不合常理，」我對杰德說，邊開始測量喉嚨部位的傷口。「長度是六又四分之三吋，」我說著在一張驗屍圖表上寫下數字。「右耳一帶很淺，通過帶狀肌肉和氣管時變得較深，接著向上延伸到頸子另一端而再度變淺。凶手應該是慣用左手，從背後割破受害者的喉嚨。」

下午將近兩點鐘，我們開始清洗屍體，一時之間不鏽鋼驗屍台上流滿紅色污水。我用柔軟的大海綿刷洗頑強的血塊。她身上的傷口在清洗乾淨之後似乎綻裂得更開更深了。凱莉・薛佛生前是個漂亮女人，顴骨高聳，皮膚細緻無瑕。身高五呎八吋，體格瘦長健美。她沒有塗指甲油，被發現時也未配戴任何首飾。

我們打開她被穿刺的胸腔，發現裡頭充滿多達一公升的積血，是心臟和肺部動靜脈血管出血造成的。這樣的損傷足以讓她在幾分鐘以內死亡。我推測她受到這些重擊的時間應該在激烈抵抗攻擊之後，那時候她已經比較虛弱，動作也緩慢了下來。胸部這幾道傷口的角度差異非常細微，我懷疑當她躺在地上由上方受到攻擊的時候，或許沒什麼機會移動身體。之後她掙扎著翻身來保護自己，也許用盡了垂死前最後一絲氣力。我推測她就是這時候被割了喉嚨。

「凶手身上應該會沾上一大灘血。」我說著開始測量這幾道傷口和雙手之間的距離。

「那還用說。」

「他一定得找個地方清洗，總不能一身血漬跑進汽車旅館。」

「除非他就住在這附近。」

「或者迅速躲進車子裡，只要沒被拖吊就沒問題。」

「她的胃裡有少量褐色液體。」

「這麼說她很久沒進食了，也許晚餐以後就再沒吃東西，」我說。「我覺得我們有必要查一下她的床褥有沒有動過。」

我腦中浮現的情景是，一個女人在睡夢中被驚醒，時間可能是週六晚上或週日凌晨。不知為了什麼理由，她起床去關掉防盜鈴並且打開後門鎖。四點鐘剛過，杰德和我用手術線將Y切口縫合完畢。我到停屍間的小更衣室去清洗身體。一個用來在法庭上示範暴力犯罪的人體模型被隨意丟置在淋浴間地板上，形狀淒慘。

黎海郡除了一些青少年放火燒舊農場以外，縱火案可說十分罕見。至於薛佛所居住的這個小型中產社區，威斯可維爾，暴力犯罪更是聞所未聞。這裡最嚴重的案件頂多是鬥毆或搶奪，小偷瞥見住家內亮著錢包，於是闖進去摸走。由於黎海沒有警察局，等到州警回應防盜鈴警報趕過來，竊犯往往早已逃逸無蹤。

我從裝備袋裡拿出我的戰鬥裝和金屬補強長靴，和那具人偶共用一間更衣室。杰德好心送我到火災現場，沿路可見枝葉茂盛的樅樹和道旁花圃，不時出現質樸、悉心維護的教堂。我們的車轉入漢諾瓦大道，這裡的住宅全是寬敞時髦的雙層樓磚造和木造建築，庭院裡有籃球架、腳踏車和各種孩童玩具。

「你知道這裡的房價嗎？」我望著逐漸增多的住宅說。

「大概在二十到三十萬之間，」他說。「有很多工程師、護士、股票經紀人和主管級人士住在這裡。七八號州際公路是穿越黎海谷的主要幹道，從這裡開車一個半小時就可以到達紐約，因此有很多人在兩地之間通勤。」

「這一帶還有什麼特別的？」我問。

「附近有好幾個工業園區，距離都只有十到十五分鐘車程。像是可口可樂、空氣產品及化工、雀巢倉庫、沛綠雅等等，當然還有農地。」

「可是她在醫院裡工作。」

「沒錯。現在妳知道了，最多只要十分鐘車程。」

「你有沒有印象曾經見過她？」

杰德思索了一分鐘。樹叢和街道盡頭後方升起稀薄的排煙。

「我很肯定我曾經在醫院餐廳見過她，」他回答說。「像她那種美女很難讓人不側目。她好像是跟其他幾個護士同桌吧，我也不太記得了，不過我沒和她交談過。」

薛佛的屋子加了鑲白框的黃色護牆板，儘管大火沒能把它燒盡，但是救火時噴灑的水，以及為了滅火在屋頂鑿開的大洞仍然造成極大損害，只剩下一張哀傷、污穢的臉孔和有著大窟窿的腦袋，以及破碎窗戶所形成的死氣沉沉的眼睛。寄宿的野花被踐踏，修剪整齊的草坪變成泥濘一片，停在車道上那輛豐田Camry通體覆蓋著煤渣。消防隊人員和菸酒槍械管制局的調查員正在屋裡忙碌，兩個身穿防火外套的調查局探員正在屋子外圍巡視。

我在後院看見麥高文正和一名緊張的年輕女性說話。女人穿著牛仔短褲、涼鞋和T恤。

「那時候是幾點？將近六點？」麥高文問她說。

「對啊，我正在準備晚餐，看見她在車道上停下車，就停在現在那個位置，」女人興奮的描述。「她走進屋子，大概三十分鐘以後又出來，開始拔雜草。她喜歡在院子裡做活，修剪草坪之類的。」

我朝她們走過去，麥高文回頭發現我。

「這位是哈維太太，」她對我說。「住在隔壁。」

「妳好。」我向哈維太太招呼。她眼裡閃爍著雀躍，又帶著些微恐懼。

「史卡佩塔醫生是醫事檢查官。」麥高文解釋著說。

「哦。」哈維太太說。

「在那之後呢？妳可曾再度看見凱莉？」麥高文又問。

女人搖了搖頭。

「我想她大概進屋裡去了，」她說。「應該是吧。我知道她非常努力工作，而且通常都很早睡。」

「男朋友呢？她有沒有跟誰約會？」

「噢，很多，」哈維太太說。「有的是醫生，都是醫院的人。我還記得去年她曾經跟個傢伙約會，那人原本是她的病人，結果似乎沒能維持太久。問題出在她太漂亮了，男人只要一樣東西，但她卻有別的想法。我知道是因為她曾經對我說過。」

「最近沒有嗎？」麥高文說。

哈維太太想了想。

「只有她那群女朋友，」她回答。「她有幾個女同事，有時候會來找她，然後一起出門。

可是那天晚上好像沒什麼動靜。當然這很難說，也許有人來找她，我不見得聽得到。」

「我們找到她的貓了嗎？」我問。

麥高文沒回答。

「那隻壞貓，」哈維太太說。「她的小寶貝，簡直寵得不得了。」

她微笑著說，眼裡泛著水光。

「她把牠當兒子。」哈維說。

「家居貓？」我問。

「噢，絕對是。凱莉從來不讓牠出門，當牠是溫室裡的蕃茄似的。」

「牠的貓盆放在後院，」麥高文對她說。「凱莉是不是習慣清理貓盆以後把它整夜放在外面？或者說，她是否習慣在晚上清理貓盆？天黑以後才打開後門，警報器也關閉？」

哈維一臉困惑。我猜她並不知道她的鄰居遭到了謀殺。

「這個，」她說，「我的確看過她清理貓盆，不過都是用垃圾袋裝好丟進垃圾收集桶裡。所以我覺得她應該不會在晚上清理才對。我想，說不定她是清理了，再放在屋外風乾，妳知道我的意思？也說不定她沒時間把它沖乾淨，就先留在外面，想等到第二天早上再說。但不管怎樣，反正那隻貓會用馬桶，就算一整晚沒有貓盆也不成問題的。」

她抬頭看一輛州警車緩緩駛過。

「沒人提起是怎麼起火的，」哈維接著說。「查出來了嗎？」

「我們正在努力。」麥高文說。

「她死的時候沒有……嗯，發生得很快，對嗎？」

她在夕陽下瞇起眼睛，緊咬著嘴唇。

「我只是不希望她死得很難受。」她說。

「在火災中死亡的人大部分都感覺不到痛苦，」我措詞委婉的迴避她的問題。「通常火還沒燒到就昏迷了，因為吸入一氧化碳的關係。」

「噢，感謝老天。」她說。

「我到屋裡去。」麥高文對我說。

「哈維太太，」我說。「妳和凱莉很熟嗎？」

「我們做了五年鄰居。雖說在一起的時間不多，不過我算是相當了解她的。」

「我在想，妳手上會不會有她最近的照片，或者知道誰有？」

「我好像有。」

「我必須確定死者身分。」我說，其實我另有用意。

我想親眼看看薛佛在現實生活中的模樣。

「如果妳還肯說些別的，我會很感激的，」我說。「例如她的家人是否住這裡？」

「噢，沒有，」哈維望著隔壁那棟焚毀的房子說。「她是個四海為家的人。妳知道，她父親是軍人，夫妻倆好像是住在北卡羅來納的樣子。凱莉因為時常搬家的緣故見識也廣。我曾經對她說我真希望能像她那麼聰明、堅強。告訴妳，她什麼都不放在眼裡。有一次我發現屋裡有一條蛇就打電話給她，恐慌得不得了。她過來把蛇趕到院子裡，然後用鐵鍬把牠打死。我想她會這麼強悍也是因為那些男人太纏人了。我時常說她應該去當電影明星，她說，可是珊卓，我不會演戲啊。我就說，可是大部分的明星也都不會演啊！」

「這麼說她應該相當懂得自保了。」我說。

「那還用說，所以她才裝了防盜鈴啊。活潑又機靈，這就是凱莉。妳可以來我家，我拿她的照片給妳看。」

「妳真好，」我說。「那就打擾了。」

我們穿過籬笆，走上階梯進入她那間明亮寬敞的廚房。就裡頭儲藏豐富的櫥櫃和完備的廚具看來，哈維太太顯然很熱中烹飪。天花板鉤架掛著許多鍋具，火爐上正慢火燉著一鍋東西，飄散出牛肉和洋蔥的濃郁香氣，也許是俄式炒牛肉或燉肉。

「請到窗戶旁邊的椅子坐一下，我到裡面去找找看。」她說。

我在早餐桌邊坐了下來，望著窗外凱莉・薛佛的房子。從破損的窗口我看見裡頭的人影，有人架起了燈光，因為日照已漸漸昏暗。我在想，不知凱莉的鄰居是否經常像這樣看著她在屋裡來來去去。

哈維對這位美得像電影明星的女人的生活必定十分好奇，我懷疑有誰能夠跟蹤薛佛到家裡，而不被她的鄰居瞥見他的車子或人。然而我的問題必須提得很有技巧，因為薛佛死於暴力攻擊這件事還未公諸大眾。

「唉唷，真不敢相信，」哈維大叫著回到廚房。「我發現比照片更好的東西。妳知道，上週電視台的人到醫院拍攝介紹急救中心的影片，在晚間新聞播出，凱莉也上了鏡頭，我就把它錄了下來。我竟然到現在才想起來，真不好意思，腦袋不靈光嘍。」

她拿著一捲錄影帶。我跟著她走進客廳。她把帶子放進錄放影機卡匣。我在舖著大片藍色地毯的客廳裡找了張藍色扶手椅坐下。她把帶子迴轉，然後按下「play」鍵。一開始是從直升機上取鏡，拍攝黎海谷醫院處理急救案件的鏡頭。這時我發現，凱莉不只是病房護士，也是空中醫療小組的護理人員。

畫面上出現身穿跳傘裝的凱莉和其他小組人員在接獲緊急呼叫之後衝過一條迴廊。

「抱歉，借過。」影片中的她匆匆穿越人群。

她果真是人類基因的完美傑作，雪亮的牙齒，鏡頭所捕捉她的五官和骨架的每個角度無不姣好動人。不難想像她的病患一定很容易便迷戀上她。在又一次不可能的任務完成之後，鏡頭轉向餐廳。

「我們永遠在跟時間賽跑，」薛佛對記者說。「延遲一分鐘便可能損失一條人命。神經緊張是必然的。」

內容平庸的訪談持續進行，鏡頭不斷變換著角度。

「我竟然錄了下來，不過我認識的人也沒幾個上過電視呢。」哈維說。

起初我沒細看。

「停一下！」我說。「倒帶。對，就是這裡，定格。」

鏡頭中的背景出現一個人在吃午餐。

「不會吧，」我憋著氣說。「不可能的。」

嘉莉・葛里珊一身牛仔褲和綁紮染襯衫，和一群忙碌的醫院員工同桌坐著吃三明治。我起初沒認出她來，因為她的頭髮長達耳下並且染成了紅褐色，迥異於上回我所見到的白色短髮，然而她那雙眼睛終究像黑洞似的吸引了我的注意。她直勾勾盯著鏡頭，邊咀嚼著，眼神一如我記憶中透著邪惡的冷光。

我離開椅子，衝到錄放影機前面，抽出那捲帶子。

「我必須把它帶走，」我幾近驚恐的說。「我答應妳會盡快歸還。」

「好的，只要妳記得還我就可以，我只有這捲了。」珊卓・哈維也跟著起身。「妳還好嗎?妳的樣子好像見了鬼似的。」

「我得走了,再次謝謝妳。」我說。

我跑回隔壁,奔上後門階梯進了屋子。這裡的地板積了一吋深的冷水,天花板也滴滴答答的。許多探員忙著拍照、討論事情。

「婷安!」我大叫。

我小心地往屋內移動,跨過缺損的地板以免絆倒,我依稀瞥見一名探員將一具焦黑的貓屍體放進塑膠袋裡。

「婷安!」我又喊。

我聽見篤定的腳步聲踩踏著頹傾的屋頂和斷裂的地板。突然她就在距離我數吋之遙的地方,穩住我的臂膀。

「嘿,當心點。」她警告我。

「我們必須盡快找到露西。」我說。

「怎麼了?」

她小心翼翼的陪我走出屋子。

「她在哪裡?」我問。

「市中心發生一起二級火警。一間雜貨店,可能是人為縱火。凱,妳怎麼了……」

我們站在草坪上，我緊抓著那捲錄影帶，彷彿它是我生命中僅存的希望。

「婷安，拜託妳，」我凝視著她。「送我到費城去。」

「走吧。」她說。

16

麥高文只花了四十五分鐘便將車子開回費城，因為她一路猛踩油門。她以無線電通知警分局並用安全頻道和他們通話。她對於傳遞的訊息內容相當謹慎，但也清楚下達了要所有探員上街尋找嘉莉的命令。趁她講無線電的空檔，我用行動電話聯絡馬里諾，要他立刻搭飛機過來。

「她在這裡。」我說。

「糟糕。班頓和露西知道嗎？」

「我還沒告訴他們。」

「我這就出門。」他說。

我和麥高文都難以置信嘉莉竟然還留在黎海郡。她應該會選擇待在最具殺傷力的地方，可見她知道露西已經遷居到費城。果真如此，嘉莉也許已經跟蹤露西好一陣子了。有一件事我很肯定但無法理解的是，華倫登大火和眼前這樁縱火案似乎是蓄意安排，藉以誘引我們這些曾經擊敗過嘉莉者的注意。

「可是華倫登案發生的時候她還在寇比療養中心。」麥高文把車轉入卻斯納街，邊提醒我說。

「我知道，」我說，驚駭得就快昏厥過去。「我也不懂，總之她也有份就是了。她會出現在那則新聞裡絕不是偶然，婷安。她知道凱莉・薛佛謀殺案發生以後我們一定會搜查所有相關證物。嘉莉一開始就知道我們會發現這捲帶子。」

新的火警發生在賓州大學西側的破落住宅區，暗沉、死寂，遠遠便看見救護車燈閃個不停。警車封鎖了兩個街區的範圍，裡頭停著至少八輛消防車和四輛雲梯車，消防隊員從七十呎高的空中向冒煙的屋頂射水。夜色中，柴油引擎聲隆隆作響，高壓水柱沖擊著牆板，窗玻璃應聲碎裂。鼓漲的水帶在街道上蛇行，積水淹上車輛轂蓋，短期內這些車子哪裡也去不成了。

守在街道兩旁的媒體小組和攝影記者一發現麥高文和我進入現場，立刻蜂擁而來。

「菸酒槍械管制局和這案子有關聯嗎？」一個電視記者問。

「我們只是過來了解一下狀況。」麥高文回答說。我們繼續往前走。

「這麼說這也是一樁縱火案，和其他商店縱火案一樣？」

我們的靴聲拍擊著路面，麥克風一路跟來。

「還在調查當中，」麥高文說。「這位女士，請妳後退。」

那名記者在一輛消防車前止步，麥高文和我也來到了起火的商店。火焰已經蔓延到隔壁的理髮店，消防隊員拿著斧頭和鶴嘴鋤在屋頂鑿出許多方形孔。幾個身穿管制局防火外套的探員正在訪談可能的人證，一身標準裝備和頭盔的火災調查員在一輛指揮車前跳上跳下。我似乎聽見關於切換開關、記量器和聯絡竊盜小組什麼的。黑色濃煙滾滾，整個空間只有一個地帶持續在悶燒，不斷噴出火焰。

「說不定她在裡面。」麥高文在我耳邊說。

我跟著她朝商店靠近。店舖的玻璃板前門敞開著，部分商品隨著水流漂出門外。鮪魚罐頭、發黑的香蕉、餐巾紙、洋芋片包和一罐罐沙拉醬順水浮沉，一個消防人員隨手救起一罐咖啡，聳聳肩然後把它丟進他的卡車。探照燈的強光掃射著店內漆黑、煙霧瀰漫的瘡痍場景，照亮那些扭曲有如太妃糖的樑柱和從I型樑垂下的凌亂電線。

「露西．費里奈利在裡面嗎？」麥高文朝店內大喊。

「剛剛才看見她和店主在說話。」男性的聲音傳出。

「你們在裡頭小心點。」麥高文高聲說。

「喔，好啦，我們遇上麻煩了，無法把電源關閉。電箱一定是在地下室，妳可以下去看看嗎？」

「沒問題。」

「原來這就是妳派給我外甥女的任務。」麥高文和我經過更多毀損泡水的物品回到街道上時我說。

「這只是小意思。她的單位好像是七一八。我看看能不能聯絡上她。」

麥高文拿起無線電對講機來呼叫露西。

「什麼事？」我外甥女的聲音傳出。

「妳還在忙嗎？」

「在收尾了。」

「到前面來一下好嗎？」

「這就去。」

我大大鬆了口氣，麥高文朝我笑了笑。燈光頻頻閃爍，水波起伏。消防隊員渾身黑渣臭汗，肩上扛著水帶，拖著疲倦的步伐，大杯灌下他們自己調配裝在塑膠壺裡的綠色解渴飲料。卡車裡架起照明燈，光線燦亮炫目得使得這火場顯得有些不真實。一些火災迷，被管制局稱作火牛的人，從黑暗中竄出，拿著即可拍相機拍攝火場照片，另一群生財頭腦特佳的人則在現場兜售薰香劑和偽造手錶。

等到露西出現時，煙霧已經淡薄不少而且轉白，表示蒸氣增多，水逐漸撲滅了熱源。

「太好了，」麥高文也觀察到這景象，「火快熄了。」

「電線被老鼠咬了，」露西劈頭就說。「店主是這麼推測的。」

她不解的望著我。

「妳怎麼跑來了？」她問。

「嘉莉和黎海縱火謀殺案可能有涉，」麥高文替我回答。「所以她應該還在這一帶，也許就在費城。」

「什麼？」露西一臉愕然。「怎麼會？那華倫登案呢？」

「我了解妳的疑惑，」我說。「似乎很難理解，不過兩案的相似點實在不少。」

「這樣的話，這樁案子有可能只是模仿，」我的外甥女接著說。「她在報上看見縱火案新聞，就有樣學樣，故意整我們。」

我突然想起那些金屬削屑，還有起火點，報上並沒有報導這類細節。殺害克萊兒·羅禮的凶器是類似尖刀的尖銳工具這點，我們也從未透露給媒體。還有另一項雷同讓我耿耿於懷的，就是羅禮和薛佛兩人都是漂亮女孩。

「我們已經出動大批探員，」麥高文對露西說。「眼前最重要的是妳得隨時保持警覺，懂嗎？還有凱，」她轉頭對我說。「這地方你恐怕不宜久留。」

我沒回應，只顧問露西，「妳有班頓消息嗎？」

「沒有。」

「我不懂，」我喃喃的說。「他跑那裡去了呢？」

「妳上次和他聯絡是什麼時候？」露西問我。

「稍早在停屍間。他先離開，說要趕到黎海谷的火災現場去。已經多久了？至少有一小時了吧？」我對麥高文說。

「如果是這樣，妳覺得他會不會回紐約，或者里奇蒙了？」她說。

「他應該會和我聯絡才對。我只好不停的呼叫他了。等馬里諾到了再說，也許他知道什麼。」我說。一條消防水帶突然噴出水柱，在我們四周灑下濛濛水霧。

將近午夜，馬里諾到了我的飯店房間。他也沒有班頓的消息。

「我認為妳不該一個人待在這裡。」一見面他就說，語調高亢而焦躁。

「告訴我哪裡比較安全？不知道出了什麼事，班頓沒留口信給我，呼叫他也沒回應。」

「你們兩個沒吵架吧？」

「拜託。」我氣惱的說。

「別這樣，是妳問我的，我也想幫忙啊。」

「知道啦。」

我深吸了口氣，試圖冷靜下來。

「露西呢？」

他在床沿坐下。

「大學附近發生了火警，她可能還在那裡。」我回答。

「也是縱火？」

「不知道他們確定起火原因了沒。」

我們靜默了好一會兒，始終心神不寧。

「我們可以坐在這裡乾等，」我說，「或者出去看看。反正我也睡不著。」

我開始踱步。

「可惡，我才不要整晚待在這裡，猜測著嘉莉究竟會在哪裡埋伏。」

淚水湧上我眼眶。

「班頓正在外面，也許就在火災現場，和露西一起。誰知道呢。」

我轉身背對著他，遠眺窗外的港口。我的胸口發疼，兩手冰冷得指頭泛紫。

馬里諾站了起來，我知道他在盯著我。

「走吧，」他說。「咱們出去。」

我們再度來到位在瓦納街的火場時，救火行動已經趨緩。大部分的消防車已離開，幾名留下來善後的消防隊員捲著水帶，似乎疲倦已極。店內的天花板夾層不斷冒出蒸氣濃煙，但已經看不見火焰。裡頭傳出談話和腳步聲，耀眼的探照燈穿透那片黑暗，映亮大堆玻璃碎片。我涉水跨過許多漂浮的雜貨和垃圾。當我到達店門口，麥高文的聲音傳出，正說著關於醫事檢查官的事。

「立刻把他找來，」她大吼。「你們小心點，懂嗎？散佈的範圍很廣，別踏到了。」

「誰有照相機？」

「有了，我找到一只手錶，不鏽鋼男錶，水晶錶面碎了。還有一付手銬。」

「什麼？」

「你聽到啦，就是手銬。史密斯威森真品。緊鎖著，好像有人戴過，還上了兩道鎖。」

「不會吧。」

我進入店內，大顆水滴敲在我頭盔上，溜進我的頸窩。我認出露西的聲音，但聽不清楚她說什麼。她的口氣近乎歇斯底里，緊接著起了陣騷動和濺潑聲響。

「等等，露西！」麥高文喝令說。「誰來把她帶出去！」

「不要！」露西尖叫。

「過來吧，」麥高文說。「我扶住妳了，冷靜點好嗎？」

「不要！」露西又叫。「不要！不要！不要！」

接著是響亮的濺水聲和一聲驚叫。

「我的天，妳沒事吧？」麥高文說。

我走進屋內，看見麥高文正攙扶著露西站起。我的外甥女正陷入歇斯底里狀態，一隻手流著血，卻不在意似的。我涉水過去，胸口緊縮著，渾身血液冰冷得有如腳下的水流。

「我看看。」我說著輕輕拉起露西的手，拿手電筒探照。

她全身抖個不停。

「妳上次注射破傷風疫苗是什麼時候？」我問。

「凱阿姨，」她喃喃說。「凱阿姨。」

露西雙手抱住我的頸子，兩人差點絆倒在地。她哭得說不出話來，鉗子似的緊箍住我的肋骨。

「怎麼回事？」我問麥高文。

「我先送妳們兩個出去再說。」她說。

「告訴我出了什麼事！」

除非她告訴我，否則我哪裡都不去。她猶豫起來。

「我們發現了一具遺體，被焚毀的焦屍。凱，拜託妳別問了。」

她挽起我的手臂，我把它甩開。

「我們先出去再說。」她說。

我將她推開，轉頭看著屋內的角落，一群調查員在那裡緩緩涉水，拿手電筒四處照射，低聲討論著什麼。

「這裡也有骨頭，」有個人說。「不對，刮刮看，是燒焦的木頭。」

「這邊的可不是木頭。」

「該死，那個法醫怎麼還不來？」

「讓我來，」我對麥高文說，好像這是我該負責的現場。「把露西帶出去，拿毛巾替她把手包紮好。我很快就出去看她。露西，」我對我的外甥女說。「妳沒事的。」

我把她圈在我頸子上的手臂解開，也開始顫抖起來。我明白了。

「凱，別去那裡，」麥高文提高嗓子說。「別去！」

可是我非去不可。我匆匆離開她們，涉水到了屋角，雙腿發軟差點跌一跤。那些調查員看我靠近，突然安靜下來。起初我也不確定看到了什麼，只循著他們手中的手電筒光線所及，發現一團炭黑的物體，混雜著些污損的紙張和隔熱板，底下是倒塌的灰泥和大堆焦黑的木塊。

接著我看見類似腰帶和釦環的東西，和一段有如燒焦的粗木棍般突起的大腿骨。那堆物體原來是一具焚毀的軀體，連著的頭顱已經焦黑、五官模糊，頭頂只殘留著幾撮被煤灰沾污的銀髮。

「讓我看看那只手錶。」我慌亂的對那些調查員說。

其中一個將它遞給了我。我接過手錶，是一只百年靈太空系列不鏽鋼男錶。

「不，」我跪倒在水裡，喃喃唸著。「天啊，不要。」

我兩手蒙著臉，腦袋一片空茫，身體搖晃著，眼前只剩漆黑。膽汁湧上喉頭時，一隻手及時將我穩住。

「醫生，冷靜。」男性的聲音傳來，隨即有人把我扶了起來。

「不可能是他，」我放聲尖叫。「天啊，拜託別讓他死，求你，求求你啊。」

我腳下陣陣癱軟，靠著兩個探員的攙扶才勉強拖著虛脫的身軀站起。我一言不發回到店門外，神魂無著的走向麥高文那輛福特Explorer。她正陪著露西坐在後車座，她手中那條裹住露西左手的毛巾已被血浸透。

「我需要急救箱。」我聽到自己對麥高文說。

「最好把她送醫院。」然後是她的聲音。她定睛注視著我，眼裡閃動著恐懼與悲憫。

「快去拿。」我說。

麥高文伸手到車座後面去，抓起一只橘色企鵝手提箱來放在座椅上，打開彈簧鎖。露西似乎就要休克，劇烈打著哆嗦，臉色慘白。

「她需要一條毛毯。」我說。

我移開毛巾，用包裝水清洗她的傷口。她的拇指皮膚撕裂了一大塊，我用棉花沾取大量優碘替她消毒，碘酒氣味鑽入我鼻孔。剛才那一切彷彿只是場惡夢，都不是真實的。

「她的傷口必須縫合才行。」麥高文說。

那不是事實，只是一場夢。

「我們必須帶她到醫院去做縫合手術。」

但是我已經拿出傷口貼布和安息香膠，因為我知道縫合手術對這類傷口沒什麼幫助。我在處理完畢的傷口上裹了層厚厚的紗布，淚水滾落臉頰。我抬頭望著車窗外，發現馬里諾站在車門邊。他的臉由於痛楚和激憤而扭曲著，看來似乎就快嘔吐了。我下了車。

「露西，妳必須跟我走，」我說著挽起她的手臂，我在照拂別人的時候總是表現得比較穩當。「走吧。」

救護車燈映上我們的臉，夜色、人群全都顯得怪異而疏離。馬里諾開車帶著我們離開，那位醫事檢查官的廂型車在這時抵達現場。他將會採取X光檢驗、齒模記錄，甚至DNA比對等方式來進行死者身分鑑定，幾天後才會有結果。但那已經不重要了，因為我知道，班頓死了。

17

就目前種種跡象看來，班頓是遭人誘殺的，沒有任何線索足以顯示是什麼因素讓他來到瓦納街這家商店。也許他先被人誘拐到某處，再被強行帶往這間位在破落社區的小商店。我們判斷他可能一度戴了手銬。進一步搜索現場的結果還發現一條8字形狀的鐵絲，很可能是用來綑綁他的腳踝的。

他的汽車鑰匙和皮夾已經找到，他那把九釐米席格索爾手槍和一枚金章戒指則還未尋獲。飯店房間裡留有幾套他的換洗衣服和一只公事包。他們把這些物品轉交到了我手中。當天晚上我住在婷安・麥高文家中。她在屋子四周部署了幾名探員，因為嘉莉還脫逃在外，遲早會找上門來的。

她會貫徹她的計劃，而此刻最重要的問題是，下一個死的會是誰——如果她又成功了的話。馬里諾暫住在露西的小公寓裡，睡沙發看守著她。我們三個彼此沒說什麼話，因為實際上也無話可說。畢竟木已成舟。

那晚麥高文盡了力安撫我。有好幾次她端著熱茶和食物到房間裡來。這房間那扇藍色布帘窗戶正好俯瞰著社群山丘上成排有著舊磚牆和黃銅掛燈的房舍。她夠聰明，沒有追問什麼，而我也消沉得只能遁入夢中。我不斷驚醒，渾身不舒服，突然又憶起了原因。

我不記得做了些什麼夢。只知道我不停哭泣，哭到眼睛腫得合不攏。週四接近中午，我好好沖了個澡然後走進麥高文的廚房。她一身鐵藍色套裝，正喝著咖啡，邊看報紙。

「早安，」她打著招呼，對於我終於從緊閉的門後掙脫出來十分驚喜似的。「妳還好嗎？」

「告訴我進行得如何了。」我說。

我在她對面坐下。她放下咖啡杯，推開椅子站起。

「我去替妳倒咖啡。」她說。

「告訴我事情進行得如何了，」我追問。「我非知道不可，婷安。他們有什麼發現嗎？我是說在停屍間？」

她楞了一下，望著窗外一棵軟軟垂掛著棕色花架的老木蘭樹。

「驗屍工作還在進行，」她終於開口。「不過，根據目前的跡象看來，他似乎被割破了喉嚨。臉上也有好幾道深可見骨的刀傷。這裡，還有這裡——」

她指著自己的左下巴和兩眼之間。

「他的氣管裡沒有煤灰和灼傷，也沒有一氧化碳，所以他是在火燒上身以前就死了的。」她對我說。「抱歉，凱，我……唉，我也不知道該說什麼。」

「怎麼會沒人看見他走進那棟房子？」我問，好像沒聽懂她剛才的駭人描述似的。「如果說有人拿槍脅迫他進去，怎麼會沒人看見？」

「那家商店下午五點鐘就關門了，」她回答說。「我們沒發現強行入侵的跡象，防盜警報器也不知為什麼沒開啟，因此沒響。這個地區有不少放火燒房子來詐領保險金的棘手案子。巴基斯坦人之間經常包庇這種事。」

她啜著咖啡。

「同樣的犯案手法，」她繼續說，「商品存貨都不多，都是在營業時間結束以後不久起的火，鄰居們也是什麼都沒看見。」

「這案子和保險金根本扯不上關係！」我惱火起來。

「當然沒關係，」她冷靜的回答。「至少是沒有直接關係。不過如果妳願意聽聽我的想法，我可以告訴妳。」

「說。」

「也許嘉莉是縱火……」

「當然是她！」

「我的意思是說，也許她和店主共謀縱火好讓他獲得保險金。說不定他還付錢給她作為報償，對她的真正動機毫無所悉。這事需要相當周密的計劃。」

「這些年她除了擬計劃以外還能做什麼呢。」

我的胸口又一陣緊縮，淚水卡在喉頭，溢滿眼眶。

「我要回家去，」我對她說，「我總得做點什麼，不能老待在這裡。」

「我認為妳最好別……」她正想阻止。

「我必須知道她接下來會怎麼做，」我說，好像這很容易似的。「我必須知道她是如何辦到的。一定有個更重大的計劃，某種行動模式，絕不會就這麼結束的。他們有沒有發現金屬削屑？」

「可供化驗的實在有限。他位在天花板夾層，也就是起火點。那上頭有大量可燃物，只不過我們還不清楚是什麼，只在現場發現水上漂浮著許多保麗龍顆粒，這些東西是可燃的。目前還沒偵測到有任何助燃劑。」

「婷安，我們把薛佛案的金屬削屑帶到里奇蒙去，和手上的東西做比對。請妳的調查員交給馬里諾。」

她望著我，眼神充滿疑惑、疲憊和傷感。

「妳必須接受現實，凱，」她說。「其他的交給我們來辦。」

「我已經接受了，婷安。」

我站了起來，俯瞰著她。

「我必須這麼做，」我說。「拜託妳。」

「妳真的不該再參與這案子了。至於露西，我打算批准她一週的事假。」

「妳不能阻止我參與這案子，」我對她說。「這輩子休想。」

「妳沒有立場反對。」

「倘若妳是我，妳會怎麼做？」我問。「妳會回家去，什麼都不管嗎？」

「但我終究不是妳。」

「回答我。」我說。

「我會著了魔，誰都無法阻擋我參與這案子。我會和妳完全一樣。」她跟著起身。「我會設法幫妳的。」

「謝謝妳，」我說。「幸虧有妳，婷安。」

她打量了我片刻，靠在流理台邊，雙手插在長褲後口袋裡。

「凱，別為這件事自責。」她說。

「該責怪的是嘉莉，」我回答，酸澀的淚水突然湧出。「我只怨她一個。」

18

幾小時後，馬里諾開車送露西和我回到里奇蒙，這恐怕是我記憶中最難受的一趟車程了。三個人呆望著窗外，靜悄悄的，車內瀰漫著股窒悶的愁緒。這件事忽而不像真的，忽而又逼近眼前，像拳頭重擊我的胸口，班頓的形貌活生生的。我不知道最後一晚我們沒有同床究竟是幸或不幸。

一方面我不確定自己能夠承受回憶中他的撫觸、氣息和擁抱的鮮活感受，但我又好希望能夠再度擁抱他，和他做愛。我的心翻越層層高峰而後墜入暗寂的空谷，在那裡被一個現實的難題給羈絆住，那就是我必須處理他在我屋內留下的物品，包括衣服在內。

他的遺物必須寄回里奇蒙。問題是，儘管我深諳死亡，我們兩個對於自己的死亡、未來的喪葬和長眠之地等身後事卻從不關心。我們不愛思考自身的事，果真就從來沒思考過。

九五號州際公路上奔流的車潮彷彿永無止盡。淚水再度湧上，我轉頭望著窗外，掩住臉孔。露西坐在後座，然而她的憤慨、悲悽和恐懼有如水泥牆般觸手可及。

「我要辭職，」車子經過費德瑞克斯堡時她終於開口。「就這麼決定了。我會找別的工作，也許是電腦方面的。」

「鬼扯，」馬里諾回了句，從後照鏡瞪著她。「放棄執法工作，豈不正好如了那個臭婆娘的意？承認妳是輸家，是蠢蛋？」

「我本來就是輸家、蠢蛋。」

「媽的胡說八道。」他說。

「她會殺害他都是因為我的緣故。」她還是一貫的淡漠語氣。

「她殺害他是因為她想那麼做。我們可以坐在這裡哀傷嘆氣，或者也可以想想該如何阻止她再度出手。」

但是我的外甥女不願接受安慰，早在多年前她便間接的將我們往嘉莉的魔手裡送了。

「嘉莉就是要妳為這件事自責。」我對她說。

露西沒回應。我回頭看她。她那套戰鬥裝和靴子已經髒污，頭髮蓬亂，身上仍然有股焦味，因為她還沒洗澡。據我所知，她根本沒吃沒睡。她的目光冷峻凌厲，由於強烈的決心而閃著寒光。這神情我曾經見過，那是當無助和敵意迫使她變得自暴自棄的時候。一部分的她想要求死，也許部分的她已經死了。

五點五分車子抵達我的住處。斜射的陽光正灼熱，天空濛藍但無雲。我撿起門前階梯上的報紙，上面關於今早班頓死亡的頭條報導讓我一陣作嘔。儘管死者身分驗證工作還在進行，他們認為班頓是在協助調查局追緝脫逃殺人犯嘉莉・葛里珊時死於原因不明的火災。調查員不願透露他為何會在那間起火的小商店裡，以及他是否被誘拐到那裡。

「這些東西妳打算怎麼處理？」馬里諾問。

他打開行李廂，裡頭三只棕色大紙袋裝著班頓留在飯店房間裡的私人物品。我猶豫起來。

「要我替妳拿到書房去嗎？」他說。「或者我來替妳整理，醫生。」

「噢，不用了，拿進來吧。」我說。

他把紙袋帶進屋子裡，通過走廊到書房，僵硬的紙袋窸窣作響。他的步伐沉重緩慢，當他回到客廳，我還站在門口動也不動。

「再聯絡了，」他說。「不准讓大門開著，聽見沒？警報器不要關，妳和露西乖乖待在這裡。」

「你放心。」

露西把行李放進廚房旁邊的臥房，在窗前望著馬里諾開車離去。我走到她背後，輕輕扶著她的肩膀。

「不要辭職。」我說著將額頭貼著她的後頸。

她沒有轉身，我感覺她在顫抖。

「我們是一體的，露西，」我輕聲說。「老實說現在只剩我們了，只剩妳和我。班頓一定也會希望我們能同心，他絕不會樂意看到妳放棄的。我該怎麼辦？如果妳放棄這工作，也等於捨棄了我。」

她開始啜泣。

「我很需要妳，」我只能說，「非常需要妳。」

她轉身抱住我，就像她小時候每當恐懼需要人呵護時那樣，她的淚水沾濕我的頸窩。我們就這麼在這間還擺著她的電腦和書籍、貼著她青少年時期偶像海報的房間中央靜靜站了好一陣子。

「是我的錯，凱阿姨，都是我的錯，是我害死了他！」她哭喊著說。

「不是。」我緊擁著她，也跟著落淚。

「妳能原諒我嗎？我害妳失去了他！」

「事情不是這樣的。妳沒有錯，露西。」

「我沒辦法像這樣活下去。」

「妳可以，而且一定會活下去，我們必須互相扶持熬過這一關。」

「我也愛他。他為我做了那麼多，帶我進入調查局，給了我機會，一直支持著我，好多好多。」

「事情總會好轉的。」我說。

她離開我的懷抱，走到床沿倒下，抓起污損的藍色襯衫衣角來擦臉。她兩隻手肘支著膝蓋，低垂著頭，看著自己的眼淚像雨滴似的落下硬木地板。

「妳得仔細聽我說，」她語氣低緩且強硬的說。「我可能沒辦法熬過去，凱阿姨。每個人都有他的死穴，起頭和結束的地方，」她微喘著說。「無法超越的那個點。要是她殺死的是我就好了，也算幫了我一個大忙。」

看著她在我面前向死亡臣服，我突然清醒了過來。

「如果我撐不下去，凱阿姨，千萬別因此責怪妳自己。」她用衣袖抹著淚水，喃喃的說。

我走到她身邊，扶起她的下巴。她皮膚發燙，臉上都是煤灰，呼吸和身上的氣味糟透了。

「聽我說，」我以無比嚴厲的語氣對她說，換作從前她或許會被這口吻給嚇著。「妳馬上把這該死的鬼念頭從腦袋裡趕走。妳該慶幸妳沒死，妳也絕不會自殺，如果妳是在暗示這個的話。我相信妳的確有這念頭。妳知道自殺是什麼嗎，露西？自殺是憤怒，是報復，是最後一聲『幹』！妳會這樣對待班頓？妳會這樣對待馬里諾？妳會這樣對待我？」

我雙手托著她的臉，逼她注視我。「妳打算讓嘉莉這個爛人把妳給毀了？」我問。「妳的鬥志哪裡去了？」

「我也不知道。」她嘆著氣說。

「不，妳知道，」我說。「妳休想連我一起毀了，露西，我活得已經夠糟了。妳休想讓我下輩子每天活在妳自殺的回憶之中，腦中重複迴響著槍響。我認為妳應該不是弱者。」

「我不是。」

她定睛望著我。

「那麼明天我們一起努力吧。」我說。

她點點頭，艱難地吞著口水。

「去洗個澡吧。」我說。

我直等到聽見浴室傳出水聲，才離開房間走進廚房。我們需要吃點東西，雖說我懷疑有誰吃得下。我解凍了雞胸肉，連同剩餘的各種新鮮蔬菜一起用高湯燉煮，加上迷迭香、月桂葉和雪利酒，味道調得很淡，連胡椒都沒加，因為我們不能再受刺激了。我們用餐當中馬里諾打來兩次電話，確認我們平安無事。

「你可以過來，」我對他說。「我燉了湯，雖說口味對你來說可能淡了點。」

「我沒事。」他說。我知道他言不由衷。

「我有很多空房間，你可以在這裡過夜。我剛才就該問你的。」

「不用了，醫生，我還有一些事要辦。」

「明天一早我就到辦公室去。」我說。

「不懂妳怎麼做得到。」他的語氣帶著批判意味，好像此刻我不該想起工作的事，否則就表示我沒有顯露應有的哀傷似的。

「我有個計劃。無論如何我一定要把它實現。」我說。

「每次妳開始計劃事情我就頭痛。」

我掛了電話，收拾好餐台上的空湯碗。我越是思考自己即將要做的事，情緒就越覺焦躁不安。

「妳方便借直升機嗎？」我問我的外甥女。

「什麼？」她驚訝極了。

「妳聽見了。」

「可以問做什麼用的嗎？妳知道的，這可不像叫計程車那麼容易。」

「打電話給婷安，」我說。「告訴她，我擬了套計劃，需要她密切配合。告訴她，如果事情順利進行，我將會需要她帶一組人馬到北卡羅來納州威明頓和我會合。時間還不一定，也許立刻就需要。總之我必須擁有充分授權，他們必須絕對信任我才行。」

露西站了起來，走到水槽去倒了杯水。

「簡直瘋狂。」她說。

「妳到底能不能借到直升機？」

「只要上面批准就可以。直升機屬於邊境巡邏隊所有，我們大都是向他們借來的。也許可以請華盛頓特區調一架過來。」

「很好，」我說。「盡快辦好。明天一早我要到化驗室去確認一件我已經幾乎可以肯定的事情，然後我們可能得飛一趟紐約。」

「做什麼？」

她既好奇又充滿疑惑。

「我們的直升機要在寇比療養中心降落，直搗虎穴。」我回答她說。

十點鐘不到馬里諾又來電話。我又一次向他保證露西和我不會有事，在我這棟警報系統嚴密、燈光明亮又備有槍枝的屋子裡安全得很。他有點口齒不清，電視機正吵鬧，我聽得出他又喝酒了。

「我要你明天早上八點在化驗室跟我會合。」我說。

「知道啦。」

「一定要到，馬里諾。」

「這個就不必妳提醒了，醫生。」

「去睡吧。」我說。

「妳也一樣。」

可是我睡不著。我坐在書房裡，瀏覽著從管制局檔案庫取得的火災死亡疑案檔案。我研究著那椿威尼斯海灘命案，還有那椿巴爾的摩案，努力想找出兩者除了起火點雷同，以及調查員苦無實據可以證明它們是縱火案之外，在案情和受害者之間是否還有什麼共同點。我先打了電話到巴爾的摩警察局，並且在警探部門找到一個態度友善的人。

「這案子是姜尼・蒙哥馬利負責的。」那名警探說。我聽出他在抽菸。

「你了解多少呢？」我問。

「妳最好問他。不過妳可能必須向他證明妳確實是妳自稱的那個人。」

「他明早可以打電話到我辦公室查證。」我把號碼給了他。「我八點以前會到。需要我的信箱地址嗎？蒙哥馬利警探有沒有電子信箱，方便我和他聯絡？」

「我現在就可以給妳。」

我聽見他翻找抽屜，然後他給了我一個信箱地址。

「我好像聽過妳的名字，」警探若有所思的說，「我知道有個法醫，是位女士。我在電視上看過，相當漂亮。妳來過巴爾的摩嗎？」

「我唸過你們那裡的醫學院。」

「嗯，可見妳很聰明。」

「在火災中死亡的那名年輕人奧斯丁・哈特，他也是約翰霍普金斯醫學院的學生。」我試探的說。

「他也是個同志，我個人認為這是樁情殺案。」

「我需要他的照片，任何可以顯示他生活習性或嗜好的東西。」我乘虛而入。

「噢，是啊。」他吸著菸說。「他是個俊男。聽說他唸醫學院的錢都是靠打工當模特兒賺來的，拍卡文克萊廣告之類的。也許是哪個忌妒的情人放的火吧。醫生，下次妳到巴爾的摩來，一定要去坎頓球場看看。妳知道我們那座新球場吧？」

「當然。」我說，興奮的記下他剛才所說的。

「我還可以替妳弄幾張票喔。」

「太好了。我會跟蒙哥馬利警探聯絡的，謝謝你的熱心幫忙。」

我趁他還沒問我最愛哪支棒球隊之前掛了電話，然後寄了封電郵給蒙哥馬利，向他說明我的需求。其實我知道的已經夠多了。接著我打到洛杉磯分局太平洋岸小組，因為威尼斯海灘是歸他們管的。幸運的是，負責瑪琳·法柏案的那位警探正好輪值晚班，剛剛才進來。他姓史達奇，對於我自稱的身分幾乎沒有質疑。

「真希望有人替我解決掉這案子，」他一開始就說。「六個月過去還是毫無進展，一點有利案情的線索都沒有。」

「對於瑪琳·法柏，你了解多少？」我問。

「她演過幾集《杏林春暖》，還有《北國風雲》。」

「我不太看電視，頂多看一下公共電視臺。」

「我想想看還有什麼？噢，對了，還有《艾倫愛說笑》。不是什麼重要角色，可是誰知道呢，說不定她很有潛力，沒見過那麼漂亮的女孩倒是真的。她曾經跟某個製作人約會，不過我們相信他跟這案子沒有關聯，那傢伙只愛嗑藥玩女人。妳知道，我接手這案子以後看了不少她演過的影集的錄影帶，她表現得還不錯呢。真可惜。」

「現場有沒有什麼不尋常的？」我問。

「全都很不尋常。不懂怎麼會從一樓主臥房浴室開始燒起這麼猛烈的火，連菸酒槍械管制局的人都想不透。那裡除了衛生紙和毛巾以外根本沒有可燃物，沒有外人強行闖入的跡象，防盜鈴也一直沒響過。」

「史達奇警探，受害者遺體是在浴缸裡被發現的嗎？」

「這是另一個疑點，除非她是自殺，先放火再割腕什麼的。很多人在浴缸裡割腕的。」

「有沒有發現特別的殘留物？」

「醫生，她全身都燒焦了，好像剛從火葬場出來似的。軀幹的部分足夠讓他們用X光檢驗來進行身分確認，但除此以外只有幾顆牙齒、骨頭碎片，還有頭髮。」

「她做過模特兒工作嗎？」我接著問。

「拍過電視和雜誌廣告。她生活過得相當好，開克萊斯勒Viper跑車，住的是海邊的高級房子。」

「我在想，不知道你是否方便把她的照片和驗屍報告用電郵寄給我？」

「把妳的信箱地址給我，我看看情形再說。」

「這事非常緊急，史達奇警探。」我說。

我掛上電話，思緒飛馳著。這幾個案子的受害者都是美女俊男，都拍攝過廣告或電視影集。這個共同點很難不引人注意。我相信凶手是基於某種私人理由而選擇了瑪琳・法柏、奧斯丁・哈特、克萊兒・羅禮和凱莉・薛佛這些人。這正是這一連串凶案的起點，同時也符合連續殺人犯的慣性，就像泰德・邦迪總是選擇和他初戀女友酷似的直髮女孩作為受害人。唯一不相符的是嘉莉・葛里珊。前三樁案子發生的時候她還被關在寇比療養中心，而種種跡象也不符她的作案手法。

我困惑極了。嘉莉不在場，卻又有參與。我坐著打起了瞌睡。到了六點鐘，我突然驚醒，頸子由於姿勢不良而酸痛，背脊也僵直發疼得難受。我慢慢站起，伸展著四肢。我知道該怎麼做，但不確定能否辦得到。一想到這裡，我又開始恐慌憂慮。我望著馬里諾放在那個擠滿法律論文書架上的幾只褐色紙袋，清楚感覺自己的脈搏像拳頭撞擊門扉似的狂跳。紙袋用膠帶密封且貼著標籤，拿起它們，通過長廊走到班頓的房間。

我們時常共用我的臥房，不過對面那間廂房也歸他使用。他常在這裡工作，裡頭有不少他的日常用品。當我們逐漸年長，也學會了一件事，就是空間是我們最可信賴的朋友。適度的距離讓我們之間的爭執有了迴轉餘地，白天的分離也使得夜晚的相聚更形可貴。此時這房間的門敞開著，好像他出門忘了關那樣。房裡沒亮燈，窗帘也拉上了。我僵立在那裡靜靜凝視著房內，明暗逐漸變得分明。我費盡畢生勇氣，終於打開頭頂的燈光。

床上的亮藍色羽絨被褥和床單摺疊得十分整齊，因為班頓不論多麼匆忙，永遠是一絲不苟的。他從來不依賴我替他換床單或清洗衣服，部分原因在於他的獨立個性以及強烈的自覺，即使在我面前也毫不鬆懈。他一向獨斷獨行，這點我們十分相似。我們會在一起實在是意外。我收拾起他放在梳妝台上的梳子，因為萬一沒有其他可供確認身分的依據，可拿這作為DNA比對之用。我走向那張櫻桃木床頭几，望著上頭疊放著的書籍和厚厚的檔案夾。

他正在讀小說《冷山》，還撕了信封一角當書籤。還有一疊他正在編寫的罪行類別手冊的最新校訂稿。瞥見他的親筆字跡讓我又一陣心酸。我輕輕翻過那些手稿，用手指摩挲著紙張，透過淚水那些字體幾乎無法辨識。我把紙袋放在床上然後打開來。

警方搜索飯店房間櫃子和抽屜的行動十分匆促，因此紙袋裡的物品談不上整齊，但包裹還算得上完好。我逐一攤開幾件白色棉襯衫、彩色領帶和兩件吊帶褲。他帶了兩套薄套裝出門，都已經軟得像皺紋紙了。另外還有紳士鞋、跑步裝、襪子和慢跑短褲，然而最令我心驚的是他的刮鬍刀組。

它曾經被訓練有素的雙手搜索過，紀梵希三號香水的瓶蓋鬆了，古龍水滲漏出來。那股強烈、帶著男性氣息的熟悉香味令我心痛，我幾乎可以觸及他剛刮乾淨的光滑臉頰。一瞬間我腦中浮現他站在調查局學院辦公室桌前的模樣，清楚看見他的俊美五官、簡潔俐落的衣著和身上的氣味。那時我已經愛上了他，只是我還不明白。我把他的衣服摺疊整齊，將另一只紙袋胡亂撕扯開來。接著我把那只黑色皮箱提到床上，打開它的彈簧鎖。

一眼察覺的是他經常繫在腳踝上的那把點三八口徑柯特馬茲坦手槍不見了。可見他死的那天晚上身上就帶著這把槍，這點相當不尋常。通常他總是把他的九釐米手槍配在肩槍袋裡，這把柯特則是當他感覺情況危急時的備用槍枝。由此我推測，班頓離開黎海谷火災現場以後曾經趕赴某項任務。也許是去見某人，只是我不懂他為何沒讓任何人知道。除非他輕忽了，但我不相信他會如此。

我拿起他的棕色皮革備忘錄來翻看，尋找最近的約會記錄。上頭記著理髮、牙醫預約和旅行計劃，但是他死的那天是空的，只寫著他女兒米雪下週生日。班頓的女兒們和他的前妻康妮住在一起。這時我驚惶的想起，我終究必須向她們致哀，無論她們對我有何觀感。

上頭還記著些對於嘉莉心理側寫的分析和疑點。嘉莉，這個終究害死了他的惡魔。多年來他努力剖析嘉莉的行為，目的不外乎希望能預知她的犯罪行動。想想真是諷刺啊，我猜他想都沒想到，就在他專注於探索她的同時，她也在研究著他。黎海谷縱火案和那捲錄影帶都是出自她的計劃，甚至此時此刻，她或許正繼續以攝影人員的身分作幌子四處招搖。

我的目光在「攻擊者及受害者關係／固著、自我統合混淆／色情狂、以受害者作為某權威人物象徵」等手寫字句之間游移。在次頁他寫下了「模式化來生。是否符合嘉莉的受害者學？寇比。如何接近克萊兒・羅禮？似乎毫無管道。不一致。也許是另一名罪犯？共犯？高特。邦妮和克萊德。她的原始作案模式。目標可能在附近一帶。嘉莉並非獨自犯案。W／M28-45？白色直升機？」

我想起那天在停屍間裡，班頓在一旁觀看杰德和我工作，邊做著筆記時，腦袋裡原來在想著這些，不由得一陣哆嗦。班頓的想法似乎已然成真。嘉莉並非一個人作案，她替自己找到了個犯罪夥伴，而且極可能就是在寇比療養中心的時候。事實上我認為這段調養期間促成了她的逃亡。我猜測，她在這五年當中很可能遇見了另一名精神病患，這人不久後便獲釋。之後她仍然繼續和他通信，就像她寫信給媒體和我那樣的自由且毫無忌憚。

另一點值得注意的是，班頓的公事包也留在飯店房間裡。那天上午他到停屍間時帶了公事包的。很顯然他離開黎海谷火災現場以後一度回到了飯店房間。在那之後他去了那裡，以及為什麼而去則仍是個謎。我看了他關於凱莉・薛佛命案的筆記，其中特別強調的是濫殺、狂亂和失序。他寫下了「失控和受害者反應超出預期；儀式遭到破壞；情況不符所料；憤怒；勢必會再犯。」

我啪的關上公事包，將它留在床上，心絞痛著。走出房間，關了燈和房門，心裡明白下次我進入這房間，將是為了清空班頓留在衣櫥和抽屜裡的物品，決心接受他已離去的事實的時候。我到露西房裡去查看，發現她已經熟睡，手槍就放在床頭。我神魂不定的遊蕩到了門口，將防盜系統暫時關閉，出門去拿報紙，接著我到廚房去煮咖啡。到了七點半，我已經準備好出門到辦公室去。露西還在睡。我悄悄的又去探視一次。陽光微微映亮窗框，輕觸她的臉頰。

「露西？」我碰一下她的肩膀說。

她猛的清醒，坐了起來。

「我要出門了。」我說。

「我也該起床了。」

她掀開被子。

「想不想和我一起喝杯咖啡？」我問。

「好啊。」

她把腿垂下地板。

「妳需要吃點東西。」我說。

她睡覺時穿著慢跑短褲和T恤。這會兒她像隻貓似的乖乖跟著我進了廚房。

「吃穀片好嗎？」我說著從碗櫃裡拿出一只馬克杯。

她沒說話，只靜靜看著我打開一罐燕麥穀片。班頓幾乎每天早晨都吃這個加新鮮香蕉或草莓，光是它那甜蜜的香氣便足以將我擊潰。我的喉嚨突然緊縮，肚子一陣痙攣，久久呆站在那裡，連舉起湯匙或者伸手拿碗都乏力。

「不用了，凱阿姨，」露西說，她非常清楚怎麼回事。「反正我不餓。」

我把穀片罐子蓋上，雙手顫抖著。

「我不知道妳要怎麼在這裡繼續住下去。」她說。

她自己倒了咖啡。

「這是我的家，露西。」

我打開冰箱，拿了盒鮮奶給她。

「他的車在哪裡？」她在咖啡裡加了牛奶。

「大概還在希爾頓海岬的機場吧，他是從那裡直飛紐約的。」

「妳打算怎麼處理那輛車子？」

「我也不知道。」

我越加難過起來。

「目前這還不算最緊急的。他的東西都還在這屋子裡。」我對她說。

我用力深呼吸。

「我一時還拿不定主意該怎麼做。」我說。

「妳應該今天就把它們全部清出去。」

露西靠在流理台邊喝著咖啡，用她一貫淡漠的眼神睨著我。

「我是說真的。」她說，連聲音也不帶感情。

「必須等他的遺體送回來我才會動那些東西。」

「必要時我會幫妳的。」

她繼續啜著咖啡，她的態度讓我很氣憤。

「我有自己的方式，露西，」我說，痛楚滲入我的每個細胞。「總之我不會掉頭不管。畢竟我有過太多次經驗了。最早是我父親去世，接著是東尼離我而去，馬克遇害，我越來越懂得如何結束一段關係，就像處置一棟舊房子那樣，轉頭離開當自己從來沒住過那裡。然而妳猜怎麼著？沒有用的。」

她低頭盯著自己一雙光腳。

「妳和珍奈談過沒有？」我問。

「她已經知道了。現在她難過得要命，因為我不想見她。我誰都不想見。」

「逃得越急，陷得越深，」我說。「要是妳不曾從我身上學到什麼，露西，那麼這道理妳至少要學會。別等到年過半百才醒悟。」

「我從妳身上學到很多東西，」我的外甥女說。窗口透進陽光，將廚房照得通亮。「多得出乎妳的意料。」

她久久凝視著通向客廳的空盪門廊。

「我總覺得他隨時會走進來。」她喃喃說了句。

「我知道，」我說。「我也有這感覺。」

「我會盡快聯絡婷安，一有消息就馬上呼叫妳。」她說。

東邊的太陽正熾，預告著晴朗炎熱的一天。許多開車上班的人們在艷陽下瞇起眼睛。我的車塞在第九街的車流裡，就在國會廣場那棟圍著鐵柵、簡樸白淨的傑佛遜式建築和史東沃傑克森和喬治華盛頓紀念碑過去一點。我想起坎尼斯•史帕克和他的政治影響力，憶起過去每當他打電話來指責抱怨時我心中的恐懼和訝異。如今我對他只有同情。

這幾天的案情發展尚未還他清白，原因很簡單：我們這些熟悉案情、知道我們面對的是連續謀殺案的人都絕無可能向媒體發布消息。我相信史帕克也還不知道。我迫不及待的想告訴他，至少讓他安下心來。或許藉著這麼做我也能獲得些許平靜吧。沮喪有如一雙冰冷的鐵腕緊壓我的胸膛。我在傑克森街轉彎接著駛入辦公大樓車庫，裡頭工作人員正卸下一只裹著黑色屍袋的遺體，這場景令我心頭一震。

我努力不去想班頓的遺體也這樣包裹著，或者被關進冷凍櫃那黝暗冰冷空間裡。對這些細節的了解只讓我更加難受。死亡絕不是抽象的，我清楚看見所有程序、聲響和氣味，在那個空間裡沒有溫柔的撫觸，有的只是等候解剖的屍體和有待釐清的犯罪案件。我下了車，看見馬里諾正好也抵達。

「我可以把車停在裡面嗎？」他問，明知道大樓車庫不是為警方而設的。

馬里諾永遠不按牌理出牌。

「進來吧，」我說。「有一輛公務車送修了，據我所知是這樣。反正你也不會待太久。」

「妳怎麼知道？」

他鎖上車門，彈了彈灰塵，馬里諾又露出乖戾本性了。不知怎的，這樣的他讓我感到格外安心。

「妳打算先進辦公室？」我們走上一條通向停屍間的斜坡時他問。

「不，直接上樓。」

「那麼我可以告訴妳一個消息，也許這份報告已經放在妳桌上了，」他說。「那具屍體已經證實是克萊兒・羅禮沒錯。用她梳子上的頭髮化驗出的結果。」

我並不意外，只不過這項身分認定讓我的心情更加沉重了。

「謝了，」我對他說。「總比不知道的好。」

19

殘留物化驗室在三樓。我的第一站是掃描式電子顯微鏡。這是一種運用電子束掃描類似薛佛案裡的金屬削屑等採樣的顯微鏡。採樣的組成元素會放射電子，在顯示螢幕上投射出影像。

簡單的說，掃描式電子顯微鏡能夠辨識現存的包括碳、銅、鋅等一百零三種元素，而且由於這種顯微鏡的長焦距、高解析度和高倍數，即使是槍擊彈藥或者大麻葉上的毛髮等殘留物都擁有極驚人，或可說極詭異的顯像效果。

這台德國蔡司顯微鏡被供奉在一間擠滿藍綠、灰褐色櫥櫃和層架且設有工作台和水槽的密閉房間裡。由於這種高度精密的儀器對於機械震動、磁場、電子干擾和熱干擾極度敏感，因此環境必須嚴密控管。

這裡的通風和空調設備獨立於大樓其他部分，照明使用不會導致電子干擾並可供拍照的白熾燈，從天花板投射下來，以反射光淡淡的照亮整個空間。地板和牆面都是用鋼樑補強的水泥，可隔絕嘈雜的人聲和附近高速公路的車流聲。

身材嬌小、肌膚細膩的瑪莉．陳是個一流顯微鏡專家，這會兒正在大堆複雜儀器環繞中講著電話。那些控制面板、電源組件、電子槍、光學鏡筒、X光分析儀和連接著氮氣筒的真空室使得這台掃描式電子顯微鏡看起來有如太空梭控制台。陳的實驗室袍鈕釦一直扣到下巴，她親切的招手，表示馬上就來。

「再替她量一次體溫然後給她吃點木薯粉。要是沒有退燒再打給我，好嗎？」陳對電話那頭的人說。「我要掛了。」

「我女兒，」她抱歉似的說。「肚子痛，可能是昨晚吃太多冰淇淋了。她趁我不注意的時候偷吃了一大盒冰淇淋。」

她笑得開懷但帶著倦意，我猜她大概熬了大半夜沒睡。

「天，我好愛那玩意兒。」馬里諾說著把證物袋交給她。

「也是金屬碎屑，」我向她解釋。「我真不想給妳壓力，瑪莉，不過妳最好立刻就看看，非常緊急。」

「別的案子或者同一個？」

「賓州黎海郡的，」我回答說。

「不會吧？」她說著拿解剖刀劃開棕色密封紙袋。「老天，」她說。「看新聞報導，那案子好像很慘。還有那個調查局的傢伙也死了，真怪。」

她應該不知道我和班頓的關係。

「就這幾個案子加上華倫登案，讓人懷疑會不會是哪個逃脫的病態縱火犯在作怪。」她又說。

「這正是我們的調查重點，」我說。

陳打開小金屬證物盒蓋，用鑷子夾出一團雪白棉花，露出那兩條閃亮細小的金屬削屑。她坐著辦公椅滑向背後的工作台，在那裡將一塊黑色雙面碳膠帶貼在一個鋁質小台座上，然後把削屑放在上面，幾乎佔滿整個面積。削屑大約有普通睫毛的一半長。在使用掃描式電子顯微鏡以前，她先打開一台立體光學顯微鏡，將樣本放在載物台上，然後調整光度，用較低倍數觀察著。

「這東西的兩個切削面質地不同，」她調整著焦距說。「一面很明亮，另一面則是暗灰色。」

「跟華倫登案的不同，」我說。「那份樣本的兩面都是亮的，對嗎？」

「沒錯，我猜是因為這樣本有一面曾經受大氣氧化，無論是什麼原因。」

「我可以看看嗎？」我說。

她騰出空位來讓我觀看顯微鏡。在四倍鏡頭下，那些金屬刨屑就像是一條皺鋁箔紙，用工具削切出的紋路則細緻得幾乎無法辨識。瑪莉用寶麗萊相機拍了幾張照片，然後將椅子滑回電子顯微鏡控制台。她按鈕啟動通風，或者該說解除真空狀態。

「得等個幾分鐘，」她對我們說。「你們可以在這裡等，或者先出去逛一會兒。」

「我去倒咖啡。」馬里諾說，他向來就不是精密科技的擁戴者，更重要的是他想抽菸。
陳打開調節閥，讓控制室充滿氮氣，排出濕氣等污染物。接著她按下控制台上的按鈕，將我們的樣本放置在電子鏡台上。
「我們必須把氣壓調在十到負六毫米汞柱之間，在這種真空狀態下才能打開電子束。通常需要兩三分鐘才能完成。不過我想把它再調低一點，以便到達最佳真空狀態。」她解釋著，邊伸手拿咖啡。「那些新聞報導真曖昧，」她接著說。「含沙射影的。」
「早就見怪不怪了。」我苦著臉說。
「真的，每次我讀我的法庭作證記錄，總覺得好像有人代替我坐在證人席上似的。我的意思是，先是史帕克被牽扯進來，老實說，我也覺得可能是他燒掉自己的房子和那個女孩。或許是為了錢吧，順便擺脫掉她，因為她知道什麼秘密吧。接著發生賓州那兩起火災，又添兩條冤魂。這些案子真的都有關聯嗎？這期間史帕克都在哪裡呢？」
她端起她的咖啡。
「抱歉，史卡佩塔醫生。我竟然忘了問，妳要喝嗎？」
「不用了，謝謝妳。」我說。
我望著氣壓計上的綠光游動著，汞柱一點點往上升。
「另外我也覺得奇怪，那個瘋女人竟然從紐約的杜鵑窩跑了出來——她叫什麼名字來著？嘉莉？還有負責那案子調查工作的調查局探員突然死了。可以開始了，」她說。

她打開電子束和影像顯示螢幕。放大倍數原本設定在五百，她把它調低了些。我們逐漸看見金屬細絲的影像浮現螢幕。起先是波浪狀，接著漸漸變直。她繼續敲著鍵盤，再將放大倍數調低成二十。這時我們開始看清楚樣本的電子顯微影像。

「我要調整一下電子光束的點徑，增加強度。」

她轉動著控制鈕和刻度盤。

「我們的金屬刨屑真像彎曲的緞帶。」她輕嘆著說。

眼前所見其實只是我們剛才在光學顯微鏡裡頭所看到的物體的放大。由於影像並不明亮，表示這是屬於原子序數較低的元素。她調整了掃描速度，然後清除了螢幕上有如暴風雪般的雜訊。

「現在你們可以看見發亮面和灰色面了。」她說。

「妳認為這是由於氧化造成的？」我說著拉了張椅子。

「因為這是同一種物質，卻出現兩種不同的表面狀態。我大膽推測亮的那面是最近才切割的，另一面則比較早。」

「有道理。」

那發皺的金屬屑看來就像飄浮在太空中的炸彈碎片。

「去年我們有個案子，」陳按下畫面儲存鈕來替我拍照。「有個傢伙在機具商店被人用管子毆傷。他的頭皮組織切片發現有車床銼屑，那東西就這麼黏上他的傷口。好了，現在我們來改變一下背景影像，看還會出現哪種放射線。」

顯示螢幕變成灰色，數位計時器開始倒數計時。瑪莉在控制板上按了幾個鈕，螢幕上突然出現一片亮橘色光譜，襯著鮮藍色背景。她移動游標，將那看來有如迷幻石筍的影像擴大。

「現在來看看是否含有其他金屬。」

她又做了些調整。

「沒有，」她說。「很純粹，不出我們原先所料。現在調出鎂的光譜，看兩者會不會有重疊。」

她把鎂的光譜加在樣本的影像上，兩者完全一致。她叫出一張元素表，當中鎂的方格亮著紅色。樣本的元素終於得到確認。儘管和我們早先的預測相同，我還是忍不住驚訝。

「妳認為有什麼情況會導致純粹的鎂黏在傷口上？」我問陳。這時馬里諾回到房裡。

「這個嘛，就像剛才我說的被管子毆擊的例子。」她回答說。

「什麼管子？」馬里諾問。

「我只知道那是一間金屬機具商店，」陳說。「不過鎂製的機具似乎很罕見。我的意思是說，我想不出那有什麼用途。」

「謝了，瑪莉，我們還得到其他化驗室去，不過我想請妳把華倫登案的金屬屑樣本還給我，我要把它帶到槍械室去。」

她瞥了下手錶。電話響起。我心想她的工作量太重了。

「馬上給妳。」她大方允諾。

槍械和工具痕跡鑑定室位在同一樓層，也屬於同一鑑識部門，因為彈殼和子彈上殘留的落地、凹槽和擊針痕跡其實也是一種工具痕跡，只不過是槍械所造成罷了。這棟新辦公大樓的空間和舊大樓相較之下簡直寬敞得像體育館。令人感傷的是，這也反應著外頭治安的持續惡化。我們不時聽到學校孩童在抽屜裡偷藏手槍，或者拿到洗手間炫耀，帶上學校巴士，暴力攻擊者年僅十一、二歲似乎早已不是新鮮事。槍枝依然是被人們選擇用來自殺、謀殺配偶，或者為了狗吠叫不停而怒殺鄰居的頭號工具。更駭人的是，心懷不滿或精神錯亂的人持槍衝進公共場所瘋狂掃射，也因為這樣，我的辦公室和大廳才需要加裝防彈玻璃來防範。

李基・辛克萊的工作空間鋪著地毯，光線充足，還俯瞰著那片彷佛一朵即將起飛的金屬蘑菇的大樓中庭。他正在用砝碼測試一把金牛座手槍的扳機拉力。我和馬里諾走進去時正好聽見鐵鎚敲打擊針的聲音。我沒有聊天的興致，只是盡可能委婉的告訴辛克萊我需要什麼，而且立刻就要。

「這是華倫登案的金屬屑，」我說著打開小證物盒。「這是從黎海郡大火那具屍體上找到的金屬屑。」

我打開另一只證物盒。

「兩份樣本經過掃描式電子顯微鏡觀察都出現清晰的切削痕跡。」我解釋著說。

重點在找出兩者的切削痕跡，或者說工具痕跡，是否跟慣常用來切削鎂金屬的那種工具所形成的痕跡相吻合。由於這些小金屬緞帶非常纖細脆弱，辛克萊用一支細長塑膠壓舌板小心翼翼的將它劃起。他在棉花團上追逐這些小東西，因為它們不太合作，要逃開似的跳來彈去。他把華倫登案的金屬屑收集在一塊黑色紙板上，黎海郡的集中在另一塊，再把它們放在比較顯微鏡的載物台上。

「好耶，」辛克萊隨即喊出。「發現好東西嘍。」

他用壓舌板調整那些金屬屑，把它們稍微壓平，邊把放大倍數調高成四十。

「可能是某種刀片，」他說。「切削紋路也許是塗裝過程留下的，結果成為一種瑕疵，因為無論什麼拋光方式都無法做得十分光滑。我是說，製造業者會很高興，因為他無緣看見這個。有啦，這個角度更清楚。」

他退到一旁讓我們觀看顯微鏡，馬里諾先彎身對著鏡頭瞧。

「看起來很像雪地上的雪橇軌跡，」他發表感想。「這是刀片造成的?還是什麼工具?」

「是的，這是某種工具切削留下的瑕疵，或者說痕跡。你有沒有發現，這兩種金屬絲並列的時候非常相似？」

馬里諾顯然沒看出來。

「來，醫生，換妳看。」辛克萊讓出位子給我。

我透過顯微鏡所看見的足以作為呈堂證據了。只見華倫登案金屬削屑的切削紋路和另一份樣本完全吻合，足以證明這兩樁謀殺案的凶手用了同一種工具切削鎂金屬製品，問題在於這究竟是什麼工具。由於這些金屬削屑極其細薄，很自然的讓人推測應該是某種銳利的刀片。最後辛克萊用寶麗來相機拍了幾張照片，並且替我放進玻璃紙信封。

「好啦，接著要做什麼？」馬里諾說。他跟著我走過槍械鑑定室中央，這裡的鑑定人員有些正忙著在無菌護罩中處理血衣，有些則在一張U形大工作台上檢查飛利浦螺絲起子和彎刀。

「接著我要去購物。」我說。

我說話的同時並未停下腳步，反而走得更加急切，因為我知道我就快揭穿嘉莉和她的同夥的把戲了。

「什麼意思，購物？」

我依稀聽見牆內射擊測試的砰砰聲響。

「你去看看露西好嗎？」我說。「我很快就會去找你們。」

「每次妳說很快我心裡就毛毛的，」馬里諾說。這時電梯門打開。「這表示妳又要一個人四處亂跑，到處刺探些不該知道的事情。這時候妳實在不該上街的，又沒人陪伴。我們都還不知道嘉莉在哪裡。」

「沒錯，我們不知道，」我說。「可是我希望情況能有所改變。」

我們在一樓出電梯，我迅速朝著大樓車庫的方向前進。我打開車門鎖。馬里諾緊繃著臉，好像就快發火了。

「能說說妳打算去哪裡嗎？」他拉高嗓門問。

「運動器材店，」我說著發動引擎。「這附近最大的那家。」

我指的是詹姆士河南岸的強柏運動用品店，非常靠近馬里諾所居住的社區，這也是我知道這家店的唯一理由，因為我從沒想過要購買棒球、飛盤、自由舉重器材，或者高爾夫球桿。

我的車沿著波懷特公園大道行駛，途中經過密德羅中公路上兩個擁擠的收費站，朝著市中心前進。這家大型運動用品店是紅磚建築，外牆畫著紅底白框、略嫌生硬的運動選手畫像。沒想到這時間停車場竟然滿了，我不禁想著到底有多少愛運動的人們是在這裡度過午餐時間的。

我不知該從哪裡找起，因此花了點時間研究那些掛在一排排貨架上方的海報。拳擊手套特價中，還有一些我從沒見過的具有奇特功能的健身器材。層架上陳列著各式顏色鮮亮的運動服裝，讓我想到高尚的白色運動服都到哪去了。因為直到現在，當我偶爾挪出寶貴時間打網球時總是穿著白色。我推想刀具應該是放在露營和狩獵用品區，位置就在商店後面的寬敞賣場。這裡展示著弓箭和箭靶、帳篷、獨木舟、工具組和迷彩裝備。我似乎是在這裡閒逛的唯一女性顧客。我耐著性子打量著一組刀具，沒有店員來招呼。

一個曬得黝黑的男人想替他兒子買支BB槍作十歲生日禮物，另一個身穿白色套裝的中年男子在詢問蛇咬急救箱和防蚊液。我開始不耐煩了，上前打斷他們。

「不好意思。」我說。

還在唸書年紀的店員起初似乎沒聽見。

「但是使用急救箱以前你應該先去找醫生。」店員對那位白衣男子說。

「可是當你在偏僻的樹林裡又突然被眼鏡蛇咬到的時候，上哪去找醫生呢？」

「我是說在你到樹林裡去之前就先去找醫生，先生。」

我聽著這邏輯錯亂的談話，實在忍不住了。

「蛇咬急救箱不但沒有用處，而且還有害，」我說。「止血帶、局部切割、吸出毒液等等方法只會讓情況更惡化。萬一你被蛇咬傷，」我對白衣男人說。「首先要做的是固定住那個身體部位，避免使用有害的急救器材，盡快到醫院去。」

兩個男人詫異的盯著我瞧。

「照妳這樣說什麼都不必帶囉？」白衣男人問我。「不需要準備任何東西？」

「只要穿上一雙好靴子，帶一根用來防身的手杖，」我回答。「然後遠離雜草叢，別把手伸進空穴或石縫裡。由於毒液是經由淋巴系統傳送的，比較寬的彈性綳帶——例如艾斯綳帶——相當有用。另外還要帶夾板，用來固定四肢的。」

「妳是醫生嗎？」店員問。

「我處理過蛇咬傷口。」

我沒補充說這些案例的受害者都沒能存活下來。

「我正想請問你磨刀器放在哪裡。」我問那名店員。

「廚房或者露營用的？」

「先看露營用的。」我說。

他指著掛滿磨刀石和各式磨刀器的一面牆。有些是金屬，有些是陶瓷製品。所有包裝上的品牌名稱都響亮得看不出產品成分來。我瀏覽著，目光停留在底部層架的一小盒產品上，透明塑膠袋裡裝著一塊簡單的銀灰色長方形金屬。這東西叫做「點火磚」，材料是鎂。我讀著使用說明，逐漸興奮起來。升火時只要拿刀子在這塊鎂磚上刮下一小撮兩角五分硬幣大小的細屑就可以，不需要用火柴點燃，因為這種點火磚裡頭就含有起火燃料。

我抱著六塊這種產品匆匆走向櫃檯，中途在一個部門迷路，接著又一個。我繞過保齡球具球鞋和棒球手套陳列架，停在泳裝部門，在這裡被一大片色彩鮮豔的泳帽給吸引住。其中一頂是亮粉紅色。我想起克萊兒・羅禮頭髮上的殘留碎片。我一開始就認為她遭到謀殺時，或至少在火燒上身時頭上必定戴了什麼。

我考慮過浴帽，但是浴帽的單薄塑膠材質無法耐高溫超過五秒鐘，泳帽倒是我從未想過的。我迅速檢查所有品牌，發現所有產品都是用萊卡或矽酮製造的。

粉紅色這頂是矽酮製品，而矽酮遠比其他材質更能耐高溫。於是我也買了幾頂。然後我開車回到辦公室，很幸運的沒接到交通罰單，因為我一路超車而且越線行駛。種種可怖哀傷的影像佔據我腦海，唯有這次我真希望自己的推測是錯誤的。我匆忙趕回化驗室，因為我急著弄清楚。

「唉，班頓，」我喃喃呼喚著，彷彿他還在我身邊。「拜託別讓我猜中了。」

20

下午一點半，我把車開進大樓入口車庫。下了車，快步走向電梯，按了三樓。我要找潔芮·佳曼。她一開始便負責那些粉紅色殘留物的化驗，並且向我報告它的成分是矽酮。

我到處探頭，結果在一間陳列著最新設備的化驗室發現她。這些儀器可進行分析的有機化合物從海洛英到油漆結合劑不等。此時她正在用注射筒將採樣注入色層分析儀的加熱揮發器裡，沒發現我的到來。

「潔芮，」我急喘著說。「我真不想打擾妳，可是我手上有個東西，妳應該會想看一下。」

我拿出那頂粉紅色泳帽。她表情茫然。

「矽酮。」我說。

她眼睛一亮。

「哇！原來是泳帽？乖乖，誰想得出來呢？」她說。「真是每天都有新鮮事啊。」

「可以把它燃燒嗎？」我問。

「這得花不少時間呢。來吧，這下子我也好奇起來了。」

負責證物處理工作的殘留物化驗室裡頭有掃描式電子顯微鏡和大型分光儀等繁複設備，空間雖寬敞但已不敷使用。層架上堆積著大量用來收集火災瓦礫和可燃殘留物的防火鋁漆罐，藍色顆粒乾燥劑、培養皿、燒杯、活性碳採樣管和常見的棕色證物紙袋。我想要的測試非常簡單。

牆角的高溫焚化爐大約只有飯店迷你吧的大小，樣子就像一座小型的灰棕色陶瓷火葬場，卻能夠燃燒高達華氏兩千五百度的高溫。潔芮打開爐火，記量表開始顯現它的上升溫度。潔芮將那頂泳帽放在一只類似殼片碗的白色瓷碟裡，然後打開抽屜取出厚石綿手套，用來保護她的手到手肘部位的。她手拿鉗子站著等候溫度到達一百度。當爐溫到達兩百五十度時，她檢查了下泳帽，毫無損傷。

「在這個溫度下乳膠和萊卡會開始冒煙並熔化，」潔芮說。「可是這東西竟然還好端端的，連顏色都沒起變化。」

這頂矽酮泳帽直到五百度高溫才開始冒煙。到了七百五十度，它的邊緣開始變成灰色，逐漸軟化熔解。一千度不到開始起火。潔芮趕緊找了另一雙更厚的手套。

「太驚人了。」潔芮說。

「難怪矽酮會被拿來當作隔熱材料。」我也很訝異。

「最好站遠一點。」

「別擔心。」

我移到安全距離以外，看她拿著長夾鉗將那只碟子向前拉，然後把冒著火焰的實驗品托在戴著石綿手套的手中。火焰一接觸新鮮空氣燒得更加熾烈了。等到她將它放置在化學罩下並且打開排氣裝置時，泳帽的表面已經燒得不可收拾，潔芮不得不拿蓋子把它覆蓋住。

火焰終於熄滅。她拿開蓋子，看看還剩餘些什麼。我的心猛跳，因為我看見裡頭除了白色灰燼以外，尚未燒光的部分依然呈現著粉紅色。這頂泳帽並沒有變得黏稠或熔解成液狀，只是慢慢分解，直到溫度冷卻、缺氧或用水灌注等因素使得燃燒中止。這次實驗結果和我在克萊兒・羅禮的金色長髮裡所發現的完全一致。

想起她的屍體躺在浴缸裡，頭上戴著頂粉紅色泳帽，那情景夠詭異的了，而其中牽涉的義涵更令人難以理解。當浴室發生閃燃時，淋浴間的門倒塌，部分玻璃板和浴缸保護著屍體免於被從起火點竄起、高達天花板的火焰燒成黑炭。浴缸裡的溫度一直沒超過一千度，而殘留的矽酮泳帽碎片冥冥中成為一項既單純又詭譎的證據，顯示那道淋浴間門是用堅固厚重的舊式玻璃所構成。

我開車回家，在洶湧的車流中動彈不得，讓我益發心急，好幾次我差點拿起行動電話來撥給班頓，想把我的發現告訴他，然後我腦中浮現費城一間焚毀的小商店屋角漂浮著瓦礫的情景。我看見一只殘存的不鏽鋼男錶，那是我送給他的聖誕禮物。我看見他的遺體，想像綁住他腳踝的鐵絲，還有他手腕間上了鎖的手銬。現在我總算知道發生了什麼事，以及為何會發生。班頓和其他人一樣遭到謀殺，但動機是邪惡的，是嘉莉為了滿足拿他作為戰利品的邪惡慾望的結果。

我將車駛入門前車道，淚水模糊了視線。我跑進屋內，砰的關上大門，原始的聲音在我腦裡湧現。露西從廚房出來，穿著卡其長褲和黑色T恤，抱著一罐沙拉醬。

「凱阿姨！」她大叫著朝我跑來。「怎麼了，凱阿姨？馬里諾人呢？我的天，他沒出事吧？」

「馬里諾沒事。」我喉嚨哽塞的說。

她伸出一隻手臂來抱住我，扶我到客廳的沙發坐下。

「班頓，」我說。「他跟其他人一樣，」我哽咽起來。「就跟克萊兒‧羅禮一樣。凶手用一頂泳帽遮住她的臉，還有浴缸，就像動手術。」

「什麼？」露西一臉迷惑。

「他們要的是她的臉！」

我從沙發上彈起。

「妳還不懂嗎？」我向她大吼。「太陽穴，還有下巴的刀痕，就像獵取頭皮一樣，但卻更加凶狠惡毒！他起火不是為了掩飾罪行！他放火把屋子燒光是因為他不希望我們發現他對他們下的毒手！他竊取了他們的美貌，他們身上所有的美，而方法就是剝下他們的臉。」

露西驚愕地張著嘴。

接著她結巴的說，「是嘉莉？是她做的嗎？」

「噢，不是的，」我說。「不全是。」

我來回踱步，絞著雙手。

「她和高特一樣，」我說。「喜歡觀看。也許她在旁邊協助，也許她搭上了凱莉・薛佛，也說不定凱莉拒絕了她，因為她是個女人。於是兩人起了爭執，凱莉被亂刀砍殺，然後嘉莉的同夥介入，割了凱莉的喉嚨，在她傷口裡的鎂金屬削屑就是這時候留下的。是他動的刀，而不是嘉莉。點火、放火的人也是他，而不是嘉莉。他沒有割下凱莉的臉，因為她的臉已經在纏鬥過程中被割傷、毀壞了。」

「妳該不會認為他們也這樣對……對……」露西緊握著兩隻拳頭說。

「對班頓？」我提高聲音說。「我是否認為他們也剝了班頓的臉，是嗎？」

我踢了下木板牆，然後靠在上頭。我的內心僵冷，腦中一片陰暗死寂。

「嘉莉知道他能想像得出她會對他使些什麼手段，」我壓低嗓子緩緩的說。「她會樂見他戴著手銬腳鐐坐在那裡任她擺佈的，她會拿刀逗弄他。是的，我認為他們也對他做了同樣的事。事實上我有證據。」

最後這句尤其難以脫口。

「希望他那時候已經死了。」我說。

「一定是的，凱阿姨。」

露西也哭了，走過來用雙手抱住我的頸子。

「他們不會讓他大聲叫喊的，那太冒險了。」她說。

一小時不到，我已經將最新情況向婷安・麥高文通報。她也贊同眼前最緊迫的是查出嘉莉的同夥人是誰，以及她是如何認識他的。我知道她聽我說明我的發現和推測時內心的激憤，只是沒表現出來罷了。寇比可能是我們僅存的希望。她也同意，以我的專業形象，我比她更有機會成功的執行這趟任務。畢竟她是執法人員，而我是醫生。

邊境巡邏隊調派了一架貝爾直升機到里奇蒙國際機場附近的海洛直升機機場。露西原本想當晚就駕機出發。我告訴她這不可能，因為我們到了紐約將會沒地方過夜，總不能住在沃德島。我必須等到明早打電話通知寇比療養中心我們即將過去，不是請求，而是告知。馬里諾認為他應該陪我們一起去，但我不同意。

「不能有警方人員。」晚上將近十點鐘他來家裡探視，我對他說。

「妳真他媽的瘋了。」他說。

「你能怪我瘋嗎?」

他低頭望著他那雙舊慢跑鞋，他從沒給它們發揮卓越性能的機會。

「露西也是執法人員。」他說。

「只要他們沒說話，她算是我的駕駛。」

「喔。」

「必須照著我的方式做，馬里諾。」

「我真不知道該說些什麼，醫生。我不懂妳怎麼還能面對這些事情。」

他臉色通紅，抬頭看我時眼裡泛著血絲，眼神充滿悲悽。

「我想去是因為我要親手逮到那些雜種，」他說。「他是被他們設計的，妳知道，對吧?調查局的通聯記錄顯示週二下午三點十四分有個傢伙打電話到局裡，說他握有關於薛佛案的線索，可是只願透露給班頓・衛斯禮一個人。他們拿老套回應他，說每個人都是同樣的說辭。他們總以為自己很特別，非直接跟探員說話不可，誰知道這個線民有兩把刷子。他說，我可是一字不漏的照錄:告訴他是關於我在黎海郡醫院見到的那個怪女人的線索。她就坐在凱莉・薛佛隔壁的餐桌。」

「可惡!」我大吼，怒氣衝上腦門。

「根據我們了解，班頓撥了這渾蛋留下的電話號碼，結果發現是在那家起火商店附近的公用電話，」他繼續說。「我推測班頓去見了那傢伙，也就是嘉莉的變態同夥人。他始終不知道那人是誰，直到一聲砰！」

我心頭一震。

「他們用槍或刀抵著班頓的喉嚨，給他戴上手銬，還用鑰匙上了兩道鎖。為什麼要這麼做？因為他是個執法人員，熟悉一般人不懂得兩道鎖的妙用。通常警察逮人的時候都只把手銬的卡榫扣上。人犯扭得越厲害，手銬也卡得越緊。不過如果人犯能找到髮夾之類的東西把棘齒弄鬆，或許就能把手銬解開。但如果上了雙道鎖，門兒都沒有。除非用鑰匙或者和鑰匙相同的工具，否則絕對無法掙脫。班頓當場就該明白這點的，很不幸跟他打交道的人也是箇中老手。」

「夠了，我不想再聽，」我對馬里諾說。「回家去吧，拜託你。」

我的偏頭痛就快發作了。我一向知道自己什麼時候會開始頸子痛、頭痛，或者噁心想吐。我送馬里諾到門口。我知道自己傷了他的心。他滿懷痛苦卻無處宣洩，因為他向來不懂該怎麼表現情感。我甚至不確定他是否明白自己的感覺。

「妳知道，他沒有走，」我打開門時他說。「我不相信他走了。我沒親眼看見，我也不相信。」

「他們不久就會把他送回來的，」我說。蟬在黑暗中鳴叫，門廊燈四周飛舞著蛾群。「班頓已經死了，」我說，不知哪來的力量。「如果愛他就別抗拒這事實。」

「他總有一天會突然出現的，」馬里諾拉高嗓子說。「等著看好了。我最了解那臭小子了，他沒這麼容易被擺平。」

可是班頓就是這麼輕易被擊倒了。這是常有的事，就在凡賽斯買完咖啡和雜誌回家的途中，或者戴安娜王妃沒有繫安全帶的那一刻。我看著馬里諾開車離去，然後關上大門，打開防盜系統。這似乎已經成了反射動作，有時候會帶來麻煩的，尤其當我忘了屋裡的槍枝已經打開滑套的時候。露西正癱在客廳沙發上看藝術和娛樂頻道，沒開電燈。我在她身邊坐下，兩手擱在她肩上。

我們沒說話，看著電視上一部關於拉斯維加斯早期幫派的紀錄片開始播放。不知道她此刻在想些什麼，我有些擔心。露西的想法不同於常人，是她個人獨有的，無法以任何心理療法或直觀法則加以剖析，這是我從她出生以後就明白的事實。她沒說出口的才是重點所在。而這陣子露西已經不再提珍奈的事了。

「我們去睡吧，明天還要早起呢，機長小姐。」我說。

「我在這裡睡就可以。」

她按了下遙控器，調低音量。

「不換睡衣？」

她聳聳肩膀。

「如果我們能夠在九點鐘到達海洛機場，我打算在那裡打電話到寇比。」

「要是他們說別來呢？」我的外甥女問。

「我會告訴他們我已經出發了。紐約市目前是共和黨執政，必要時我會請我的朋友羅德參議員介入，而他會找衛生部門和市長理論。我想寇比不會樂於見到這種事。倒不如讓我們降落，妳不覺得嗎？」

「那裡沒有地對空飛彈吧？」

「有的，名叫病患。」我說。幾天以來我們第一次開懷大笑。

我不清楚自己是怎麼睡著的，只知道當鬧鐘在六點整鈴聲大作的時候，我在床上翻了個身，並且發現從午夜開始我就一直沒醒來過。這意謂著我目前最迫切需要的創傷復元和重生。沮喪有如一片透明的薄紗，我已經開始感覺到希望。班頓會期望我這麼做的，不替他的死尋求復仇，這不會是他所希望的。

他會希望避免對馬里諾、露西和我造成傷害，也會希望我能夠保護那些我不認識的人的生命——那些在醫院工作或者擔任模特兒，只因為被一個怪物的邪惡眼睛偶然瞥見而燃起忌妒之火，竟至慘遭毒手的無辜男女。

露西天剛亮就去慢跑了。雖然我擔心她獨自外出，但我知道她的腰包裡裝著手槍。我們也都不想因為嘉莉而亂了生活步調。她似乎是穩操勝算。如果我們照常生活，有可能一死。如果我們由於恐懼而停頓不前，終究難逃一死，恐怕還會死得更慘。

「外面還平靜吧？」露西回來後跑進廚房來找我，我問她。

我把咖啡放在餐台上，和露西坐在桌邊。她的臉和肩膀淌著汗水，我丟了條廚巾給她。她脫掉鞋襪，讓我猛然憶起班頓坐在那裡做著同樣事情的情景。他慢跑以後常喜歡來廚房逗留一陣子，讓身體冷卻，和我聊聊天才去淋浴，重新躲進乾淨衣服和周密思緒裡。

「溫莎山莊有幾個人在蹓狗，」她說。「妳這附近沒半個人。我問警衛崗哨那傢伙有沒有新狀況，像是又有計程車或披薩小弟跑來找妳，或者奇怪的電話、可疑訪客之類的。他說沒有。」

「很好。」

「狗屎，我不相信那是她幹的。」

「那麼是誰？」我有些訝異。

「要知道，外面有一些人並不怎麼喜歡妳。」

「牢房裡有大半數的人討厭我。」

「還有一些沒坐牢的人，至少是還沒。例如那對基督教科學會的夫婦，不滿他們的兒子被妳入罪，妳想會不會是他們在搗鬼？故意派計程車、工地垃圾收集箱卡車來騷擾妳？或者一大早打無聲電話去嚇可憐的查克？停屍間助理被嚇得不敢單獨留在大樓裡，夠妳傷腦筋的了。更糟的是，萬一他辭職了。狗屎蛋，」她又說。「可憐無知的小心眼才想得出的卑劣技倆。」

這些倒是我從沒想過的。

「他現在還常接到無聲電話嗎？」她問。

她輕啜咖啡，邊瞄著我。水槽上方的窗口，橙紅的太陽映著昏濛的藍色地平線。

「我會查個究竟的。」我說。

我拿起話筒，撥了停屍間電話。查克立刻來接聽。

「停屍間。」他有些不安。

現在還不到七點鐘。我猜他應該單獨在辦公室。

「我是史卡佩塔醫生。」我說。

「哦！」他鬆了口氣。「早安。」

「查克，那些無聲電話，你現在還常接到嗎？」

「是的，醫生。」

「什麼都沒說？連喘氣的聲音都沒有？」

「有時候我好像聽見背景有車流聲，對方好像是在公用電話亭打的。」

「我有個想法。」

「請說。」

「下次再接到類似電話，我要你說，早安，昆恩先生，昆恩太太。」

「什麼？」查克困惑的說。

「照著做就是了，」我說。「我有種預感，這麼一來就不會再有這類電話了。」

我掛斷電話，露西大笑不止。

「高招，」她說。

21

早餐過後，我在臥房和書房之間來回晃盪，慎重考慮著該帶些什麼裝備。鋁質工作箱得帶，因為這已經成了我每趟旅行的習慣了。另外我還帶了過夜用的長褲、襯衫和盥洗用具，我的柯特點三八手槍也進了手提包。儘管我已經習慣了攜帶槍枝，卻從沒想過要帶到紐約去。在那裡這麼做是可能要坐牢的。露西和我坐進車子時，我把我帶槍的事告訴她。

「這叫情境倫理，」她說。「我寧可被捕也不要死掉。」

「我就是這麼想的。」一向是個守法好公民的我說。

海洛是位在里奇蒙國際機場西側的直升機包租場。有些名列財星五百大企業的公司都在這裡設有自己的終點站，停放著金恩直升機、里耳噴射機和西科斯基直升機。我們的貝爾噴射直升機正停在機棚裡，露西上前去檢查，我則在棚裡找到一名職員，友善的答應讓我使用他的辦公室電話。我翻著皮夾找我的AT&T電話卡，打到寇比法庭精神療養中心行政辦公室。

行政主管是位名叫麗迪雅・昂索的女性精神科醫師，接電話時顯得相當多疑。我努力向她解釋我是誰，但是被她打斷。

「我知道妳是誰，」她說話帶有中西部口音。「我完全了解目前的狀況，而且非常願意盡力配合，不過我不太清楚妳的目的何在，史卡佩塔醫生。妳是維吉尼亞首席法醫，對吧？」

「是的，也是菸酒槍械管制局和調查局的法醫病理學顧問。」

「當然，他們也和我聯絡過了，」她似乎真的很困惑。「這麼說妳是在尋找和妳的某個案子有關的線索？某個死者的？」

「不可能。」

「昂索醫生，目前我正在調查好幾樁案子的關聯性，」我回答說。「我有理由懷疑嘉莉・葛里珊極可能直接或間接涉及這些案件，甚至早在她還在寇比的期間就開始了。」

「顯然妳不太了解這個女人，」我堅定的說。「至於我，我的大半職業生涯都在研究她所犯下的暴力犯罪案件，從她和高特在維吉尼亞作歹開始，一直到高特在紐約赴死為止。如今還得再添五樁，或許更多。」

「我非常熟悉葛里珊小姐的背景，」昂索醫生說。她沒有敵意，只是聲音裡透著防衛。「我可以向妳保證，她在寇比獲得的待遇跟其他高危險性病患並沒有兩樣……」

「她的精神評估幾乎毫無用處。」我打斷她說。

「妳怎麼會知道她的醫療記錄……？」

「菸酒槍械管制局為了調查這幾樁相關的縱火謀殺案，成立了國家應變小組，我也是成員之一，」我謹慎的措詞。「就如我剛才所說，我也和調查局合作。所有的案子都在我的職權範圍內，因為我是聯邦執法機關顧問。可是我的職責並非逮捕人犯或者煩擾像寇比這類機構。我的工作是替死者爭取公道，還有盡可能帶給死者家屬心靈的平靜。為了做到這點，我必須回答許多問題。更重要的是，我必須盡一切力量去避免讓更多人受害。嘉莉一定會再犯，說不定已經又犯了。」

行政主管沉默片刻。我望著窗外，看見他們將那架深藍色直升機連同起降台拖向停機坪。

「史卡佩塔醫生，妳希望我們怎麼做？」昂索醫生再度開口，口氣有些煩躁不安。

「嘉莉是否有社工人員？提供她法律協助的？可以和她談話的人？」我問。

「她經常和一個法庭心理醫師相處，不過他不是我們的員工。他主要的工作是進行評估，還有在法庭上提供意見。」

「那麼他或許被嘉莉操控了，」我說，邊看露西爬上機門，開始飛行前檢查。「還有呢？還有誰和她比較接近的？」

「她的律師。對啦，提供她法律援助的人。如果妳想和她談談，我們倒是可以安排。」

「我們就要起飛了，」我說。「大約三小時後抵達。妳那裡有直升機停機坪嗎？」

「我不記得有飛機在這裡降落過。附近有幾個公園，我很樂意去接妳。」

「我想不必麻煩了，我們應該會就近降落的。」

「我還是會去招呼妳，然後帶妳到那個法律援助律師那裡，或者任何妳想去的地方。」

「我想先到嘉莉・葛里珊的牢房去看看，還有她經常待的地方。」

「沒問題。」

「妳真好。」

露西正打開檢修門檢查油量、線路和所有可能故障的部位。她的動作靈巧，非常篤定自己在做什麼。看她爬上機身頂端去檢查主旋翼，我開始胡亂想著不知有多少直升機意外事件是在地面發生的。我爬進副駕駛座，瞥見她後面的架子上有一支AR-15突擊步槍，同時發現我座椅兩側的操縱桿也沒有扳回原位。一般乘客原本不該接觸主副操縱桿的，而且左右反扭力踏板也必須大幅向後扳，以免被無知者意外踩踏。

「怎麼回事？」我問露西，邊繫上四點安全帶。

「我們得飛行很長一段時間。」

她數度扳動油門，確定它沒有凝結，並且是關閉的。

「我知道。」我說。

「剛好讓妳有機會練一下身手。」

她拉起集體操縱桿，然後將變距操縱桿以大X形前後左右拉動。

「練什麼身手？」我警覺的問。

「飛行的身手，妳只要維持一定高度和速度，並且保持平衡就可以。」

「休想。」

她按下啟動鍵，引擎開始隆隆作響。

「沒問題的。」

螺旋槳葉片開始轉動，風聲漸大。

「既然妳和我同機，」我的外甥女，也是駕駛人兼合格飛行教練拉高嗓門說。「我希望萬一發生狀況時妳也能幫得上忙，可以嗎？」

我不再說什麼。她推動變距操縱桿，提高轉速。接著她按下幾個控制鈕，測試警告燈，然後打開無線電。我們戴上耳機。直升機有如脫離地心引力般的從起降台升起，進入氣流之中，飛行速度漸增，直到平穩的翱翔空中為止。我們越過樹林，太陽高懸在東方。遠離機場和城市之後，露西開始替我上第一課。

我很快便熟悉所有控制桿的位置以及作用，只是對於整體的了解還很有限。例如拉起集體操縱桿增加動力時，直升機會朝右邊偏移，這時候必須踩壓左反扭力踏板來平衡主旋翼的扭力，讓機身能夠保持平穩。當高度由於拉高集體操縱桿而攀升時，速度也隨著增加，這時必須將變距操縱桿往前推。我感覺像在學打鼓似的，只是在這同時我必須小心避開鳥群、高塔、天線和其他飛行器。

露西極有耐性的教導，時間就這麼隨著一百一十節飛行速度溜逝。等我們到達華盛頓北方，我已經能夠讓直升機行進得相當平穩，一邊讀取羅盤來校正航向陀螺儀。我們的航向角度定在〇五〇。儘管除此以外我再也不懂別的了，例如GPS——全球衛星定位系統，但露西說我操控得很上軌道。

「三點鐘方向有一架小飛機，」她透過麥克風說。「看見沒？」

「看見了。」

「這時候妳要說，塔里好。它的位置在水平線以下，看得出來吧？」

「塔里好。」

露西大笑。「不對，塔里好的意思是目視敵機。如果一架飛行器高於水平線，也就等於在我們之上。這個很重要，因為倘若兩架飛機在同一水平線上，而對方又似乎沒有移動，這表示那架飛機和我們高度相同，而且若非和我們呈反方向飛行，就是正筆直朝我們飛過來。所以提高警覺並且分辨清楚是有必要的，對吧？」

她繼續指導我一直到紐約的天際線浮現眼前，這時我便不再碰觸操控桿了。直升機凌空飛越自由女神像和艾利斯島——這裡是我那群身無分文的義大利先人許久以前在這片充滿機會的新世界開始闖蕩的據點。飛機降到五百呎高度，整座城市伸展開來，商業區高樓聳立，直升機的影子在我們腳下沿著河流緩緩移動。天氣晴朗炎熱，許多旅遊直升機在空中漫遊，另外一些則載著分秒必爭的企業主趕赴約會。

露西忙著講無線電，進場管制單位似乎沒空理睬我們，因為空中交通實在堵塞得厲害，管制員對高度七百呎以下的飛機不感興趣。在這城市裡，這種飛行高度的守則是看清楚、閃遠點，就只是這樣。我們沿著伊士河飛越布魯克林區、曼哈頓區和威廉斯堡橋，以九十節的飛行速度橫越許多垃圾駁船、油輪和繞行河面的白色旅遊船。當我們經過羅斯福島的頹傾建築和老舊醫院時，露西向拉瓜狄亞機場報告我們的現況。沃德島已近在眼前。位在這條河西南端的橋取名叫地獄門，實在很貼切。

我對沃德島的認識大半來自我多年涉獵醫學史的所獲。和紐約許多小島的歷史相仿，沃德島早期也是監禁罪犯、病患和精神病患的地方。此外它還有段不愉快的歷史，就是在十八世紀中期，沃德島依然缺水缺電，斑疹傷寒病患都送來這裡隔離，俄羅斯猶太難民也逃亡到此地。十九世紀初這城市的精神病院也遷移到了這裡。當然現在島上的生活條件改善了不少，雖說它的居民比起早年也變得益形瘋狂。這裡的病患享有空調房間、律師和娛樂設施，可以看牙醫，擁有醫療照護、心理治療服務、支援團體和各種組織性協助。

有點虛矯多餘，但我們還是很文明的依規定進入沃德島上空的B級空域，低空飛過樹蔭濃密的綠地，曼哈頓精神療養及兒童精神療養中心和寇比療養中心那棟巨大醜陋的黃褐色磚造建築在遠方隱約浮現。特立博羅橋公園大道橫越島的中央，和島上所有景觀極不協調的是一支有著鮮亮的條紋帳篷、小馬和獨輪單車表演的小型馬戲團。觀眾很稀少。我看見一些小孩在吃棉花糖，心想他們為何沒去上學。較遠的北端有一座污水處理廠，以及紐約市消防訓練學院，一輛長長的雲梯車正在停車場練習轉彎。

精神療養中心是一棟十二層樓高建築，霧面玻璃的窗戶罩著鐵絲網，裡頭是有著空調設備的隔間，走道和休閒區域圍著稀疏的鐵線圈防止病患逃脫。只不過這對嘉莉顯然沒什麼作用。這裡的河流約有半哩寬，水流十分湍急狂暴，我不認為有任何人能夠游泳橫越。不過就如他們說的，這裡有一座步橋，漆成鏽銅的藍綠色，大約在寇比南邊一哩的地方。我要露西飛到那裡，從空中我看見橋上有許多人往返通行，在哈林區的伊士河畔住宅區進出。

「我認為她不可能在大白天通過這座橋，」我透過麥克風對露西說。「一定會被人發現。不過假設她有本事辦到，接著呢？警方肯定會立刻封鎖這整個地區，尤其是橋的那一端。那麼她又是如何逃到黎海郡的？」

露西讓直升機在五百呎的低空打轉，螺旋槳啪啪的響。我們發現一艘廢棄的渡船，可能是一度用來運輸伊士河一〇六街車道的車輛，還有一條舊防波堤，如今已變成一片木餾油處理的腐木堆棧，從寇比西側一小片空地伸入河水中。那片草坪看來很適合作為降落地點，只要我們緊挨著河岸，遠離那條擺著椅凳、圍有鐵絲網的醫院走道。

趁著露西偵查地形的空檔，我仔細觀察地面的動靜。那些人全部穿著日常服裝，在草地上伸懶腰或躺著，有的坐在椅凳上，或者沿著走道那排垃圾筒閒逛。即使距離五百呎之遙，我依舊清楚看見那群可憐人身上邋遢鬆垮的衣服和怪異的步伐。他們仰頭呆望著我們在空中搜尋這一帶是否有電線、鐵網或地面泥濘不平坦等障礙。為了安全降落，露西緩慢進行著偵查。越來越多人跑出大樓來觀望，也有人從窗口或站在門口探看究竟。

「我們最好在公園那裡降落，」我說。「免得驚動了他們。」

露西將直升機降到五呎高度盤旋著，底下的野草樹枝一陣激烈翻攪。一隻雉雞帶著雛雉沿著河岸倉皇奔逃，衝進草叢中消失了蹤影。很難想像這片淒慘之地也有這樣純真柔弱的生物棲息著。我突然想起嘉莉寫給我的那封信，裡頭很怪異的將寄信地址寇比稱作雉雞之地。她想告訴我什麼呢？她也看過這群雉雞？果真看過，又有什麼特殊意義呢？

直升機輕巧的降落，露西將油門拉到空轉。我們足足等了兩分鐘，引擎終於關閉，螺旋槳隨著數位讀秒緩緩減速。病患和醫院員工仍在那裡觀望。有些僵立著，有些則出神似的拉著鐵網籬，步伐遲緩的走動，或者凝視著地面。一個捲著香菸的老人揮著手，另一個滿頭髮捲的女人喃喃自語，還有一個戴著耳機的年輕男人在走道上慢步輕舞起來，看樣子是為了歡迎我們。

露西關閉油門，主旋翼煞住，引擎靜止下來。螺旋槳完全停歇之後，我們爬出機門，一個女人從大群病患和醫護人員之中走了出來。她一身俐落的魚脊圖案套裝，即使天氣炎熱依然穿了外衣，一頭短髮很是清爽。我馬上看出她就是麗迪雅・昂索醫生，她似乎也一眼認出了我。因為她先和我握手，接著才和露西，同時介紹她自己。

「我得說，妳製造了不小的騷動。」她淡淡微笑著說。

「我很抱歉。」我說。

「別在意。」

「我要待在飛機上。」露西說。

「妳當真？」我問。

「當真。」她回答，環顧了下躁動不安的人群。

「他們大都是精神療養中心的門診病人，」昂索醫生指著另一棟高樓說。「還有奧迪賽療養院。」

她指著寇比過去一棟小得多的磚造建築說。那裡似乎有庭院，還有一座柏油地面、球網破損飄搖的老舊網球場。

「毒品，老問題，」她又說。「他們到那裡接受心理諮詢，出來時被我們逮到藏了大麻。」

「我可以在這裡等，」露西說。「或者去外面加油再回來。」

「我希望妳在這裡等。」我說。

昂索醫生和我一起走向寇比療養中心。眾人的目光灼灼，隱隱透著痛楚和憎恨。一個蓄著蓬亂鬍鬚的男人對著我們吼叫，說他要搭便車，邊做手勢指著天空，兩條手臂像鳥那樣揮動，單腳跳躍著。一個個飽經滄桑的臉孔彷彿到了其他空間，或者空洞無神，或者充滿莫名的厭憎，那是唯有望著我們這些不曾受過毒品或瘋狂之苦的人時才會流露的苦澀眼神。我們是享有特權的人。我們是活生生的人。對那些只能摧毀自己或別人的無助靈魂來說我們是天神，而且我們有家可歸。

寇比精神療養中心的入口和一般州立機構並無不同，牆壁漆著跟河上那座步橋同樣的藍綠色。昂索醫生領著我繞過轉角，按了牆上的對講機鈕。

「請報上大名。」機械語音傳出。

「昂索醫生。」她說。

「好的，醫生，」這會兒是人聲。「請進。」

通往寇比核心地帶的入口和所有療養院一樣有著許多道氣密式門，而且絕不允許兩道門同時開啟。門上貼有警告標示，禁止攜帶槍械、爆裂物、彈藥或玻璃製品進入。無論那些政客、醫療社工或美國人民自由聯盟多麼堅持，這裡畢竟不是醫院。這裡的病患是牢犯，是犯下強暴、傷害等罪行的暴力罪犯，暫時被收容在這所警衛森嚴的療養院裡。這些人有的槍殺了家人，有的燒死自己的母親、將鄰居開腸破肚，或者把情人給肢解。他們是成了名人的怪物，像是雅痞名人殺手羅伯・錢伯斯，或者將女友殺害、烹煮，還拿給路人吃的洛科威茲，或者嘉莉・葛里珊，而她比任何人更加惡行重大。

她按下電鈕開啟藍綠色鐵柵門，身穿藍色制服的安全警衛對昂索醫生十分親切，還有我，因為我是她的客人。不過我們還是得通過一道金屬監控門，皮包內的物品也被謹慎的翻過。我很難為情，因為他們告知我只能帶入一次劑量的藥品，而我所帶的摩純止痛錠、瀉立停、坦適胃錠和阿斯匹靈卻多得足夠照顧整間醫院的病患。

「女士，妳毛病一定不少。」其中一名警察友善的說。

「是慢慢累積的。」我說，暗暗慶幸我把槍鎖在公事包內，安全的存放在直升機行李廂裡。

「我得暫時替妳保留這些藥。就放在這裡等妳出來，好嗎?記得說一聲喔。」

「謝謝你。」我說，受了極大恩惠似的。

我們通過另一道貼著「請勿碰觸」警告牌的鐵柵門，再進入冰冷單調的走廊，繞了許多彎，經過好幾道裡頭正在舉行聽證會的緊閉門扉。

「請妳要了解，這裡的法律援助律師是法律援助協會所僱用的，而這個協會是和紐約市政府簽有合約的非營利性私人機構，因此他們在這裡的所有人事仍然歸他們的犯罪部門掌管，並非寇比的員工。」

她想確定我真的了解。

「不過在這裡待了幾年之後，他們當然也和我的病患建立了交情。」我們的鞋跟喀喀踏著磁磚地。她繼續說，「妳要找的這位律師一開始就陪著葛里珊小姐，她回答妳所提的各種問題的時候或許會有所保留。」

她回頭注視著我。

「我也無可奈何。」她說。

「我完全能夠了解，」我回答。「要是哪個公設辯護律師或者法律援助律師回答我問題的時候毫無保留，我會想是否世界變了。」

「心理衛生法律援助部門」深藏在寇比中心區的一角，我也無法肯定是否在一樓。昂索醫生打開一扇木門，引我進入一間小辦公室，裡頭滿坑滿谷的文件，地板上疊著數百個案件檔案夾。坐在辦公桌前的律師一頭雜亂的黑髮，衣著守舊邋遢得可以。她的體形碩大，沉重的胸脯非靠胸罩支撐不可。

「蘇珊，這位是凱·史卡佩塔醫生，維吉尼亞首席法醫，」昂索醫生說。「妳知道的，為了嘉莉·葛里珊的事情。史卡佩塔醫生，這位是蘇珊·布洛斯坦。」

「是。」布洛斯坦小姐說，似乎無意站起來或者和我握手，只繼續翻著厚厚一份法律簡報。

「那麼我就不打擾妳們了，蘇珊。相信妳會帶史卡佩塔醫生四處去看看，不然我只好請別人代勞了。」昂索醫生說。從她的眼神看得出她知道我有多麼急切。

「沒問題。」

這位重罪犯的守護天使有著布魯克林口音，聲音粗嘎緊繃得好像垃圾駁船。

「請坐。」昂索醫生離開後她對我說。

「嘉莉是什麼時候被送來這裡的？」我問。

「五年前。」

她仍然盯著桌上的資料。

「妳了解她的背景，以及她在維吉尼亞犯下好幾樁謀殺案，並且即將受審的事嗎？」

「我很清楚，妳問吧。」

「十天前，也就是六月十日那天，嘉莉從這裡逃了出去，」我繼續說。「有誰知道事情是如何發生的呢？」

布洛斯坦將資料翻過一頁，端起咖啡杯。

「晚餐時間她沒現身，就這樣。」她回答說。「她失蹤的時候我跟所有人同樣吃驚。」

「我想也是。」我說。

她又翻了一頁，邊抬頭瞪了我一眼。我再也無法忍受。

「布洛斯坦小姐，」我傾身靠向她的辦公桌，口氣嚴峻的說。「基於對妳的客戶們的尊重，妳是否能仔細聽我說呢？妳是否願意聽聽那些被嘉莉・葛里珊屠殺的所有男男女女的故事？一個小男孩被母親差遣去7-Eleven買蘑菇湯罐頭的途中遭到誘拐，他的頭部中彈，四肢皮膚被割除好幾塊，為了消滅咬痕。他可憐的身體在冷冷的雨天裡躺靠在垃圾收集箱旁，身上只剩一條短內褲。」

「我說過，我對這些案件非常清楚。」她繼續埋頭工作。

「我建議妳放下手邊的簡報，專心聽我說話，」我警告她。「我是法醫，但也是律師。妳的詭詐對我起不了作用。妳所代表的這名精神病患此刻正在外面殺人，到頭來可別讓我查出妳知情不報，視人命如草介。」

她斜睨著我，目光冰冷傲慢，因為她這輩子所掌握的唯一權力只是替輸家辯護，以及對像我這樣的人打馬虎眼。

「那麼我們來替妳溫習一下，」我繼續說。「妳這位客戶逃離寇比以後，我們相信她已經犯下至少兩件謀殺案，或者擔任幫凶，兩案相距只不過幾天時間。手法極度凶殘，甚至企圖利用縱火來加以掩飾。在這之前曾經發生過類似的縱火凶殺案件，我們認為兩者脫不了干係，然而在幾個較早的案件發生的當時，妳的客戶還被監禁在這裡。」

蘇珊・布洛斯坦沉默不語，只盯著我瞧。

「妳願意協助我了解嗎？」

「我和嘉莉的所有談話都必須保密，相信妳能體諒。」她說。然而我感覺她對於我所說的相當好奇。

「她是否一直在和外面的某人聯繫？」我又說。「如果是，又會是誰呢？」

「妳說呢？」

「她向妳提過鄧波爾‧高特嗎？」

「恕難奉告。」

「可見有囉，」我說。「當然有，怎麼可能沒提過？妳可知道她寫了封信給我，布洛斯坦小姐，要我帶高特的驗屍照片來找她？」

她沒說話，但眼神活絡了起來。

「高特在寶華利街地下道被列車輾斃，殘骸沿著鐵軌散佈。」

「是妳替他驗屍的？」她問。

「不是。」

「那麼嘉莉為何會向妳要驗屍照片呢，史卡佩塔醫生？」

「因為她知道我能夠取得照片。嘉莉想要看這些照片，看血腥和屍體。這封信是她在脫逃前一週不到寫的。我在想，妳是否知道她曾經寄出過類似的信？我認為這足以顯示她對於所做的一切都是經過周密計劃的。」

「不知道。」

布洛斯坦指著我說，「她腦子裡只想著她是如何被陷害的，因為調查局沒有能耐查出那些案子的凶手，就拿她做代罪羔羊。」她指控著說。

「原來妳也看了報紙。」

她鐵青著臉。

「我和嘉莉相處了五年，」她說。「和調查局探員上床的不是她，對吧？」

「事實上她有，」我不能不想起露西。「而且老實告訴妳，布洛斯坦小姐，我到這裡來並非為了改變妳對妳客戶的觀感，而是為了調查幾樁謀殺案件，並且盡力防止悲劇再度發生。」

嘉莉這位法律援助律師又開始低頭翻閱資料。

「據我了解，嘉莉之所以在這裡待了這麼長的時間，原因就在每次她的心理評估報告出來時，妳總是判定她尚未恢復正常自主能力，」我說。「表示她也還沒有能力接受審判，對吧？意思是她的心理狀態糟糕到甚至無法了解她所犯下的那些罪名？然而她對自己的處境必定有相當程度的了解，否則她怎麼能夠捏造出那一大篇調查局誣陷她的精采故事？或者編造故事的人是妳？」

「談話到此為止。」布洛斯坦高聲宣佈。倘若她是法官，她肯定會猛敲木槌。

「嘉莉什麼病都沒有，」我說。「一切都是偽裝、設計出來的。我猜猜看。她非常沮喪，重要的事情一概不記得。或許需要服用安眠藥，說不定還沒什麼效果，不過她顯然還有力氣寫信。此外她還享有什麼優惠呢？打電話？影印東西？」

「病患也擁有公民權，」布洛斯坦淡然說。「她非常安靜，多數時間都用在下棋、玩紙牌。她也喜歡看書。她犯案的那時候剛好遇到一些環境調適的問題，她不該為當時的行為受到懲罰，況且她已經悔改了。」

「嘉莉是個很棒的推銷人才，」我說。「她一向要什麼有什麼，她想要在這裡待久一點，好策劃她的下一步行動。這個她也做到了。」

我打開皮包，拿出嘉莉寫給我的信，在布洛斯坦面前亮了亮。

「注意看開頭的寄信人地址。寇比女性病房，雉雞之地，」我說。「妳可知道這指的是什麼？或者妳要我猜猜看？」

「我不清楚。」她讀著那封信，一臉迷惑。

「也許這裡的之地是暗指某棟房子的所在地，或者那位負責起訴她的檢察官的住宅。」

「我一點都不了解她心裡在想什麼。」

「那麼來談談雉雞吧，」接著我說。「這所療養院外面的河岸有一群雉雞。」

「我沒注意。」

「我看見了，因為我們的飛機就降落在那片草地上。沒錯，妳應該不會留意，除非妳曾經穿越半畝廣的雜草叢，跑到舊防波堤附近的岸邊。」

她沒說話，但開始有些不安。

「所以囉，我的問題就是，嘉莉或者其他病患怎麼會知道那些雉雞的事？」

她依然不吭聲。

「妳清楚得很，對吧？」我硬逼她開口。

她瞪著我。

「一個重罪人犯無論如何不該有機會到那片草地上去，連靠近都不應該，布洛斯坦小姐。要是妳不想和我談論此事，那麼我只好把妳交給警方了，因為嘉莉的逃亡已經列入執法機關的優先處理要務。說真的，你們的市長一定很不高興嘉莉給這個以打擊犯罪著稱的城市帶來一連串壞名聲。」

「我真的不清楚嘉莉怎麼會知道雉雞的事，」布洛斯坦終於說。「這還是我頭一次聽說這附近有什麼鬼雉雞呢。也許是哪個醫院員工告訴她的，也說不定是商店送貨員對她說的，換句話說也就是外人，就像妳。」

「什麼商店？」

「病患優惠方案允許他們累積信用和金額向那家商店購物，主要是一些小零嘴。每週送貨一次，他們必須用自己的錢付帳。」

「嘉莉哪來的錢？」

布洛斯坦不肯說。

「她的雜貨都在哪一天送來？」

「不一定。通常在週一或週二，而且都在下午。」

「她是週二傍晚逃走的。」我說。

「沒錯。」她的目光變得銳利。

「那名送貨員呢？」我又問。「有沒有人知道他或者她跟這件事是否有關呢？」

「那名送貨員是男的，」布洛斯坦不帶感情的說。「沒人知道他的行蹤。他是替原來那位送貨員代班的，那人請了病假。」

「代班？原來如此。嘉莉感興趣的果然不只是洋芋片！」我不由得提高嗓門說。「我來猜猜看。這名送貨員身穿制服，開廂型車。嘉莉也換上制服，和她的送貨員一起走出去，上了廂型車揚長而去。」

「那只是妳的揣測。我們根本不知道她是怎麼出去的。」

「噢，我認為妳非常清楚，布洛斯坦小姐。我還懷疑妳是否拿錢支助嘉莉，因為她在妳心中別具意義。」

她站了起來，再度對著我用手一指。

「如果妳是在指控我協助她逃跑……」

「妳的確幫了她的忙。」我打斷她。

想到嘉莉仍然脫逃在外，我強忍住淚水，又想起班頓。

「妳這怪物，」我怒視著她說。「妳真該找一天去看看那些受害人，只要一天就夠了。親手去觸摸他們的血和傷口，那些被嘉莉無端殺害的無辜男女。我想應該有不少人不樂意聽到嘉莉的事、她享有的優惠，還有來源不明的金錢收入，」我說。「而不止我一個。」

我們的談話被一陣叩門聲打斷。昂索醫生走了進來。

「我想我該帶妳去逛逛了，」她對我說。「蘇珊好像很忙。妳們談完了嗎？」她問法律援助律師。

「差不多了。」

「很好，」她說著冷淡一笑。

這時我才發現這位行政主管非常清楚蘇珊·布洛斯坦濫用職權和付託，並且違反禮儀的真面目。布洛斯坦也在操控著這家醫院，和嘉莉沒兩樣。

「謝謝妳。」我對行政主管說。

於是我轉身背對著嘉莉的辯護人，離開了辦公室。

去死吧，我在心裡咒罵。

我跟著昂索醫生進入巨大的不鏽鋼電梯，門打開眼前出現空盪的灰褐色走廊，盡頭是沉重的紅門，需要輸入密碼才能進入的。一切動靜都由閉路電視監控著。嘉莉一定樂得參與寵物計劃，每天都可以到十一樓閒逛。小房間內有許多關在籠子裡的動物，放眼窗外只有鐵絲籠。

房裡光線昏暗，瀰漫著股含有動物麝香氣和木屑的濕氣，偶爾傳出爪子刨抓的聲響。裡頭有鸚鵡、天竺鼠和一隻俄羅斯侏儒倉鼠，桌上一只盒子裝有堆滿嫩葉的肥沃土壤。

「我們自己栽種鳥食，」昂索醫生解釋說。「我們鼓勵病患動手種植，然後販賣。當然不可能是大量生產，幾乎只夠我們自己的鳥食用。妳也看到了，籠子裡和地板上有一些碎屑，有些病患很喜歡拿起司泡芙和洋芋片餵這些寵物。」

「嘉莉每天都會進來？」我問。

「據我所知是這樣。如今回想她在這裡的一舉一動，」她停頓了下，環顧著那些籠子。小動物的粉紅色鼻頭抽動著，爪子亂抓。

「很遺憾我對當時的狀況缺乏全盤的了解。例如在嘉莉負責寵物計劃的那六個月當中，這裡發生不少寵物死亡和離奇失蹤的事件。有時是鸚鵡，有時是倉鼠。病患進來發現他們負責照顧的寵物死在籠裡，或者籠子門敞開，一隻鳥無緣無故不見了。」

她退回走廊，緊抿著嘴唇。

「可惜妳當時不在這裡，」她嘲諷的說。「不然妳或許可以告訴我牠們的死因，或者誰幹的。」

這條走廊有另一道門，裡頭是小而昏暗的房間，一張原木桌上擺著相當新款的電腦和印表機。我注意到牆邊有電話插座。在昂索醫生開口前我便已猜到了是怎麼回事。

「嘉莉的休閒時間大都是在這裡度過的，」她說。「妳一定也知道，她對電腦非常精通。她極力鼓勵其他病患學習，電腦就是出自她的主意。她建議我們尋找人捐獻二手設備，如今我們每個樓層都安裝了台電腦和印表機。」

我走到顯示器前面坐下，按下一個鍵。我關閉螢幕保護程式，看桌面有些什麼程式圖示。

「病患待在這裡的時候，」我問。「也受到監控嗎？」

「沒有。有專人帶他們進來，關上房門並且上鎖，一個鐘頭過後才被帶回病房去。」她深思起來。「我必須承認，我很訝異有這麼多病患學會了文字處理，甚至統計分析。」

我連上美國線上網，對話方格要求輸入帳號和密碼。昂索醫生在一旁看著。

「他們絕對不可能使用網際網路。」她說。

「怎麼能確定？」

「因為這些電腦沒有連線。」

「可是有數據機啊，」我說。「至少這部有。沒有連線只是因為電話線沒有插在數據機的電話接頭上罷了。」

我指著牆上的小插頭，然後轉頭看她。

「有沒有哪個地方的電話線突然不見了的？」我問。「也許是某個辦公室？例如蘇珊・布洛斯坦的辦公室？」

昂索醫生逐漸明白我所說的。她別過頭去，氣憤得漲紅了臉。

「老天。」她嘆了聲。

「當然，她也有可能從外面取得電話線。也許是那個替她送零嘴的店員帶給她的？」

「我也不知道。」

「問題就在，我們不知道的事情太多了，昂索醫生。例如我們不知道嘉莉待在這裡的時候都在做些什麼。也許她經常在聊天室進出，在網站會員名單裡尋找筆友。我想妳應該也時常留意新聞報導，知道網路犯罪有多麼猖獗吧？變童癖、強暴、謀殺和販賣兒童色情物品。」

「所以我們才嚴格禁止連線，」她說。「原本是如此的。」

「嘉莉或許就是利用網路擬定她的逃亡計劃的。她使用電腦有多久了？」

「大約一年，是在她得到一連串優良表現記錄以後的事。」

「優良表現。」我重複著。

我想起巴爾的摩和威尼斯海灘的案子，還有最近的華倫登案。我在想嘉莉的同夥人會不會是透過電子郵件、網站或聊天室認識的。那些案子是否有可能是她在監禁期間所設計的電腦犯罪？會不會是她躲在幕後一手操控，向某個瘋子提供建議並且激勵他盜取人的臉皮？然後她逃了出去，從那時候開始她的犯案才轉為個人犯罪。

「過去一年裡寇比釋放的病患當中有沒有縱火犯，特別是曾經犯下謀殺案的？嘉莉可能認識的？也許是上過她電腦課的人？」我不放心的問。

昂索醫生關掉頭頂燈，我們回到走廊上。

「想不起有誰，」她說。「沒有妳所說的這類人。我得補充，這裡隨時都有安全警衛看著他們。」

「在休閒活動中，男性和女性病患是分開的？」

「是的，當然。男女病患絕對不會混雜在一起。」

我並不確定嘉莉的同夥是男性，但我懷疑很可能是。我記起班頓在筆記上的最後留言，提到一個年約二十八到四十五歲的男性。雖說有不配備槍械，只是單純警衛的安全警衛維持電腦課的秩序，但我很懷疑他們能看得出嘉莉是否連線上網。我們再度搭上電梯，這次到了三樓。

「這裡是女性病房，」昂索醫生解釋說。「目前我們有二十六名女性病患，包括男性總共有一百七十名。這裡是訪客室。」

她指著玻璃窗內備有舒適座椅和電視機的寬敞開放空間。裡頭沒人。

「有人來看過她嗎？」我們繼續向前走，我問她。

「沒有外面的訪客，一次都沒有。我想這會讓人對她更加同情吧。」她苦笑著說。「那邊就是女性病房了。」

她指著另一個陳列著許多單人床的區域。

「她睡在那個靠窗的床位。」昂索醫生說。

我從皮包裡掏出嘉莉的信，又讀了一遍，停在第五段。

小露露上了電視。飛過窗戶。和我們一起來吧。

在被窩裡。直到天亮。又笑又唱。那首老歌。

露西露西露西和我們！

我突然想起凱莉・薛佛那捲錄影帶，還有威尼斯海灘那位演過許多電視劇的女演員。我想起模特兒攝影和製片小組，越來越覺得這其中必有關聯。可是露西和這些又有什麼關係呢？為什麼嘉莉會看見露西上電視？或者這只是表示她知道露西能飛，能駕駛直升機？

前面的角落裡有動靜，幾名女性安全警衛正帶領一群女性病患回到病房。她們滿身汗水，呲牙咧嘴的喧鬧著，其中一名戴著PAD（preventive aggressive device）——預防攻擊裝置，其實就是腰部一圈厚皮帶，手腕和腳踝鎖著鐵鍊的束縛工具。那是個年輕的白種女性，遠遠注視著我，彎著嘴角假笑。她那頭染髮和蒼白的中性軀體像極了嘉莉。有那麼片刻，在我腦中她變成了嘉莉。望著那對漩渦般打轉、似乎要將我吸入的瞳孔，我渾身起了雞皮疙瘩，那群病患從我們身邊簇擁著經過，有幾個故意碰撞我的身體。

「妳是律師？」一個圓滾的黑種女人眼裡含著積怨，幾乎要啐我一口。

「是的。」我毫不畏縮的回瞪，因為我早已學會絕不受滿懷恨意者的恐嚇。

「走吧，」昂索醫生拉著我說。「我忘了現在正好是她們回房的時間，抱歉。」

然而我很慶幸剛好遇見她們。就某種意義來說，我終於和嘉莉四目對望而沒有退卻。

「告訴我她失蹤那天的詳細經過。」我說。

昂索醫生在另一道門前輸入密碼，推開鮮紅色門扉。

「根據我們的了解，」她回答。「就在同樣這個休閒時段裡，嘉莉和其他病患一起離開病房。之前商店送了貨給她，到了晚餐時間她便不見了。」

我們搭電梯下樓。她看了下手錶。

「我們立刻展開搜索，並且報警處理。連個人影都沒有，這正是最讓我不解的地方，」她繼續說。「她怎麼可能在大白天逃離這個島卻沒被發現呢？我們有警察、有警犬、有直升機……」

我將她拉住，在一樓大廳的中央。

「直升機？」我說。「不止一架？」

「噢，當然。」

「妳看見了？」

「想不看都難，」她回答。「那些飛機在空中盤旋打轉了好幾個鐘頭，整間醫院都快鬧翻了。」

「形容一下那些直升機的樣子，」我說，胸口猛烈怦動著。「拜託。」

「啊，」她說。「先是三架警用直升機，接著是媒體的，像群大黃蜂似的掃過。」

「其中一架是不是白色小型的，像蜻蜓？」

她一臉訝異。

「我記得很清楚，的確有這樣一架飛機，」她說。「當時我還以為是哪個好奇的飛行員特地跑來看熱鬧呢。」

22

露西和我從沃德島順著股熱流起飛，飛機在低氣壓中緩緩升起。我們沿著伊士河飛越拉瓜狄亞機場的B級空域，中途在那裡降落補充油料，找到販賣機買了些起司餅乾和汽水。我順便打了電話到威明頓的北卡羅來納大學。這次電話連到學生輔導長那裡。我想是個好兆頭。

「我了解妳必須保護自己，」我在機場大樓內的公用電話亭裡對她說。「可是請妳仔細考慮，因為繼克萊兒・羅禮之後又多了兩名受害者。」

長長的沉默。

克麗絲・普斯醫生終於開口，「妳能親自來一趟嗎？」

「我正打算過去。」我對她說。

「我等妳。」

接著我打給婷安・麥高文，告訴她目前的狀況。

「我認為嘉莉是搭乘直升機逃離寇比的，也就是我們在坎尼斯・史帕克農場看過的那架白色史威茲。」我說。

「她懂得駕駛？」麥高文疑惑的聲音傳來。

「不，我很難想像。」

「喔。」

「她的同夥人，」我說。「應該就是駕駛飛機的人，也就是幫助她逃亡並犯下這些案子的人。前兩樁案子只是熱身，就是發生在巴爾的摩和威尼斯海灘的。這兩個案子我們或許永遠都查不出個究竟了，婷安。我認為嘉莉一直在等著引君入甕，直等到華倫登案發生。」

「這麼說來，妳認為史帕克才是她的目標？」她思索著說。

「是的，為了引起我們注意，確定我們會參與辦案。」我說。

「那克萊兒‧羅禮又有什麼作用呢？」

「我這趟到威明頓去就是為了查明這點，婷安。我總覺得她是全案的關鍵，她和那個同夥人肯定有關聯，不管那人是誰。同時嘉莉一定也知道我會想到這點，她預期我會過去。」

「妳認為她就在那裡。」

「沒錯。我打賭一定是的。她預期班頓會到費城，他果然去了。她也預期露西和我會到威明頓去。她知道我們的思維，我們的工作方式，至少是相當熟悉我們處理她案子的方式。」

「妳是說，妳是她的下一個攻擊目標。」

這念頭讓我胃部一陣涼颼。

「應該說是目標之一。」

「我們不能冒險，凱。我們會趕到那裡等妳們降落。大學那裡應該有運動場，我們會謹慎安排的。無論妳們在哪裡停下來加油或做什麼，記得呼叫我，我們得隨時保持聯繫才行。」

「妳絕不能讓她知道妳到了那裡，」我說。「會壞事的。」

「相信我，她不會知道的。」麥高文說。

飛機載著七十五加崙油料飛離拉瓜狄亞機場，準備面對一段辛苦漫長的旅程。在直升機裡待三個小時對我來說已經是活受罪。笨重的耳機、鼻子不適，加上機身震動使得我頭頂麻熱，搖晃得關節就快鬆了。若是超過四小時便會導致嚴重頭痛。很幸運的這天我們順風飛行，而且儘管我們的風速是一百一十節，衛星導航系統上卻顯示我們的地速實際上高達一百二十節。

露西再次讓我接手駕駛。這回我學會了順其自然，因此飛得平穩多了。當熱氣流和強風猛烈搖晃機身時，我放手讓它去。硬和強風氣流拼鬥只會讓飛機晃動得更厲害。然而放手並不容易，因為我喜歡改變現狀。我學著留意飛鳥，有幾次還跟露西同時偵測到遠方的飛行物。

經過數個鐘頭單調沉悶的飛行，我們沿著海岸線向上經過達拉威河進入東岸。我們在馬里蘭州的沙利斯伯利附近加油，我在那裡盥洗、喝了罐可樂，然後繼續飛往北卡羅來納。這裡的地表被許多狹長的鋁棚豬舍和血紅色化糞槽所分割。將近下午兩點我們進入威明頓領空。我開始心神不寧，胡亂想著在前方等著我們的會是什麼。

「降到六百呎，」露西說。「減速。」

「要我來？」我想確定一下。

「交給妳了。」

做得不算漂亮，但總算過關。

「我猜想大學應該不會蓋在水上，而且很可能是好幾棟紅磚建築物。」

「謝了，福爾摩斯。」

放眼望去只見大片河水、公寓社區、污水處理廠和工廠。東邊是海洋，水波粼粼蕩漾，無視於遠方逐漸集結的烏雲。一場暴風雨即將來襲，卻毫不猴急，只想慢慢使壞。

「老天，我真不想在這裡降落，」我透過麥克風堅持的說。同時一排喬治亞式磚造建築物映入眼底。

「我也不知道，」露西張望著說。「如果她真的在這裡，會躲在哪裡呢，凱阿姨？」

「我們在哪，她就在哪。」我篤定的說。

露西接手駕駛。

「換我來，」她說。「我也不清楚我是否希望妳是對的。」

「妳當然這麼希望，」我回了句。「事實上妳的這份渴望強烈得讓我害怕，露西。」

「提議到這裡來的人可不是我啊。」

嘉莉試圖毀了露西。嘉莉謀殺了班頓。

「我知道引我們到這裡來的人是誰，」我說。「是她。」

北卡羅來納大學就在腳下。我們很快便找到麥高文所在的那片運動場。男女學生正在踢足球，但是網球場附近有一塊空地，也是我們即將降落的地點。露西在那片空地上方盤旋了兩圈，一高一低。我們都沒發現什麼障礙物，只有幾株怪異的樹木，邊線上停著幾輛車。我們降落在草地上時，我注意到其中一輛是深藍色Explorer，裡頭坐著駕駛人。接著我發現那場學生足球的教練正是身穿運動短褲和襯衫的婷安・麥高文。她頸間掛著哨子，她的球隊是男女混雜的，個個體格健美。

我四下環顧，好像嘉莉正在監視著我們似的。只見週遭空無人跡，嗅不出她的氣味。等到飛機平穩降落、引擎處於怠速空轉狀態之後，那輛Explorer突然駛過草地然後停下，離我們的螺旋槳遠遠的，駕駛人是個陌生女人。令我吃驚的是馬里諾就坐在前座。

「真不敢相信。」我對露西說。

「他搭什麼來的？」她和我一樣驚訝。

馬里諾隔著擋風玻璃盯著我們瞧。我們等了兩分鐘然後關閉引擎。露西鎖緊主旋翼槳的同時，我爬進那輛車的後座。馬里諾臉上沒有一絲笑容，連友善都談不上。麥高文和她的足球好戲繼續上演，沒理會我們。不過我注意到球場週邊那些椅凳下方的運動袋。我知道裡頭裝著什麼東西。我們好似正在等待一支逐漸逼近的軍隊，等待敵軍的埋伏突襲。我忍不住擔心這或許是嘉莉對我們的又一次嘲弄。

「沒想到你會來。」我對馬里諾說。

「妳想美國航空的班機會直飛這裡，中途不停靠夏洛特嗎？」他發著牢騷。「我或許花了跟妳們一樣長的時間才到達這裡哩。」

「我是吉妮・柯蕾。」我們的駕駛人轉過身來和我握手。

柯蕾至少有四十歲，一身清爽的淡綠色套裝，是個迷人的金髮女人。若非我清楚狀況，我會以為她是學校教員。然而我看見車內配有掃描器和雙向無線電，她套裝底下槍肩帶裡的手槍也隱隱泛著亮光。她等露西進了車，然後開始在草地上掉頭。場上的足球賽繼續進行著。

「事情是這樣的，」柯蕾開始解釋。「我們不確定嫌犯是否會在這裡埋伏或者跟蹤妳們，因此我們作了準備。」

「看得出來。」我說。

「再過大約兩分鐘他們會離開球場。重點是，這地方到處部署了我們的人。有的打扮成學生，有的在市中心巡邏，檢查飯店和酒吧等等的。現在我們要到學生輔導中心去跟輔導長會面。她是克萊兒・羅禮的輔導教師，羅禮的檔案全都在她手上。」

「好的。」我說。

「順便告訴妳，醫生，」馬里諾說，「有個校園警察報告說他昨天好像在學生活動中心看見嘉莉。」

「鷹巢自助餐廳。」柯蕾說。

「短髮染成紅色，眼神怪異。她在那裡買三明治。他知道是嘉莉是因為，她經過他的餐桌的時候死盯著他看。我們拿照片給他看，他說可能就是嘉莉。不過不能擔保一定是。」

「會盯著警察看，很可能是她，」露西說。「她最喜歡把人耍得團團轉。」

「可是大學生看起來像街頭遊民的也不少。」我說。

「我們盤查了這附近的當鋪，看是否有符合嘉莉外貌特徵的人去買槍。另外我們也清查了這一帶的失竊車輛，」馬里諾說。「假設她和她的同夥在紐約或費城偷了車子，也應當不會亮著那些車牌在這裡出現才對。」

這座校園裡分布著改建過的喬治亞式建築，之間簇擁著濃密的棕櫚樹、木蘭樹、紫薇、濕葉松和長葉松，梔子花正盛開。我們下了車，花香在溼熱的空氣中凝聚，衝進我的腦門。我喜歡南方的氣味。頃刻間，我難以相信這裡曾經發生過不幸。由於正值暑假，校園裡沒什麼人。停車場還剩一半空位，許多單車格也都空著。有些行駛在大學車道上的車子的車頂架繫著衝浪板。

學生輔導中心位在西側大廳的二樓，為那些需要協助的學生而設的等候室漆著淡紫和藍色，光線充足。所有咖啡桌上都放著拼湊完成度不等的千片拼圖，讓依約前來的學生有趣事可做。櫃檯小姐在等著我們，並且領我們通過一條走廊，經過觀察室、團體室和GRE測驗廳。克麗絲・普斯醫生渾身帶勁，一雙慧黠仁慈的眼眸，我猜大概六十歲不到，而且顯然熱愛陽光。她臉上的風霜帶著鮮明個性，深褐色的皮膚皺紋深刻，一頭雪白短髮，身軀瘦小但充滿活力。

她是個心理醫生，她的辦公室俯瞰著藝術味的建築和橡樹林。我一向對辦公室所顯現的個性很感興趣。她的工作場所十分舒坦、不招搖，但幾張風格迥異的椅子卻顯出主人的用心。有一張懶人椅，專為想要蜷縮在軟墊裡接受諮詢的病患而設，另外還有籐編搖椅和硬式雙人沙發。家具是嫩綠色系，牆上掛著帆船畫，甚至有裝飾著大象耳朵的陶盆。

「午安，」普斯醫生微笑招呼，邀請我們進入。「很高興見到妳。」

「我也很高興見到妳。」我回說。

我找了搖椅坐下，吉妮則端坐在雙人沙發上。馬里諾挑剔的看了下四周，窩進那張懶人椅，掙扎著不讓自己陷進去。普斯坐在她的辦公椅上，背朝向整潔得除了一罐健怡可樂以外空無一物的辦公桌。露西則站在門口。

「我一直很期待有人來找我，」普斯醫生開場說，好像這是她召開的聚會。「但我實在不知道該聯絡誰，甚至不確定該不該。」

她用明亮的灰眼珠打量著我們。

「克萊兒是個非常特別的女孩——我知道大家都這麼認為。」她說。
「不盡然。」馬里諾嘲諷的反駁。
普斯醫生苦笑著說。「我的意思是說，過去幾年裡我輔導過不少學生，而克萊兒深深觸動我的心，我對她也抱著高度期望。她的不幸消息對我打擊很大。」
她停頓了會兒，望著窗外。
「我在她死前大約兩週才見過她，我一直在努力回想是否有任何蛛絲馬跡可以解釋為何會發生這種事。」
「妳說妳見過她，」我說，「是在這裡嗎？暑假期間？」
她點點頭。「我們談了一個小時。」
露西逐漸不耐起來。
「妳是否可以先詳述一下她的背景？」我說。
「當然。順便一提，如果你們需要，我手上有她以往每一次諮詢的日期和時間記錄。我已經斷斷續續為她輔導了三年之久了。」
「斷斷續續？」馬里諾在那張軟塌的椅子裡向前傾身，然後又滑進大堆軟墊裡。
「克萊兒的學費都是她打工賺來的。她在萊茲維爾海灘的偷渡艦餐廳當過服務生。她先賺錢、存錢，然後付一學期學費，接著又休學去賺錢。她在休學期間也就不見蹤影，我認為這正是問題所在。」

「你們繼續討論，」露西突然說。「我去看一下直升機是否有人照料。」

露西離開辦公室，順手關了門。我突然心生恐懼，不知道露西會不會跑到街上去到處尋找嘉莉。馬里諾和我匆匆對望了一下，我看得出他也有相同的憂慮。我們的探員同伴吉妮則是穩坐在沙發裡，謹守禮儀的專注聆聽著。

「大約一年前，」普斯醫生繼續說。「克萊兒認識了史帕克，我知道我說的這些你們也都已經知道了。總之她是個優秀的衝浪玩家，而他正好在萊茲維爾海灘有一棟渡假小屋。簡單的說他們發展出一段激烈但短暫的關係，後來他提出要分手。」

「這期間她在學校註冊了？」我說。

「是的，第二學期。他們在夏天分手，一直到冬天她才又回學校。她直到次年二月才再度來見我，因為她的英語教授發現她經常在課堂上打瞌睡，而且渾身酒味。基於關切，他去找了教務長，結果她被以試讀期留置，條件是她必須回來找我諮詢。我想這種種都跟史帕克難脫關係。克萊兒從小被收養，家庭生活談不上美滿，十六歲就離家到了萊茲維爾，為了生存什麼工作都做過。」

「她的雙親在哪裡？」馬里諾問。

「親生父母嗎？我們連他們是誰都不知道。」

「不，收養她的。」

「在芝加哥。從她離家以後他們就沒和她聯絡過。不過他們接獲了她的死訊。我和他們談過。」

「普斯醫生，」我說。「妳知不知道克萊兒為什麼會到史帕克在華倫登的農場？」

「她無法忍受被拒絕。我猜想她可能是去找他談，試圖挽回什麼。我知道年初以後她就沒打過電話給他了，因為他換了另一支登記電話。她和他聯絡的唯一方式就是親自上門找他。這是我的猜測。」

「當時她開的是一輛舊賓士，車牌登記人是一個心理治療師，名叫紐頓・喬伊斯。」馬里諾又調整了下坐姿說。

普斯醫生一臉錯愕。「這我倒沒聽過，」她說。「她開紐頓的車子？」

「妳認識他？」

「沒有私交，但是我知道他的為人。克萊兒去找他是因為她覺得自己需要有個男性諮詢人。這是近兩個月的事。我絕不會推薦這個人。」

「怎麼說？」馬里諾問。

普斯醫生重整思緒，表情充滿憤慨。

「一筆濫帳，」她終於開口。「我得先解釋妳第一次打電話來問克萊兒的事情時為什麼我會遲疑。紐頓是個被寵壞了的富家子，從來不需要工作，卻選擇擔任心理治療師。為了滿足權力慾吧，我想。」

「他似乎消失得無影無蹤了。」馬里諾說。

「這一點都不奇怪，」她回了句。「來不來都隨他高興，有時候會失蹤好幾個月，甚至幾年。我已經在這所大學待了三十幾年了，幾乎是看著他長大的。他有本事顛倒黑白，說服人們去做任何事，但他永遠是獨來獨往，也因此當克萊兒去找他的時候我非常擔心。這麼說吧，沒人會質疑紐頓的道德感，他自有分寸，但這只是因為他從沒被逮到過。」

「什麼？」我問。「逮到什麼？」

「用非常不恰當的方式控制他的病人。」

「和病人發生性關係？」我又問。

「我沒聽說過有這方面的證據。應該說是精神層面的，心智上的控制。很顯然克萊兒完全受了他的掌控，使得她對他產生嚴重的依賴。」她喀喀扳弄著手指。「他們第一次輔導期結束以後，她完全著了魔，在我這裡談的全都是他的事。也正因為如此，我不懂她為何會去找史帕克。我真的以為她已經忘了他而迷上了紐頓，也真的認為她會對紐頓百依百順。」

「會不會是他要克萊兒去找史帕克？基於心理治療的需要，正式做個了結？」

普斯醫生露出嘲諷的微笑。

「或許是他建議她去找史帕克，不過我不認為這是在幫她，」她回答說。「老實說，如果她去找史帕克是出自紐頓的主意，那麼多半是基於操控的理由。」

「我很想知道他們兩個最初是怎麼認識的，」馬里諾在懶人椅裡往前傾身。「我猜應該是透過某人的介紹吧。」

「噢，不是的，」她回答。「他們是在拍照的時候認識的。」

「妳的意思是？」我問，全身血液彷彿瞬間凝結。

「他對好萊塢的一切非常迷戀，也設法和一些製片人員合作拍了些電影和照片。你們知道，本地有個銀幕之珠工作室，加上克萊兒選修了電影研究課程，當個女演員又一直是她的夢想。天曉得，她又那麼的天生麗質。根據她告訴我的，她找到一份海灘攝影模特兒的工作，好像是替一本衝浪雜誌拍的吧。而他呢，是攝影小組的成員，也就是攝影師。這方面他顯然也精通。」

「妳剛才說他來來去去的，」馬里諾說。「也許他的住所不止一個？」

「老實說，我只知道這些了。」她回答。

一小時不到威明頓警局取得了搜索令，前往搜查紐頓・喬伊斯位在歷史區，距離河岸只有幾條街的住宅。這棟房子是鑲白框平房，已經破損的瀝青山形屋頂遮蓋著前門廊。房子坐落在一條寧靜街道的盡頭，鄰舍都是同樣有著門廊和陽台的十九世紀舊住宅。

巨大的木蘭樹給庭院佈下濃重的陰影，只容幾道蒼白的陽光滲透進來，空氣中間歇的傳出蟲鳴。麥高文已經趕來和我們會合。我們在傾塌的後門廊等著。一名警探用警棍敲破玻璃門板，然後伸手進去打開門鎖。

馬里諾、麥高文和斯洛金警探率先進入，用射擊姿勢緊握著槍枝。我跟在他們後頭，沒有攜帶武器。這個被喬伊斯當成家的陰森地方讓我不斷打著哆嗦。我們進入一間為了配合病患而改裝過的小客廳。一張詭異的紅色維多利亞式天鵝絨沙發，一張大理石檯面的小桌中央擺著盞奶白玻璃檯燈，咖啡桌上散置著許多過期雜誌。我們通過一道門進了他的書房，這裡頭的景象更加怪異。

黃色松木板牆幾乎貼滿加了框的照片，看樣子都是些模特兒和演員的宣傳照，保守估計也有好幾百張，我推想應該都是喬伊斯自己的作品。我無法想像病患能夠在如此眾多美麗的臉孔和胴體圍繞下傾吐心事。喬伊斯的書桌上放著名片簿、約會日誌、文件資料和電話。在斯洛金警探檢查答錄機留言的同時，我把房內的陳設仔細看了一圈。

書架上陳列的布和皮革封面的古典書籍堆積著塵埃，顯然多年不曾翻閱了。一張已經皸裂的棕色皮沙發可能是供病患使用的，一旁的小桌上只擺著一只水杯。裡頭的水已幾乎全乾，印著淡桃紅色口紅的杯口污痕斑斑。沙發正對面那張雕刻繁複的桃花心木高背扶手椅令人聯想起國王御座。我聽見馬里諾和麥高文在其他房間搜索的聲響，同時書房裡流瀉著答錄機裡喬伊斯的聲音。所有留言都是六月十五日，也就是克萊兒遇害那天的晚上以後錄下的。許多病患打電話來預約就診。一家旅行社留了關於兩張飛巴黎機票的事。

「妳說那種點火磚看起來像什麼東西來著？」斯洛金警探問我，邊拉開另一只書桌抽屜。

「一條細長的銀塊，」我回答。「你一看見就會知道的。」

「這裡沒有那種東西。不過這傢伙可真迷橡皮筋呢，至少有幾千條吧。他好像在織一些奇怪的小球。」

他舉起一團用橡皮筋做成的球形體。

「妳認為這東西是做啥用的？」斯洛金好奇的說。「好像高爾夫球內芯。妳想他會不會是先做了一個，然後越做越多？」

我也不知道。

「這人腦子裡在想什麼，呃？」斯洛金又說。「妳想他會不會邊和病人談話，邊做這東西？」

「事到如今，」我回答。「我早已見怪不怪了。」

「真是怪胎，這裡總共有十三、十四……呃，十九個橡皮筋球。」

他把那些球全部拉出來，攤在書桌上。這時馬里諾在另一個房間呼喚我。

「醫生，妳最好過來一下。」

我循著他和麥高文的聲音，通過一間整齊疊放著好幾餐份的待洗餐具的小廚房。水槽裡堆滿浸在污水裡的碗盤，垃圾桶滿了出來，發出惡臭。紐頓・喬伊斯甚至比馬里諾還要散漫，我無法想像這怎麼可能。而且這跟喬伊斯編織的那些橡皮筋球，或者疑似他所犯下的案件所表現的秩序感也不一致。不過話說回來，姑且不論犯罪教科書和好萊塢電影所傳達的，多數人並非科學家，也往往缺乏一致性。馬里諾和麥高文在車庫裡所發現的就是一大明證。

廚房有一道門通向車庫，加了掛鎖的，已經被馬里諾用麥高文車上拿來的大鐵剪很技巧的撬開了。門的那端是一個工作間，沒有其他門通向外面，原來的門已經用煤塊封死了。牆壁漆成白色，其中一面牆堆放著許多五十加崙的航空燃油罐。一台Sub-Zero牌不鏽鋼冷凍櫃很詭異的也上了掛鎖。水泥地板非常乾淨，屋角堆放著五個鋁質相機套和各種尺寸的保麗龍冰盒。工作室中央是一張覆蓋著毛氈的大木桌，上頭陳列著喬伊斯的犯罪工具。

半打刀子整齊排成一列，所有間距一致無二。刀子全都裝在皮套裡，一只小紅木盒裡擺著許多磨刀石。

「我的天，」馬里諾指著那些刀子對我說。「我來告訴妳這是什麼，醫生。這些有骨質刀柄的是R.W.勞夫勒斯剝皮刀，貝利塔製品。專為收藏家製造的，有產品編號，每支大概值六百元。」

他盯著那些刀子猛瞧，但沒有碰觸。

「這些不鏽鋼的藍色刀子是克里斯李維製品，每支至少四百元，刀柄底部有蓋子可以旋開，裡頭放火柴沒問題。」他說。

我聽見遠處有關門聲，斯洛金和露西隨後走了進來。這位警探和馬里諾一樣對那些刀子驚嘆不已。接著他們兩人和麥高文繼續打開其他工具箱抽屜來檢查，並且在兩只櫃子裡發現更多可怖物證，足以顯示我們已然找到了凶手。一只Speedo牌塑膠泳裝袋裡裝著八頂矽酮泳帽，全部都是鮮粉紅色。每一頂都用塑膠套包著，外面掛著價格標籤，顯示喬伊斯是以每頂十六元的售價買的。至於點火磚，共有四塊，裝在一只威瑪百貨公司購物袋裡。

喬伊斯這間水泥洞穴裡還有一個電腦工作站。我們把它留給露西去處理，看她是否能摸索出什麼來。她坐在摺疊椅上開始敲鍵盤。馬里諾則拿了大鐵剪走到那台冷凍櫃前面。令我毛骨悚然的是，我家裡的冷凍櫃也是同一型號。

「太容易了，」露西說。「他把他所有的電子郵件全部存在硬碟裡了。大約有十八個月的數量。他的帳號是FMKIRBY，從寇比寄出（from Kirby）的意思吧，我猜想。我們來看看他這位筆友是誰吧。」她譏諷的說。

我湊過去從她背後看著螢幕上嘉莉寫給紐頓•喬伊斯以及他寄給她的電郵內容。她使用的帳號是skinner，剝皮者。五月十日這封寫著：

找到她了。這次連線真是死也值得。媒體大亨的反應如何？我很棒吧？

次日嘉莉回信給他：

是的，你最棒。我要他們的命。辦完事駕機來接我吧，鳥人。你可以稍後再向我證明你有多神。我要先親眼瞧瞧他們那空洞無神的眼睛。

「我的天，」我喃喃的說。「她要他在維吉尼亞殺人，並且設法讓我無法參與。」

露西繼續開啟電郵，按「下一封」的動作越來越急躁憤怒。

「他是在拍照的時候認識克萊兒•羅禮的。她正好成為誘餌。她和史帕克的關係變成一大誘因，」我往下說。「喬伊斯和克萊兒一起去到他的農場，可是他出國去了，史帕克免於一死。喬伊斯謀殺了克萊兒並且加以毀屍，再放火燒了房子。」我停頓了下，讀著較早的電子郵件。「如今我們來到這裡。」

「我們到這裡來也是因為她要我們來，」露西說。「她要我們發現這裡所有的一切。」

她用力敲著鍵盤。

「妳還不明白？」她問。

她回頭注視著我。

「是她設下圈套讓我們踏了進來並發現這些東西的。」她說。

大鐵剪突然發出剪斷鋼鎖的巨響，冷凍櫃門應聲打開。

「操他媽的見鬼了，」馬里諾驚叫起來。「操！」他大吼了聲。

23

最頂端的鐵架上有兩個光禿的人偶頭顱，一男一女，沒有五官的臉沾滿污黑的血液。兩個頭顱被當作喬伊斯所偷取的那些臉皮的模子，所有臉皮都覆蓋在人偶頭顱上，然後加以冷凍硬化，變成他的戰利品模型。兩個類似面罩的可怖作品都罩著三層塑膠冷凍袋，證物似的加了標籤，上頭寫著案件編號、地點和日期。

最近期的一個是罩在頭頂上那片。我毫不猶豫的把它拿起，心猛烈撞擊著，瞬間整個世界轉為漆黑。我開始顫抖，腦子裡一片空茫，只知道麥高文一把將我抱住。她扶我坐在露西剛才在電腦桌前的位子。

「誰去替她倒杯水，」麥高文說。「沒事，凱，沒事了。」

我盯著冷凍櫃敞開的門和那一包包裝著屍塊和鮮血的塑膠袋。馬里諾在車庫裡踱步，手指猛抓已經夠稀薄的頭髮，臉色腓紅得像是就快中風，露西則早已不見人影。

「露西呢？」我焦慮的問。

「她去拿急救箱了，」麥高文輕聲回答。「冷靜，放輕鬆，我們馬上送妳出去。妳不需要看這些東西。」

但我已經看見了。我已經看見那張空洞的臉皮、變形的嘴唇和沒有鼻樑的鼻子。我已經看見那蒙著冰霜的蠟黃色皮膚。那只冷凍袋上的日期是六月十七日，地點是費城，只那麼一眼，那影像已深烙在我腦海，再也無法磨滅。或許我終究會看見的，因為我必須弄清楚。

「他們來過這裡。」我說。

我掙扎著站起，突然又一陣暈眩。

「他們一定在這裡待了相當長的時間才能留下那東西，所以我們會找到的。」我說。

「可惡的混帳娘們！」馬里諾大叫。「操他媽的混帳東西！」

他粗魯的拿拳頭擦拭眼睛，繼續瘋子似的來回踱步。這時露西走了進來，臉色慘白，眼神呆滯，彷彿沒了魂魄。

「麥高文呼叫柯蕾。」她對著無線電對講機說。

「我是柯蕾。」聲音回傳。

「請你們立刻過來。」

「收到。」

「我這就聯絡驗屍人員。」斯洛金警探說。

他也呆住了，只是和我們有所不同。對他來說這是公務，他從未聽過班頓・衛斯禮這個人。斯洛金仔細檢查冷凍櫃裡的袋子，蠕動嘴唇計算著數量。

「乖乖，」他驚愕的說。「一共有二十七袋這種東西。」

「日期和地點，」我用盡最後一絲力氣向他走了過去。

我們一起查看。

「一九八一年，倫敦。一九八三年，利物浦。一九八四年，都柏林。還有一九八七年，在愛爾蘭，一、二、三、四、五……十、十一，總共十一個。這年他似乎是欲罷不能了。」斯洛金說著興奮起來，類似人瀕臨歇斯底里狀態時常有的那種反應。

我繼續和他一起查看，發現喬伊斯展開殺戮的地點從北愛爾蘭的貝爾法斯特開始，然後繼續往共和國拓展，在都柏林以及鄰近的柏波登、桑特里和豪斯犯下九件謀殺案，加上在哥威的一件。接著喬伊斯的掠奪行動轉向美國，主要在西部，包括猶他州、內華達州和華盛頓州的偏遠地區，一次在密西西比州的奈契斯。這也釐清了許多疑點，尤其是嘉莉寫給我的那封信裡所提到的奇怪字眼，鋸斷的骨頭。

「那些殘骸，」我說，真相有如閃電般穿透我腦際。「愛爾蘭那些還未偵破的肢解案。接著他歇手了八年，因為他轉移到西部去了，屍體一直沒被發現，至少沒呈報到中央來。所以我們不曉得這些案子。事實上他從來沒停過。後來他又轉到維吉尼亞，這時我才注意到他的存在，從此被推入絕望的深淵。」

一九九五年兩具殘骸被起出，第一具在維吉尼亞海灘，第二具在諾福克。接著幾年內又發現兩具，在維吉尼亞西部，一具在林奇堡，另一具在維吉尼亞技術學院附近的黑堡。一九九七年喬伊斯似乎消失了蹤影，我推測正是這段期間嘉莉找上了他。

肢解屍骸的數量多得難以估計，其中只有兩具被斬頭截肢的殘骸經過放射線照射，證實符合兩名失蹤人口生前的X光片記錄。兩個都是男性大學生，也都是我經手的案主。當時我為這兩個案子大肆喧嚷，逼得調查局不得不涉入。

如今我才恍然，喬伊斯肢解屍體的主要目的不只為了混淆死者身分，更重要的是掩蓋他毀損屍體的事實。他不想讓我們發現他在盜取受害者的美貌，拿刀剝取他們的臉皮，竊奪他們的人格，再將他們加入自己那些駭人的收藏品之列。也許他顧慮到大量殘骸會讓緝捕他的行動擴大，於是改變了作案模式，採取縱火犯案，也說不定是嘉莉給他的建議。可以確定的是他們兩個透過某種機緣在網路上認識了對方。

「我不懂。」馬里諾說。

他沉默片刻，終於鼓起勇氣上前去翻了下冷凍櫃裡的塑膠袋。

「他是怎麼把這些東西搬到這裡來的？」他說。「大老遠的從英國和愛爾蘭？從威尼斯海灘和鹽湖城？」

「乾冰，」我只答了句，望著牆角的金屬相機套跟保麗龍冰盒。「只要好好包裝，藏在行李箱裡，根本沒人會知道。」

進一步搜索喬伊斯的屋子，起出了更多縱火證據，全都近在眼前，因為搜索令列出了包括起火鎂磚、刀具和屍塊，而這讓警方有權翻找所有抽屜，甚至在必要時拆掉牆板。在本地一名法醫將冷凍櫃的內容物移往停屍間的同時，警方繼續搜索櫥櫃，並鑽開一只保險箱。裡頭是許多外國錢幣和數千張屬於好幾百個倖免於死亡劫難者的照片。

裡頭也包括喬伊斯的照片，我們推測應該是他的。照片中的他坐在他那架白色史威茲直升機駕駛艙內，或者倚靠著機身，兩手盤在胸前。我注視著那張臉孔，努力記憶在心。他長得矮小瘦弱，棕髮，除了臉上嚴重長滿粉刺以外，其實還算相當英俊。

他皮膚上的坑洞一直蔓延到頸子和從襯衫領口露出的胸膛部位。我能想像他在青少年時期的自卑感，以及同儕對他的揶揄訕笑。我在成長階段見過許多像他這樣的年輕人，受著天生的外貌缺陷或疾病的影響，而無法享受青春的愉悅或者成為追求的對象。

於是他從別人身上掠奪自己所欠缺的東西，他要別人像他一樣殘缺。真正的起火點是他的悲慘命運，他那可憫的自我。我並不為他難過，也不認為他和嘉莉還待在這城市或附近一帶。她已經得到她要的了，至少目前是如此。我設下的陷阱結果只逮住我自己，她要我來這裡找班頓，而我果真找到了。

可以肯定的是，她的最後一招無可避免的將是針對我而來，只是此刻我已經消沉得不願多想了，我什麼都不在乎了。我靜靜坐在喬伊斯後院一張破損的大理石椅凳上，玉簪、秋海棠和無花果灌木叢和野草叢爭著吸取陽光。我看見露西坐在幾株活橡樹投下的稀疏陰影的邊緣，身邊那片紅、黃色木槿綻放得正狂艷。

「露西，咱們回家吧。」

我在露西身邊坐下。我們坐著的石塊冰冷、堅硬，讓我聯想起墓碑。

「希望他在他們對他下手以前就死了。」她再次說。

我不願去想這些。

「希望他死得沒有痛苦。」

「她就是要我們擔心這些，」我說，原先的無知無覺被一股激憤所取代。「我們被她整得夠苦了，妳不覺得？別再任她宰割了，露西。」

她沒回應。

「從現在起由菸酒槍械管制局和警方接手，」我握著她的手說。「我們回家去，然後重新開始。」

「怎麼重新開始？」

「我也不知道。」我盡可能誠實。

我們起身出了大門，看見麥高文正在車子前和一名探員說話。她回頭瞥見我們，眼裡的同情流露無遺。

「請妳送我們回直升機那裡，」露西的語氣透著股堅定，或許連她自己都沒察覺，「我想把它開回里奇蒙，然後讓邊境巡邏小組的人接手。我是說，如果可以的話。」

「我覺得妳此刻似乎不太適合駕機。」麥高文突然恢復了露西上司的身分。

「相信我，我好得很，」露西說，語氣愈加強烈。「況且除了我還有誰能飛呢？妳總不能把它留在網球場吧。」

麥高文打量著露西，遲疑著。然後她打開車門鎖。

「好吧，」她說。「上車。」

「我會傳一份飛航計劃書給航管員，」露西坐在前座說。「讓妳可以隨時知道我們在哪裡，如果這樣能讓妳放心的話。」

「的確有這必要。」麥高文說著發動引擎。

麥高文透過無線電呼叫屋內的一名探員。

「請馬里諾來聽。」她說。

沒等多久馬里諾的聲音傳了過來。

「妳們去吧。」他說。

「好戲就要上場，你一起來？」

「我還是待在地面的好，」他回答說。「得先完成這裡的工作。」

「好吧，謝了。」

「要她們注意安全。」馬里諾說。

我們抵達大學時，一名騎著巡邏單車的校園警察站在直升機前看守。其他球場內的網球賽正熱絡，殺球聲霍霍，幾個男學生在球門附近練習踢足球。天空晴藍，樹木一片靜悄，彷彿什麼都不曾發生過。露西登機去作飛行前檢查，麥高文和我留在車內等候。

「妳接著打算怎麼做？」我問她。

「發布新聞稿，附帶照片和所有可以讓市民辨識出他們的資料，」她回答。「他們總得吃飯、睡覺、補充航空汽油吧，沒有油料他飛不遠的。」

「我想不透他以前為何沒被偵查出來，補充油料、降落、飛行等等的，那麼多機會。」

「看來他的車庫裡儲存了不少航空汽油，更別說有那麼多小型機場可以供他降落加油，」她說。「到處都有。在非管制領空內他根本不需要和塔台聯繫，再說史威茲直升機也並非那麼罕見。況且——」她轉頭看我。「——它確曾被發現過。我們就親眼看過，還有那個鐵蹄匠，還有寇比的行政主管。只是我們不清楚自己究竟看見了什麼。」

「說得也是。」

我的情緒越加低落了。我不想回家去，哪裡都不想去。這感覺就像天氣突然轉陰，我又冷又孤單，卻無從逃避。無數疑問和答案、推論和吶喊在我腦海裡打轉。每當我停止思考，我便看見他，看見他被燻燒得不成人形，看見他的臉被層層塑膠袋緊裹著。

「……凱？」

我知道麥高文在對我說話。

「我很想知道妳感覺如何，真的。」她殷切打量著我。

我深深吸了口氣，聲音粗嘎的說，「我會熬過去的，婷安。除此之外，我也不知道我有什麼感覺。我甚至不曉得自己在做什麼，不過我知道自己已經做了的，我把一切都給弄擰了。嘉莉玩弄我就像玩紙牌，我還害死了班頓。可是她和紐頓•喬伊斯卻還在外面逍遙，隨時準備再度犯案，說不定已經又犯了。事情並沒有因為我的努力而改變，婷安。」

我淚眼朦朧望著露西檢查油箱蓋是否已旋緊，接著她開始調整主旋翼。麥高文遞了張紙巾給我，輕拍一下我的手臂。

「妳表現得很好，凱。別的不說，要不是妳，我們根本不知道搜索令上面該列些什麼物品。恐怕連搜索令都無法取得，更別提找到凶手了。沒錯，我們還沒逮住他們，但至少已經知道是誰了。我們會找到他們的。」

「我們找到的那些都是他們要我們找的。」我對她說。

露西結束了檢查工作，轉頭望著我。

「我該走了，」我對麥高文說。「謝謝妳。」

我緊握一下她的手。

「好好照顧露西。」我說。

「我認為她非常懂得照顧自己。」

我下了車，回頭揮手道別。我打開副駕駛艙門爬進座位，繫妥安全帶。露西從門上的袋子裡抽出飛前檢查表，逐項檢查，確定所有開關和斷路器都已歸零，集體操縱桿拉下，油門處於關閉狀態。我突然脈搏狂跳、呼吸淺短起來。

飛機脫離地面，輕擺著隨氣流浮起。麥高文仰頭望著我們爬升，一手遮著陽光。露西遞給我一份分區航圖，要我負責導航。飛機升空之後，露西立刻聯絡航管中心。

「ＳＢ二一九直升機呼叫威明頓塔台。」

「威明頓塔台回覆，請說，二一九直升機。」

「請求准許從大學運動場直飛塔台，前往ＩＳＯ（譯註：Installation Safety Office 設施安全局）。完畢。」

「傳輸飛航計劃書時請聯絡塔台。許可起飛，保持聯繫，傳輸飛航計劃，在ＩＳＯ確實進行安檢。」

「ＳＢ二號，照辦。」

接著露西透過耳機對我說，「我們將以航向三三〇飛行。妳的任務就是在我們全速飛行的時候讓磁羅盤和電子羅盤保持一致，並且幫忙看地圖。」

她把飛機升到五百呎高度，塔台再度和我們聯絡。

「SB二號直升機，」聲音從無線電傳出。「發現不明飛行器，在妳的六點鐘方向，高度三百呎，正接近中。」

「SB二號目視偵測中。」

「距離機場東南方兩哩的不明飛行器，請聯絡塔台。」管制員同時對我們傳送，讓我們也能聽見。

對方沒有回應。

「威明頓空域中的不明飛行器，請聯絡塔台。」管制員再度呼叫。

依然寂靜無聲。

露西先看見了那架飛行器，就在我們正後方，低於水平線，表示它的高度在我們之下。

「威明頓塔台，」露西說。「SB二號直升機。目測到低飛飛行器。繼續保持平行飛行。」

「不太對勁。」露西對我說。她再度轉身看著後方。

24

起初只是一抹暗影，在我們後方飛行，直朝我們的航道追趕過來。接著它一變為一架閃閃發光的史威茲直升機。我驚恐得一顆心狂跳不止。

「露西！」我尖叫起來。

「我看見了，」她憤怒的說。「可惡，竟然會有這種事。」

她將集體操縱桿往上拉，飛機隨即陡峭的向上攀升。那架史威茲維持著一定高度，行進速度比我們快，因為我們往上爬升時速度降到了七十節。露西將變距操縱桿往前推，在這同時那架史威茲趕上了我們，並且轉了個彎，朝駕駛座艙門，也就是露西所在的位置逼近。她急忙呼叫塔台。

「塔台，不明飛行器做出攻擊性動作，」她說。「我們將緊急迴避。請聯絡本地警察單位。已知不明飛行器內的嫌犯攜有槍械，為高度危險逃犯。我們將避開人口密集區，往水面迴避。」

「訊息收到，聯絡本地警察當局中。」

不久塔台更改無線電頻率發出訊息。

「所有飛行器注意，這裡是威明頓管制塔台，空中交通因故封鎖，所有地面活動立刻停止。覆頌，空中交通因故封鎖，所有地面活動立刻停止。所有飛行器無線電頻率立刻調至威明頓進場管制席V一三五點七五或U三四三點九。再說一次，所有飛行器立刻將無線電頻率調至威明頓進場管制席V一三五點七五或V三四三點九。SB二號直升機，保持現有頻率。」

「收到，SB二號。」露西回覆說。

我知道她為何讓飛機朝著海洋方向飛去。萬一我們墜落，她希望能避開人口稠密的都市地區而不至於殃及無辜。我敢說嘉莉一定也預料到露西會這麼做，因為露西是個優秀駕駛，永遠把人命擺在第一。她轉向東方，那架史威茲緊追不捨，保持大約一百碼距離尾隨在後，似乎非常有把握不會跟丟了。這時候我才驚覺，或許嘉莉這一路一直在監視著我們。

「沒辦法快過九十節。」露西對我說。氣氛極度緊繃。

「她看見我們停在球場上了，」我說。「她知道我們沒有加油。」

我們飛抵海灘，迅速越過底下活絡的泳客和做著日光浴的人群。人們紛紛駐足，仰頭觀望著兩架直升機疾速飛越頭頂，朝向海面而去。飛離海岸半哩遠，露西開始減低速度。

「我們飛不遠了，」她像在宣佈判決似的說。「引擎耗損得厲害，我們沒辦法飛回去，油料又剩下不多。」

油量表顯示只剩不到二十加崙燃油。露西突然作了個一百八十度大轉彎。史威茲在我們下方大約五十呎的位置繼續朝前飛。由於陽光反射，我看不清裡頭的人，但是我知道，毫不懷疑。當它從五百呎之外再度繞回來並且朝露西那側逼近，我似乎聽見幾記爆裂聲響，像是清脆的擊掌聲。機身突然搖晃起來。露西掏出肩槍帶裡的手槍。

「他們在朝我們開槍！」她大叫。

我想起史帕克遺失的那支凱立克衝鋒槍。

露西正設法打開機門。她決定拋棄它。只見那扇門脫離了機身，飄搖著往下墜落。接著她降低速度。

「他們朝我們開槍！」露西向塔台報告。「我要回擊！請通知所有飛行器遠離威明頓海灘區。」

「收到！是否請求進一步支援？」

「請派遣緊急降落處理小組到威明頓海灘！可能有傷亡意外。」

這時那架史威茲筆直往我們下方飛來，我看見它的鼻翼閃爍著，副駕駛艙窗口隱約伸出一截槍管。我又聽見幾聲嗶剝槍響。

「他們好像擊中起落滑橇了！」露西幾乎尖叫起來。她努力穩住手槍往敞開的艙門指著，一邊操控飛機。她舉槍的那隻手上了繃帶。

我慌張翻著皮包，想起我的點三八手槍還放在公事包裡，此刻正躺在行李艙內。露西把槍交給了我，然後伸手拿起她頭頂那支AR-15突擊步槍。這時史威茲繞了個大彎，試圖將我們逼往海岸方向，它知道我們絕不會冒險拿地面人群的安全作賭注。

「我們必須回到海上！」露西說。「不能在這裡開槍。把妳那側的門踢開。鬆開鉸鏈，把門拋下去。」

我勉強做到了。門從機身剝離，一股強風灌入，地面突然變近了許多。露西急促轉了個彎，史威茲也跟著轉彎。油量表指針繼續滑落。時間彷彿永無止盡，史威茲一路追逐著我們飛向海面，又繞回海岸好降低高度。它若是朝上開槍便免不了會射中自己的旋翼。

當我們到達一千一百呎高度，並且以一百節速度掠過海面的時候，我們的機身被擊中。我們清楚感覺到身後一陣猛烈撞擊，就在左側後乘客座門附近。

「我要轉身了，」露西對我說。「妳能維持這高度嗎？」

我害怕極了，我們就快死了。

「我盡力。」我說著接手控制桿。

我們朝著史威茲直直飛過去。當它距離我們大約五十呎遠，在我們下方一百呎位置時，露西拉開槍栓，一輪子彈上膛。

「把變距操縱桿往下拉！馬上！」她大叫，邊把步槍槍管伸出門外。

我們正以每分鐘一千呎速度前進，即將撞上那架史威茲。我試圖避開它，可是露西不准。

「向前直飛！」她喊著。

我們朝著史威茲上方直衝過去，近得幾乎要撞上它的螺旋槳。我沒聽見槍聲。只見她連發了數槍，爆發點點火光。接著露西抓住變距操縱桿，猛的將它向左搖。我們迅速飛離那架史威茲同時看著它爆炸開來，一團火球竄起，滾向我們的機側。露西重新接手控制桿。我早已渾身癱軟。

就在它往海面洶湧的波濤墜落的同時，幾乎便已消失了蹤影。我只瞥見燃燒的金屬碎片沉入了大西洋。我們持續平穩飛行，從容繞了個大彎。我驚駭的望著我的外甥女。

「去死吧。」看著熊熊火焰和飛機殘屑墜入閃亮的海面，她冷冷罵了句。

她再度對著無線電說話，平靜得跟沒事人一樣。

「報告塔台，」她說。「逃犯駕駛的飛行器已經爆炸。殘骸位在威明頓海灘兩哩外的海面。沒看見生還者，正在巡視是否有生命跡象。」

「收到。需要支援嗎？」沙沙的無線電波傳出。

「太晚了。已經不需要了。準備飛往塔台所在位置加油。」

「呃。收到。」無所不能的管制員結巴起來。「繼續前進。本地警察人員會在設施安全局和妳們會面。」

可是露西又繞了兩圈後，降到五十呎高度。許多消防車和警車閃著警示燈匆匆朝海灘聚集。驚慌的遊客在海浪中顛仆掙扎著跑上岸，好像背後有隻大白鯊在追趕似的。飛機碎片隨著海浪浮沉。鮮橘色的救生衣鼓漲著，但是沒人穿著它。

一週後
希爾頓海岬

早晨的天空罩著烏雲，灰濛濛的和海面一色。幾個熱愛班頓・衛斯禮的人聚集在海松林區一處空曠未開發的林地。

我們把車停在公寓住宅附近，沿著條小徑來到一座沙丘。從這裡我們繞過大片沙刺和海燕麥到了海灘。這片海灘十分狹小，沙質也比較不穩固，堆積著多次暴風雨帶來的大批浮木。

馬里諾身上的細條紋套裝已經被汗水浸透。搭配白襯衫、深色領帶，這似乎是我第一次看他穿著得如此慎重。露西一身黑衣，不過我得過一會兒才看得到她，因為她有重要的事要處理。

麥高文和史帕克也來了，並非因為他們認識班頓，而是為了寬慰我而來。班頓的前妻康妮和他們的三個已成人的女兒在水邊站成一圈。如今望著她們，只覺陣陣心酸。我們之間再也不存在任何怨懟、敵意或畏懼。一切隨生命而來，也隨死亡而消逝。

另外還來了許多班頓珍貴的一生中所結識的友人，包括多位調查局學院的退休探員和卸職主管。多年前這位主管充分授權班頓前往監獄探視人犯進行犯罪側寫研究。班頓的專業如今已變成陳舊浮濫的用詞，被電視電影給毀了，但當時它還是門新學問。班頓曾經是這方面的先鋒，他創造了一種可以合理了解那些精神異常或天生殘酷邪惡者的方式。
沒有教堂的主事在場，因為從我認識班頓以來就沒看過他進教堂。只有一位時常為探員作心理諮詢的長老教會牧師。他名叫賈德森•洛伊，體格瘦弱，頭頂只剩一綹新月般的稀薄白髮。洛伊牧師頸間夾著教士領，手持一本小型黑皮革聖經。海灘上總共聚集了不到二十個人。
沒有音樂或鮮花，沒有任何人準備了頌文或感言，因為班頓在遺囑中清楚交代了他要什麼。他要我照料他的遺體，因為就像他所寫的，沒人比妳更專精，凱，我知道妳會盡力實現我的願望。
他不想舉行儀式，也不要調查局的軍人葬禮，因此現場看不見警車、舉槍禮，或者棺木上覆蓋國旗的儀式。他唯一的要求便是將遺體火化，再把骨灰撒在他最鍾愛的這塊高尚的忘憂地——希爾頓海岬。這是我們兩人遠離世俗煩囂、偷得浮生半日閒的所在。
我永遠會為了他生命中的最後幾天是在這裡孤獨度過而愧疚不安，也永遠無法接受這冷酷的諷刺，因為我沒來陪他的理由正是為了被惡魔嘉莉一手設計的陷阱給羈絆住。那是不幸的起點，更將班頓推向了終點。
我希望自己從未涉入這案子，這麼想很容易。但倘若我不曾參與，今天將會有另一個人在這世界的某處參加葬禮，就像之前那些受害者，而暴力也不會就此停止。雨開始輕輕飄落，有如冰涼哀傷的手輕觸我的臉頰。

「今天我們因為班頓聚集在這裡，不是為了道別，」洛伊牧師說。「他要我們從彼此身上獲得力量，延續他生前所做的：去惡揚善，為弱者戰鬥並且一手承擔，獨自隱忍所有恐懼。只因為他不願荼毒他人的脆弱心靈，這個世界因他而變得更美好，我們因他而變得更良善。朋友們，且追隨他的腳步。」

他打開《新約聖經》。

「讓我們行善永不懈怠：只要堅持到底，收割的季節終將來臨，」他唸著。

我渾身躁熱，心茫茫然，再也忍不住落下眼淚。我拿面紙擦拭，低頭望著細沙沾污我那雙黑色麂皮鞋的鞋尖。洛伊牧師用手指沾了下嘴唇，繼續唸著《加拉太書》裡的經文，或者是《提摩太書》？

我不清楚他說了些什麼，他的聲音有如潺潺溪水不斷湧出。我奮力抵抗著腦中的重重影像，無奈總是它們勝利。我尤其記得班頓穿著那件紅色運動外套，被我言語所傷之後站在河畔凝望著遠方的畫面。我寧願一無所有，只求我從未說過那些尖刻的話。然而他懂的，我知道他懂。

我記得他和其他人討論事情時線條俐落的側臉和毫不妥協的神情。或許他們認為他淡漠，其實他的堅硬外殼下埋藏著仁慈溫柔的心腸。我在想要是我們結了婚，我的感覺是否會有所不同。我在想我的獨立是否源自陽具羨慕心理。我想著我是否錯了。

「要知道，法律並非為正直的人而設，而是為了那些目無法紀的人，為不信神和罪惡的人，為褻瀆不敬的人，為殺父弒母者，為殺人者而設，」牧師繼續唸著經文。

我望著那片悠緩陰鬱的海水，週遭景物突然開始旋轉。史帕克站在我身邊，我們的臂膀沒有碰觸。他直視著前方，堅毅的下巴昂起，在深色套裝下的身軀傲然挺立。他轉頭看我，眼裡滿溢著悲憫。我輕點了下頭。

「我們的友人嚮往和平和良善，」洛伊牧師開始唸別的篇章。「他嚮往他所效力過的那些受害者從未享受過的和諧寧靜。他嚮往能夠擺脫暴力和憂傷，免於夜夜憤怒和恐懼夢魘的糾纏。」

我聽見遠方的螺旋槳聲響和轟轟巨響，無疑是露西。

我抬頭仰望。薄紗般舞動著的雲朵遮蔽了太陽，溜來滑去，怎麼也不肯揭露我們渴望見到的。西邊地平線上方的雲層隱隱透出點點藍天，晶亮有如彩繪玻璃。漸漸的，惡劣天氣的雲層兵團開始叛變，我們背後的沙丘瞬間亮起。直升機的聲音更近了。我回頭看著那片棕櫚樹和松樹，看見它低垂著鼻翼緩緩降落。

「但願所有人都能隨時隨地禱告，舉起神聖的雙手，沒有怨恨與懷疑。」牧師說。

班頓的骨灰就裝在我雙手捧著的銅質小骨灰罈裡。

「讓我們一起禱告。」

直升機傾斜的滑過樹梢，發出震耳的氣流聲響。史帕克湊近我耳邊說話，我聽不清楚，但感覺到他的溫暖善意。

洛伊牧師繼續禱告，然而我們所有人早已不想，也沒興趣再向全能的上帝乞憐哀求了。露西讓那架傑特漫遊者直升機在岸邊低飛盤旋，劇烈的風流在海面激起陣陣水霧。

我感覺到她的眼睛透過護罩定定望著我。我努力振奮精神，朝那片狂亂的渦流走了過去。一旁的牧師伸手護著他的稀疏白髮。我涉水走進海裡。

「願上帝保佑你，班頓。願你的靈魂安息。我想念你，班頓。」我輕輕說，沒人聽得見。

我打開骨灰罈，抬頭看著我的外甥女。她正在空中製造著他這趟遠行所需要的動力。我向露西點點頭，她朝我豎起拇指。我的心頓時潰堤，眼淚簌簌流下。我將手探入罈子裡，將他捧在手心，骨灰細柔如絲綢，我觸摸到一小片他的白堊色的碎骨。我把他撒向風中。我將他還給天地，還給他所篤信的更高法則。

國家圖書館出版品預行編目資料

起火點／派翠西亞・康薇爾 Patricia Cornwell 著；王瑞徽譯一初版. — 臺北市：臉譜出版：城邦文化發行，2002〔民91〕

面；　公分.- -（康薇爾作品系列；9）

譯自：Point of Origin

ISBN：986-7896-27-0（平裝）

874.57　　91022334